U0661390

# 中年面相

沈家彪／著

長江出版傳媒｜长江文艺出版社

**图书在版编目（CIP）数据**

中年面相 / 沈家彪著. -- 武汉 : 长江文艺出版社, 2025. 7. -- ISBN 978-7-5702-3913-9

Ⅰ. I267

中国国家版本馆 CIP 数据核字第 2025VQ4792 号

中年面相
ZHONGNIAN MIANXIANG

责任编辑：杨　阳　　　　责任校对：程华清
封面设计：郭婧婧　　　　责任印制：邱　莉　韩　燕

出版：长江出版传媒 | 长江文艺出版社
地址：武汉市雄楚大街 268 号　　邮编：430070
发行：长江文艺出版社
http://www.cjlap.com
印刷：武汉市首壹印务有限公司

开本：640 毫米×960 毫米　1/16　　印张：19.125
版次：2025 年 7 月第 1 版　　2025 年 7 月第 1 次印刷
字数：200 千字

定价：58.00 元

夜来闻听三经鼓，转身即见五更灯。

# 目 录 CONTENTS

CONTENTS

05

## 故人难离

C O N T E N T S

## 06 纸上苍生

# 归本存真（代序）

为文作字多年，想做个规整。拉拉杂杂写了这么多，未曾面世，我也没回过头去审视。等于是一纸篓的草稿，错别字都没修改，字里行间充斥着语法错误，语焉不详。

整理旧文是项大工程，堪比大手术。得伤筋动骨，缝针拆线，涉及大动脉，伤及大元气。想到这头就大，就犯懒。想着有那闲心不如再写点——这几年就是这么下来的。可一直这么写下去，又增加了后续整理的工作量，想想都可怕。

即便让我自己做个总结，到底写了些什么玩意儿，也无法明确分门别类。只能笼而统之，统而概之。有一点很明确，没写出鸿篇巨制，也没写小说。自说是散文则太散，自诩是杂文又太杂，不能深想，再想下去，则觉得一文不值。

想多了，不免一阵虚妄。这么多年，费心着力在此，尤其是时间。可谓是以生命扑腾于此，沉湎于此。没有后悔过，因为兴趣使然。但对着这些文字，有一份惭愧：文字诞生下来，则有了生命，却一直藏在角落里，没为她们安置一个家。

我还是老观念，文字印刷在纸上出版，是为这些文字的归属。虽然而今在手机备忘录里写字，看书却还是纸质书没变。看纸本才亲切有感觉，屏幕里看书，缺了一份摩挲，一份书香，好比玻璃窗外看物事，总归有一层隔膜和失真。

小时候没书可看，到处借书亦有限得很。书多短页缺角，撕扯的更多，留下的更少。更有甚者，一本书浸泡过水，捞起来晒干后，继续四处传阅。握在手里沉甸甸的，翻起来硬邦邦的，发出嗞啦嗞啦的声音，软页纸变成了硬纸壳。因为粘住了，再加上传阅多，得双指小心撕开，难免动用唾沫。这书香是没了，倒夹杂了不少烟尘味，而今想来，却是意犹未尽。

我未经名师指导，未经学院流程，对文学少了份细水流深的浸淫，无更多细致揣摩，这是我的遗憾。而今亡羊补牢，受年龄限制，读书写字都大打了折扣。看的书实在有限，未曾打下童子功。但内心总隐约觉得，这是一生相伴之事。随性涂鸦的一摊文字，难免泥沙俱下，不好意思归门认派，多为兴之所至，闭门造车而已。

起头几年，写了些打油诗，自觉好玩。一是女儿出生，带来新的人生面相。二是脱离体制，把时间归还自己。三是几十年积攒些人世看法，急需倾泻。读过一些诗词，是为浅尝辄止，并无研究，只是想尝试写点。最主要是刚起步，长文还驾驭不了，这支笔还得磨磨。头两年就叽叽歪歪，试手掰扯了一通。偶尔回看，不是写得多好，而是当时那份混不吝的纯粹，而今没了。

这也是我觉得时不我待的原因，五十知天命写的东西，和四十而惑三十未立涂鸦的文字，那份元气和火气肯定不同。何况写诗作词，还是要一份元气淋漓，或者怒火中烧。庆幸的是，回望那些青涩文字，还保留了一份少年未尽的证据。不然那过往岁月，将苍白无色，犹如没来过。

今年为自己这十年来的作文写字，做了很多自我解释。单看题目就知道，喋喋不休，一再重复，像一个老者忘了说过什么，重新提起复述，一遍又一遍。这是内心开始起了彷徨，所谓何事，所谓何用，所为何来，又将何去何从。我以为自己已经笃定，已经淡定，实则不尽然。

没有鼓励肯定，等于在黑灯瞎火下前行。没有地图，没有目的地。盲目琴师还得弹一指，让知音们听到。我则在黑暗中舞文弄墨，连夜色都没投下我的起舞弄清影，我又如何证明自己书写在人间。这是我的兴趣，一份兴趣消磨十几年，就成了习惯。尤其是文字，不被读者看见，净图自己瞎比画了，所由何从何来。

这把年纪，不该还有忧伤，也并无怨怪。我会觉出无力，有份可惜。我知道很多作家丢了很多字进垃圾篓，很多被焚烧殆尽，更多的自选自剪自摘自弃。而不可否认的是，任何作者写出来的文字，都想为更多人看见，让其思想流布四方，并得到共情共鸣，即便批评也是正常不过。唯独写完了，当作文字没来过，随之如流星熄灭，令人不寒而栗。

要说这世上事还没参透的，是对文字仅有的一份执念——惦念她们的出路和成长、走向和归属。即便文字粗鄙丑陋，却并无恶语相向，颗颗粒粒乃是由心从诚。中年那点事我一直在经历，一直在涂抹，落笔也较早。生死那点事一直在参悟，是我思考和着力最多的地方，但至今没想通。

家里那点事，随着母亲过世，我试图慢慢淡化，没心力去顾全大局，吃不消了。我是个受家庭影响过重的人，一生陷在里面。肯定有不得法处、能力不尽处，所以收效甚微，最终没改变什么。母亲在世，我配合老母撑持这个大家，尽了点力，也顾全了一些。最起码没让母亲有更多的忧虑，最后两年也稍微少受了一点罪。

写作本无明确规划，也无更大目标，写着写着，似乎也有暗线存在。可能是生活里更熟悉的、内心里更在意的部分，留心了就会一直写，有新想法、新感觉就继续写。有时也迷糊，要是有人问起我，你都写了什么啊，我又无言以对，觉得一文不值，觉得不值一提。

有人跟我说，你要写小说，可我真写不出来。有人建议，你要到网络上去写，写多了就被人看见了，有流量了，就有人找你了。动过一闪念又作罢了，我都不会操作。有人热心给我设置了一番，回头我又忘了。我曾想中了彩票，请一帮有兴趣的孩子帮我弄，租个工作室，好好称称这把老骨头，重新掂量掂量。

每次路过一座风景好的楼，哎呀，我的心就荡漾，要能在这里有个书房，该有多好。尤其是公园里，总有几座房子，里头不明所以，就那么空置着，即便挂了块不明真相的牌子，也是常年闲置，门口杂草丛生。我就想，若能租给我，让我在里头和文字好生作孽，该是多美一件事。

可我知道，我没这份实力，一没经济上的实力租得下，二没名气上的实力配得上。我的一亩三分地，还是在厨房，在烟熏火燎中耕耘，点烟则开始，烟灭则停止，下次点燃再继续。行文至此，得知作家西西走了，她有很多年，也是在厨房写作。香港作家烟火气浓，扎实地在生活。

除了一直写，其他都没学——这个也还业务不精。做家务以实用为主，做菜以熟为要。只做了自己相对擅长，或者真感兴趣的部分，就是读读写写。读是拜见智识之心，写是剖析自识之心；不管读和写，均为寻找同心，寻找灵魂投契，就像找到朋友，没那么孤独，有人为伴。你懂了大千，世界也有人懂你。这种感觉就是，人生如寄，心有所属。且临风高唱，逍遥旧曲，为先生酹。

奈保尔在《抵达之谜》里，剖析了一个少年，一心想成为作家的心路，他把写作视作一生使命，把周围一切视为素材，而生活则是收集素材的过程。生活在他心中是一剂苦药，皱着眉头喝下去，然后再写出来。写作就是吸纳和反哺的过程，一边读一边写。也有人说，文章天然成，借天赐之手落笔生根。

我性格里有阴郁的一面，多年来试图走出，换一种心相和面相，莫说多开明多清明，最起码不至于暗沉。可半生铸就，有些东西已染在底色，洗脱不掉了——除非一次失忆般的脱胎换骨。可这种脱相式的摧残还是不要。生命成色里的多数褶皱瘢痕，经年历月早已经铺设陈列，无非痕迹清晰与暗淡。这样也好，这是活过的证据。

每天爬起来，手上有本书在读，草稿里有未完待续的文章，本就是时间里的功课，也是日常幸事。每天如此，也并非全是如此。有时被杂事所左右，有时被生活所捆绑。较真说来，半吊子文人都算不得，也就谈不上诚心正意；身不由己的事多，也就做不到全身心投入。

只是文字还算是主线，其余杂事忙完，还得以此为准，不然生活折了重心，生命抽离了主心。除了希望家人们平安，自己身体也得争口气，可以继续服侍她们，也可以继续为文作字，其余也没过多的巴望。眼下显得迫切的事，就是腾出时间精力，好好回头整理过去留下的文字。

一直没敢起这个头，是十年来日积月累，竟然集腋成裘，残章断篇又经不起颗粒细数。所谓整理，决非修改错别字，换个标点符号，而是大动干戈。好比一个地主老爷家大业大，被贴封条了，尘封几年后，召你回来了，让你修葺，看着这破败不堪，你分辨不清，自己到底是该开心还是头大。

面对这浩瀚工程，你想扭头就走。是朽木不可雕，还是强行扶上墙？总之聚散两依依，该深情还是绝情呢？有些得重写，有些得续写，有些得改写。十年来，行文习惯、作文技巧、知识储备，有固化也有变化。看到一座烂尾楼，还不如掀了重盖。看到一座物质文化遗产，想想还是修旧如旧吧。

就是这复杂的心情，不知如何作罢。手心手背都是肉，这眼皮底下的字字行行，都是自己一手打造。而今时过境迁，你说要遗弃就遗弃，还是有些于心不忍，好像有了抛妻弃子的嫌疑，着实是犯难。而若是原封不动，周边又杂草丛生，屋梁又岌岌可危。拔拔草刷刷墙，紧紧榫卯正正梁，看来是在所难免了。

可我这次要修改，目的是去见公婆。不能再等了，一是江郎才尽，二是时不我待。我得给她们注入点营养，滋润滋润，显得有家教，看上去体面点。换几件新衣裳，捯饬捯饬，打扮打扮，以一个好的气色神色，去见未来的公婆。

文字有家以后，我的心就踏实了。成不成名、获不获利，于我并不重要。能通过文字，获得一部分读者，是我的希望。能认识几位同道中人，往后有个相见得欢、相聊得喜的同好，再好不过。如果都没有，我也心安理得，文字有家了，有归属了，送她们到此，我便转身而去。因为我会老去，而文字永远年轻。

2022 年 12 月 10 日

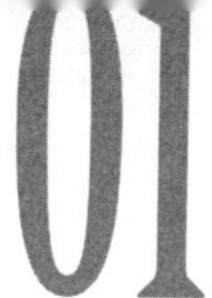

# 中年自持

# 冰火在抱

中年时间，如狼巡戈壁，没了阔气嚣张的怦然心动；如虎伏断崖，唯余下三分伺机而动。猎人隐姓埋名，猎物索然无味，江湖的风声雨声，少了一份惊心动魄。多数时候，一切归于可有可无。零星有趣的中年灵魂，如捕风如捉影，虚幻里欠缺真实。相遇无时，相谈无欢，或许是你所识的中年气象。

中年时间，即将刀枪入库、马放南山，不再猎奇猎艳江湖，也不再策马奔腾疆场。若有一亩三分地，看着窗外雨打芭蕉、绿肥红瘦，能这样往下走也挺好。如果一穷二白，就要继续出卖这把老骨头，换取微薄的一日三餐，指望下一代翻盘，更多的是认命了这一生。这世上那么多人，我只是大多数的其中一个。与众不同和芸芸众生，说到底也没多少差别。

中年的首要之义，是万万不可轻薄，得板正而藏柔软，幽默不显轻浮，终至有趣。这守正出奇的程度，中年人难以把握。首当其冲是容颜之颓败、眼神之浑浊，睹之高深莫测、望之拒人千里。实则是本身心虚步怯，不敢与人过分亲近。失去了长发飘逸、傲然挺立的影子，冲淡了由内而外的逼人气息。路人见你，扭头跑了；你见熟人，转身而去。

没了搭讪的逸兴，没了攀谈的余味。像是有了预判，中年人的走近，将会变成喋喋不休的说教，贩卖经验老到。年轻人不爱听你叨叨。他们手握时光的利器，正挥霍着大把青春。世界铺陈在他们脚下，以为迟早要收入囊中。还有部分觉得，世界与我无关，脸上挂一副吊牌——请勿打扰。

同是中年人，自己亦有一缸不吐不快的污泥浊水，犯不着听你感慨，亦没必要抱一堆同质赝品回仓。自己都想在闲鱼上倒卖二手货，你又硬塞给我同型同款的过时货色，明摆着是添乱，任谁都不会下单买单。你自然觉得自讨没趣，于是闭嘴。只好在深夜买醉的时候，就着一碟花生米，互不相欠地杯盘两讫。那幅画面，亦可以想见，是今夜意义虚无，明日继续扛着活下去的德性。

假如是老年人，他们在广场在公园，在一切开阔地界，占领地盘，不做眉飞色舞，便是迎风起舞。你嫌其吵吵，嫌其闹腾，总是绕道而行，避之不及。你也不能大逆不道，跑去训斥这帮人。偶尔也偷着赏鉴一番，自己的明天，是否也能如此，恰得其所。

他们从岁月的缝隙里，好不容易熬过来，像包了浆的柿子，糜烂之前再齁甜一把。刚说服自己，过几年妙手回春的得意日子。接下来老伴如何作法，自己如何作孽，儿女又将以什么面目作妖，他们不是不想理会，而是猜不透之后的暂且不管。

中年剧变中，看来唯有选择隐忍。理想与现实的缠藤，从来斩割不断，任藤蔓枯索蔫巴而已。对理想那点信念就此委顿，仅余一丝暗线，如面对初恋。现实如何蹚过去，满山满谷的尘事，如陈年烂麻，没力气一一击破了。打扫一些，荒弃一些，剩下些当务之急，硬着头皮，也得毛糙去应对。

面对中年，有人负责死，有人负责生；有人负责骨气，有人负责卑微；有人负责壮烈，有人负责悲戚。而生命历史的残忍在于，它总是以时点去点爆时长，以偶然去撞击必然。日积月累的点滴，在看似偶然的瞬间引爆一生的必然，令人措手不及意料之外。回头深想，所有节点，均在过程里埋藏了伏笔。

忍辱负重活下去，或许是不得已。时长一到，进入惯性，屈辱与沉重，亦将顺应许多。有个不合时宜的例子，从宋跌进元的赵孟頫，就像安史之乱的王维与杜甫。杜甫官小没人在意，他逃出了长安追随了新朝廷；而王维官至右拾遗，名声太大逃脱不了。王维瑕不掩瑜，新皇帝亦原谅了他，后世也并不围观他的伪官生涯。而赵孟頫背负着骂名，以后半生的隐忍，换来了元朝的文化高峰。他以一己之力，扛起元朝文化的大旗。没有他，元朝时期汉文化传统的断裂是可怕的；有了他，元朝就有了门面。这可以是残念未灭，可以是暗线相扯。

明确冻结自己，或无谓放弃自己，是一种选择。而这种选择，是为玉石俱焚，是愤怒导致冲动，是屈辱导致自戕。当死比活更轻飘，命已成幽魂一缕。当活比死更沉重，即便命途多舛，于忍辱负重中，亦得塞进一层意义，裹负着重任前行。还能摘捡出一份滋味、一种趣味、一种意义、一份值得，那是再好不过的委曲求全。

人这一生，可考证之史较少，可追溯之源则漫长。从混世生存到谋图存在，到寻求在这个世界上幸存，经历了漫长跌宕的个人史。

史实非但为事件，尚有思想流变的过程。而这些心性转变的细枝末节，相比于人事，相比于历史的春秋笔法，更鲜为人知。

人事再大再难，都要过去，都会过去。而人心难测的苦痛，人性弱点的挣扎，不为人所道，也不为人深知。唯独一份顾左右而言他的文字，一份欲说还休欲言又止的思想，可以留下一点蛛丝马迹，可以源远流长一段时间，以佐证人心惶惶的轨迹。“齿豁童头六十三,一生事事总堪惭。唯余笔砚情犹在，留与人间作笑谈。”（赵孟頫《自警》）

爱凑热闹、图名爱利，是生命早期的特征，犹如黄河泛滥汛期。到了中途，生命拐过湾头滩头，冲刷出一片开阔，步入平缓平静期。当此时，开始寻找信念的支撑，让思想重新建构。独立思考，慢慢代替人云亦云。个人思辨,逐步更换公式公理。以余生去处理心境，拿生命去印证死亡。不是不在乎而是没辙,不是如曹雪芹看透如此，而是似贾宝玉必须如此。

千里长棚，也没有个不散的筵席。所有喧嚣归于静寂，所有焰火化为灰烬。最后的慨叹如词:“白云山，红叶树，阅尽兴亡，一似朝还暮。多少夕阳芳草渡，潮落潮生，还送人来去。”任众生如何挣扎和奔忙，也终究人寿有尽，得失有数。所见，唯有不尽江河流淌，无尽命运轮回。

中年时间，尽管已明了人送人还，逝水东去，可亦知江河湖海广博，山川异域风情，直在万古点滴的腐蚀流变。依旧得以苍茫脚步去行走丈量，以一副慈悲心肠去悲悯苍生。在破败里寻求生机，在凋残里看见花开。此世风月同天，彼岸和光同尘。

中年醒悟过来，原来我亦会老，且正在日夜晨昏地老去。前半生时间，只负责了生存这件事，也负责了糟践生命。后半生时间，不单面对生存，还得面对老病死的咄咄逼人，面对生命终极的思考。这种面对，前所未有，而后紧跟余生。没有经验可言，不可预判也不能做过多计划。因为，老是肯定。病可预防，但不可预知。前半生所致余孽，必须偿还且无法还清。而意外，也在所难免。

余孽何在？在于前半生的放纵不羁，是元气元神之挥霍无度。年轻顶得住，岁来没定数。当初招摇过市，而今不再声张。当年跃马扬鞭，而今积重难返。骨骼内外，大比例沦陷，小区域安好，且全面老化，其势不可阻挡。而任何意外，均可追究前因，终究是防不胜防。

命途之和缓曲线，将代替急行狂奔。这世上所有人事，正反都给了一样的启示，道并行而不相悖。曲则全，枉则直，洼则盈，敝则新，少则得，多则惑。中年如果还策马奔腾，挥鞭横扫天下，而不顾红墙绿瓦的修护；仍竭力于山水兼程，而不知饮马江河，无疑将耗尽最后一分元气，势必让生命之河，提早水落石出。

夫唯不争，故天下莫能与之争。故知所谓曲则全者，岂虚言哉，诚全而归之。物有本末，事有终始。认清平庸为人生实质，并且是一项成就。看懂失去为生命本质，注定是一种趋势。摸爬滚打了半生，再挪动半步已是天涯。所到之处既清晰又混沌，未至天地虽遥相呼应却鞭长莫及。

面对世界纷争，不再隔岸观火；面对他方苦难，不再幸灾乐祸。百步咫尺，我们同居一穹庐，共存一天下。千里脚下，此一时彼一时，均不可置身事外。即便不能兼济，亦得尽心独善，尽能事周济身边，尽心力侍奉老幼。也别太苦了自己，太亏待自己。把每个人都当天神敬奉，而自己也要变废为宝，因为活在这个世上，每个人都不可或缺。

中年人迟钝起来，所行尺度半径，多数在熟悉的街道逡巡，在惯常的人事里辗转。投身到陌生场域，将找不到眼镜和保温杯，坐不到踏实牢靠的藤椅，说不出得体的话，会生出一种不符年纪的拘谨。本该八面玲珑的中年，左手摩挲着右手，撕扯着餐巾纸，眼神涣散，与周遭格格不入起来。

这份局促不安，不该属于老成持重的中年人，你却明显感知到他的木讷和胆怯。他曾经行如风坐如钟，一度傲视群雄睥睨天下。当是时，世界都不在话下，乾坤都握在手中。没想到稳重踏实的中年，已逐渐退却扰攘，反生出一副隔膜的面孔。

那份天地参照的气概不见了，如风干的枯叶萎缩了。是拿不出来了，还是觉得没必要了？是形容褪色了，还是气度入凡了？只见他，头亮了肚皮拱了，额宽了眼界窄了，牙齿晃动了嘴皮软了，骨质疏松了腰杆塌了，心劲少了心事多了，欲望小了虚妄大了。

前半生所认可与反对的、所追求与鄙弃的，统统丢进一个搅拌机，一顿胡搅蛮缠，来了次剔骨扬灰的拆除重建。那个十面埋伏的战场，硝烟散尽，你发现只有一个敌人。春秋五霸和战国七雄，阳谋阴谋敲敲打打，合纵连横吞吞吐吐。合久必分，分久必合，来到夕阳西下，面对暮色四合，只留下一个人玩，断肠人在天涯。

对手原来只有一个——自己。自己只有一个对手——时间。衣食住行过后，并非风花雪月，而是生老病死。你激战正酣的时候，浑然忘我。杀声四起，击鼓不鸣锣。威风八面，急流难勇退。你从来没消灭假想敌，杀敌一千自损八百。此起彼伏中，无人胜出也无人降伏，却都要败下阵来。

不晓得什么时候，你发现在出生的村庄里、出道的城市里、出游的江湖中、出行的街道上，换了一拨人在风生水起。他们行色匆匆或苍茫独立，谈笑风生或沉默寡淡。你熟悉的蔺相如和司马相如，销声匿迹了。你所见的是廉颇老矣，而当垆卖酒的卓文君，徐娘半老收摊了，不再风韵犹存独当一面。一群轻薄少年，不知从哪个地道里蹦出来了，在面前晃得你头晕眼花。

欲渡黄河冰塞川，将登太行雪满山。中年人拔剑四顾心茫然，冰火在抱，依违两难。江海从此逝，一身如寄，问几时，闲来垂钓碧溪上。生命依旧充满了劳绩，职责依然是平整土地，在时光里作息叹息。做着八九月的事，不敢期待十二月的答案。看着这斑斓世相，灿烂迷离，生如草芥，死同泥尘。无能肆其所乐，不可乐其所事，只能无所用于天下。

2022 年 6 月 1 日

# 生命生病

既生命，何生病。衰弱老去，是中年伊始的极端面对。由不得忽略，更值得深思，且时不我待。生命长河里，面对老去，从混沌到清晰，由无解到缓解。终有一天，被迫接受身心困顿，承受精神窘境。到那时，情何以堪。

到那时，语言含混不清，无人能懂。行走渐迟渐缓，甚至轮椅代步。枯坐一隅，独数日暮晨昏，社会性死亡悄然而至。同窗霍霍老去，同年昏昏隐退。能挪之距缩短，能见之人减少，能为之事式微。余力不足之后，心渐渐黯然失色。

面对老去，中年只一墙之隔，墙面墙根，已千疮百孔。直望老年，唯见形容憔悴，斑驳衰败；及至生命终点，难免心有余悸，又手足无措。身未至，而心已近。切身已及的是，祖辈已逝，音容宛在；父母已老，真相渐明。身处生命的深秋和初冬，开始亲历人生的萧瑟，体味生命的寒凉。

可这毕竟是向死而生的一段生命历程，一声叹息之前，务必寻找一种方式，继续与时间同处，与生命同途。还是那樽酒，可酒杯太浅薄，敬不起情深意长。还是那句老话，可祝福太苍白，敬不到来日方长。还是那条小巷，可巷口太幽深，走过了人来人往，已经不见熟悉的身影。

衰老意味着，无限接近死亡。心还没服老，但已困在那具老躯壳里。人类的多数犯错，无知才能无畏去犯，而非明知故犯。而面对衰老，本是人间清醒，明明不想往那边去，偏偏由时间拖着往那边拽。你抗拒衰老的所有愚昧之举，多是一场场自我安慰，更多是一再的自欺欺人。

既然如此，不如坐下来，跟衰老诚恳面谈一次，看能否订个城下之盟。咱们迟早要相逢相遇，虽不能一见如故，却务必一往情深。只是经年累月混迹微尘，早生了愁怨，亦长了眷恋，该如何舍得，这一世风月同天。衰老无言，而你絮絮叨叨。晨钟暮鼓，都叨咕了些什么？该捣鼓些什么呢？心里没谱也没底。是容颜易老，还是人间迟暮？是鲜衣无凭，还是怒马无据？

人间换了一拨一拨人潮汹涌，如朝代末世，群雄逐鹿而翻朝迭代。中年却望洋兴叹，兀自慨叹“廉颇老矣，尚能饭否”。不再声张激愤，无能兴风作浪。但看世事跌宕，而你行将老去，空余渡海心。该如何自处，如何他处？那些留待日后成就的理想，还在内心重提，却即将隐没风尘，不再打算实现。那些未竟的诸多事宜，没来得及了结，或将无限期推延，终至作罢了事。

衰老无言，时间如一尊佛盘腿端坐，慈眉善目看着你。中年本该正面面对，偏要一番无谓抵抗。从容颜到心思，从体力到心力；从漠视过往，到直面来日。兀兀穷年，唯独无法正视当下。到底是今朝有酒今朝醉，还是明日愁来明日愁？抑或醉愁一笔勾销，独数这分秒不差？

从前日子没更慢，只因来日还方长，错觉度日如年，但看风露渐变。而今回头转身，年月转瞬即逝，犹如白驹过隙。借问庚龄几何，周岁不加子宫十月，报数必然掐头去尾。酒醉不如刘伶，清谈不及嵇康。日夜絮絮叨叨，晨昏碎碎念念，一不留神，你已沦落在街头巷尾，没新人搭理，无故人亲近。年轻时让人数落，嘴上无毛，办事不牢。跌落到中年时节，又让人嫌弃，白胡子白毛，只知道唠叨说教，废话比苍蝇还多。

年轻人并不快乐，中年人高兴没了。年轻人以自满自得的兴趣，虚度着来日方长未来可期的似水年华。中年人以深沉无奈的自慰，支撑着去路苦多来路不明的即老岁月。这悬空挂着的命途，该如何踏实落地，足够中年人问天问地，唯独门前鞍马冷落，无人问津。

深层次的精神窘境，难以突围的生命困境，已无处答疑解惑。而如晤如面的流水生活，只够一壶陈年老酒解乏。假若老去，务必老去，经济何以供养、生活何以照料、精神何以慰藉，已提上日程，却不知何时作结。是善待智能、亲近科技，还是一门两院、朝暮昏沉？尚得未雨绸缪，苦读《伤寒论》与《黄帝内经》，静心研习医疗和护理知识。

生老病死，生死有命，衰老无言。那病因何起，这病由何生？既生命，何生病。衰老如风声，萧萧逼近，步步惊心。病患如形影，紧随而至，无以脱身。老去后，人生的面对转淡，生命的正视转清。苍蝇不叮无缝之蛋，病毒专噬腐朽之体。中年直至老去，内心的妖魔鬼怪成群结队，病魔则超越其余魑魅魍魉，荣登榜首。

以前不信邪，而今什么都信。第四个本命年开始，日夜穿着红内裤不脱。说了一句晦气话，赶紧扇自己耳光，怕应验来得过早。遇见一件小意外，觉得触了大霉头，求天地放过自己。在半信半疑之间徘徊，在疑神疑鬼之中恍惚。人家说鸡蛋多吃不好，你信了；又说一天三个不嫌多，你也信了。

耳根子软得嘎嘣嘎嘣脆，小心肝扑通扑通跳不停，只因疑神疑鬼。只要对身体有所裨益，你都听进去了，然后照此实践。家里藏着《本草纲目》，枕边置放《黄帝内经》。药房药店补品店时有出入，游泳房健身房都曾办卡。这一切都没坚持下来，但都放在了心上。身体如果是家，从未如此顾念；身体若是宝藏，从没这么在意。

病痛开始打乱惯性生活，扰乱日常思维。中年人的病，不单是身病还有心病，不独己病还有他病。有身体的不听使唤，有心理的不受控制。有自身的病因不明，还有老人的病魔缠身。有外围的病菌来袭，也有内心的疑窦丛生。满身满心的病理复杂，满头满脚的病毒感染，让中年人坐立不安。

生老病死四个字，生老死是不由己的，是不得已的，是务必遵从的自然法则。唯独一个病，看似可以预防，却不小心种下了前因；看似可以避免，却不可能完全杜绝。生死有命，伴老有病。小病如抽丝，可以自愈，还可提高免疫力；大病如山倒，恢复缓慢，那是元气倾泻。

中年之前和世界对抗，有自己冥顽不化的，有自己征服索取的，基本是以欲望开道，以虚荣担道。中年之后对付的是日子，对应的是生活，对峙的是疾病；减少了任性妄行，放宽了顺势而为。究其原因，主要是体力不支心力不够，开始意识到疾病的降临和死亡的临近。

让一个年轻人放弃有所作为，是一种不负责任的教唆。你从那儿过来，你刚经历的迷惘，你要他一下子人间清醒。你适才欲望横流完，却要人家一下子六根清净，这显然不道义，也不现实。中年人的道理，可以一代代讲下去，却是说给几十年后的他们。到那时，也就是你的现下，他们自然懂得道理的真义，然后再给年轻人传递。他们听进去了，但并未按此照办。可那个理在心里发了芽，有朝一日他们会想起来，被切肤之痛唤醒过来。

对自己来说，已经迟了，因为起步太晚。对后世来说，为时尚早，因为道理还没发酵。道理就是废话，每人肚子里都藏着一堆。说出来不好听、不中听，没人爱听，但也听了，到中年就懂了。孔子说四十不惑，并非过后就无疑无惑，而是给了疑惑腾放的位置、思考的空间。

回到病和命。年轻人也生病，可基本以体力扛过去了。年轻人也怕死，可他们知道还有大把时间。死亡对于他们来说，还是一种观望，离切身还过于遥远。第一次面对亲人离去，会有触痛，却还没形成更深的意识。随年龄增长，自己在外界的听闻见识，以及亲朋好友的触目惊心，生死意识才逐渐有了质的变化。

故事里的故和事，道理内的道和理，这一切在中年时间相遇相逢。病毒不单会在别的身体滋生，也在自身体内落地生根。死亡不仅仅是他人的讣告与追悼，也是贴身周围的伤心与追忆。所有的意外和灾难，疾病与死亡，以前若是隔岸观火的侥幸，而今到了铁板钉钉的证实与正视。

最切身的莫过于本身，已人到中年。我们活在低维世界里，所谈论的任何事情,都离不开时间空间。年轻时的时间很长空间很广，这个时期心大胆也大，于是乎天不怕地不怕。这是人生过程中应有的年少轻狂，必不可少但时间短暂；能对人的潜力起最大激发，抓住了可以纵横四海飞越天际。当然,多数人无声无息转移到了中年，没有激起更大的水花波澜。可也不枉，因为上苍一视同仁，给了你回首往昔时，略可提起的任性妄为，哪怕是添油加醋的一顿吹嘘。

中年过后，空间缩小变窄，时间陡然变快了。不再冲向远方，慢慢向内心靠拢。少以步伐探索世界，转为用心感受天地，感受苍生，感受性命。以前是度日如年，而今是度年如日；以前是钟儿嘀嗒，而今是逝水如斯。尘途的路漫漫兮，转到命途的恍兮惚兮。

年轻时的时空，如绸缎般丝滑平展，到哪里算哪里，到几时就几时，没有前瞻之虞，不知后顾之忧。因为你有的是时间，所以心大胆肥。中年以后的时空，犹如一具病体，以蜷缩的姿势，来预防和抵御病痛的伤害。歌唱翩翩少年，是玉树临风风流倜傥，他们阳光灿烂精神饱满，如狼似虎充满勃勃生机。而形容中老年，是没有声色没有神色，没有起色没有气色。

因为命途到了这里，人缩了路窄了，话少了病多了；开始感知老去感悟命殇，已确定人不可胜天，确知规律的不可抗拒。你得收拾那千里我独行，江山我路过的仆仆风尘的行头，转而集中精力来对付地心引力，凝聚心力来应付衰老。中年过后，你的精力将不可遏制地萎靡，心力会不可挽留地不足。而你所面对的人间琐碎，一样没见少，反倒平添了许多意外。

当你确知死亡不可回避之后，你转而祈祷病痛的远离。怕死已是内心横亘但不可商榷的谜题，多提则犯了忌讳，也将引起反感，因为无人可跨越，也无人可说清。无人能通明，也无人能透视。即便借助科学哲学宗教，也无法让人类圆满释怀，让生命安详圆寂。

你只好退而求其次，怕死不成，怕病成为常态。病是死亡之前的一道程序，死亡是刹那，病痛则长短不定。即便没有大病大灾，虚弱也是一种衰病。身体相对平安，骨骼肌理和五脏六腑也在老化，担心病不请而至，一直在考虑预防。病真来了，你得医治，进入医院，则成为生活常态；周围都是病者，你难免闷闷不乐。

有些小病可以医治，至多一疤一痕。很多病过来了，送不走赶不走，如瘟神一样附体。它们寄养在身体里，吸收能量消耗元气，直至让人丢盔弃甲，剩下个亏空的躯壳。这是对身心的摧残，老弱偏偏相伴病残，成了最大也是最后的敌人，你很难靠体力和意念击败它们。招架不住，却还在频频过招。

万事万物里藏着道理，命理病理，生理心理。病因看似为人体外来的侵袭，实则是内腑里堰塞淤积所致。两股势力势均力敌，人则保持气血通畅，内外和谐共生。一旦内腑城堡腐朽失守，外力强势冒犯，导致丹田周转阻滞，病患则如外敌进犯，长驱直入人身。

生老死顺势而为，于人身不可阻止，与天地不可商榷，是为命理不可逆，任谁也违背不得。而病理，可与自家身心好好谈谈。遵生理如何调理，从心理如何调节，却不是每个人都能用心都能得法，所以防不胜防。中年已知天命难违、体病难免，只能在方圆内循规蹈矩，在规矩内从心所欲，在欲望里清心寡淡，好保得一体平安，顾及性命无恙。

苦难深重的爱尔兰人，培养出一种苦涩而幽默的天性。他们自我安慰的口头禅，归结为一句话：本来会更糟糕。民间还有几句话，绕口如下：活着只要担心两件事，没病或生病；没病不应去担心，有病要担心两件事，病好了或者死去；病好了没什么好担心，死了要担心两件事，上天堂或下地狱；上天堂没什么好担心，下地狱，你会忙着和老朋友握手寒暄，根本没时间担心。

2021年6月1日

# 芸芸众生

这世上人一茬茬，相陪着路过人间，难得清醒人。亦没必要太多人，活到此生明确，纵论价值意义。能够呼吸活着，怕是已竭尽全力。到得无病无灾，已属万幸。还保留点自尊，当属不赖。至于人间贤良德高望重，可称人间圆满。

世上人从众者多，从己者稀，从心者微，从道者归太乙。涌在一条世道上，挤挤挨挨。满满当当的路上，众生大包小裹。过桥时下水，过河时沉溺。身影单薄，身板沉重。一把热闹过后，在沉默中寂寥，在寂寥中沉寂。

貌似坚固的东西，在腐蚀中风化，在松软里消弭，在时间里消逝。无论去与往，俱是梦中人。美的仓促性和破碎性、视觉上的冲击力，均为昙花一现。在脑子里呈现长短与否，是内心反映，是视觉暂留、视觉残留和视觉长留而已。

美的不是事物本身，是内心的应急反应和长期反应罢了。“节物风光不相待，桑田碧海须臾改。昔时金阶白玉堂，即今惟见青松在。寂寂寥寥扬子居，年年岁岁一床书。独有南山桂花发，飞来飞去袭人裾。”卢照邻的《长安古意》，照着世相人心。

伟大超越庞大，意义或为愚意。所谓伟大意义，是旁人和后人赋予。说苏东坡有豁达之怀，其诗词有通达之意，是后世附加之言。

于苏东坡本身，当时确实颠沛困苦。一大家子还没安定，又面临流离，一蓑烟雨耕耘东坡，没让他快意平生。惠州房子刚修葺好，又被调离。一生功业，黄州惠州儋州，还有密州汝州杭州颍州常州，辗转迁徙，一生没过几天安稳日子，担着了才有切身感受。

与其说他飘逸不羁，不如说是以洒脱睿智，来抵消这五味杂陈的人生逆境。“人生如逆旅，我亦是行人。”人已千古，对先贤的所有描述，于活着在世的当下人，已附着了意义，是化解自身苦痛的慰藉。你研读了他，把这个意义赋予自己身上，嘴上说着他的豁达通达，让后世弟子继承，继续编造价值建设意义。不然，人间苦难岂能化解。

大爷大娘坐公园长椅上，老人晒太阳打发暮年时光，人得着意义，还是椅子达成了意义。幼时看见桌上的灯盏，从床上一跃而起，猝然悟到它竟然比我活得长，有一天我竟要见不着它，小小年纪，内心顿时丰盛芜杂起来。推延到电线杆、耸起的高楼，更别说江山易貌、河湖改道，我与之相伴一程，它们继续流转，继续风化。流淌千里万古，比我活得长，也要终极消亡吗？这一切意义何在？

“岁将暮兮欢不再，时已晚兮忧来多。东郊绝此麒麟笔，西山秘此凤凰柯。死去死去今如此，生兮生兮奈汝何。岁去忧来兮东流水，地久天长兮人共死。”这是卢照邻锥心刺骨的最后文字。随后他自掘坟墓，不时全身躺下，以身试穴，最后投身颍水鱼腹之中，作别尘世。

正是深知无意义的诸多贤人和闲人，在喋喋不休地追问意义、寻找意义，同时消磨意义，最终告知众生，根本不认同意义。他们只是活着、存世，掰扯意义、推崇意义，然后打碎意义、消灭意义。手头总得有活，存在总因有事。犹如花儿在开，猴儿在耍；农夫在耕种，寡妇在数豆；各人各想，各人各知。

你食之如珍馐，我视之如敝屣。一幅画正看是山水田园，倒看则是镜花水月。病者羡慕苦工身强体健，清醒者羡慕糊涂蛋吃好睡好。天下事正反互补，世上人高低对应。

富贵在天羡慕生死由命，胆小慎微羡慕视死如归。反之是否也然？自觉有意义者，是否羡慕过那些不知意义为何物的人，那些被称为没心没肺、日出日落、劳身劳力、形如人畜无害者？而这些所谓的苦命人，是否仰望过苍天星空，诅咒过天地不平？我们不得而知，却也人同此心，心同此理。

人活着，面对的是活人；人死后，留下了各色各样的人文艺术。这些古典经典，经历辗转流离，或束之高阁，沉溺于浩繁。呈示或沉睡，面对的是苍茫时间。那边谁也不知道怎么回事。是否还有精神追慕，思想追求？是否还需内心食粮，灵魂安顿？所有的创造，也带不过去那边；留了下来，还是后面的活人，兴之所至了再行品尝欣赏。

正因如此，要留下的能留下的，总得有几分意思。这些意思，在自己活着的时候，得有念头苗头，才有兴头由头，留下来才有嚼头劲头。想法多了意念深了，得有个名头，那就是意义。意义加持，这事才有人亲近，亲近的人才觉得获取了额外的意义。

生造意义的人，和农民创造粮食、乳母喂大孩儿，是一样道理。意义是喂饱精神空虚的食粮。瘪塌的胃容易填充，流浪的精神难以伺候。于是，不同的意义创造，共需的价值追随，得有人闷头造出来，因为有人需要开怀，有心需要安置。

创造自认之意义，他认之价值，虚荣可以中饱私囊，性命得以保全，松散时间得以打发，完成日夜更替，满足精神安抚，没有虚晃时光。这点特别重要，生命就是一段时间嘛。活得长与短，天王老子不知道；过得好不好，盖棺论定为时尚早。那么，如何度过时间，是活着的轻重选择。

掰扯的意义，若能找到共鸣共振的同频人，何乐而不为。赞誉满口袋，虚荣满盆钵。回头叼着细纸烟，含着大雪茄，披着长青衫短马褂，踩着千层底儿增高垫儿，嘴里喷出一派混沌蛮荒的气息，拖着慵懒无凭的身子骨，百无聊赖，浑身上下含蕴着扎穿千古的意义。同时活着的万物生灵，舍千万吾独往矣。

他们尤其孤独，寂寞如狐狸。知音不多，交谈无欢。缺乏同好中人，极少合拍之音。内心那点忧伤，清清淡淡，湿漉漉的。那丝自鸣得意，相伴着没有缘由的孤寂，悠悠绵绵。他们会想，自己所创所造，是否经得起历史的推敲？到底为谁为什么，去捣鼓这些有的没的？而不做这些，又去做什么？无非是打发时间，钟儿嘀嗒，流浪飞沙，别把整颗童心都带走了。

和芸芸众生一样吗？和早前的自己不一样吗？到底怎样更有趣味，更具价值性？原先觉得的云泥之别，静下来想想，其实并无二致。既然同时活着，则共饮一江水，共呼一空气。那么抛开牵强附会的外加，只剩一口气一条命。活着，大抵是全部意义，或者说是全部意义的根本。

活着得有份寄托，以示存在。你陌上耕耘，我江中划桨，是为一样。我鬼画桃符，你纸上谈兵，如出一辙。芸芸众生，都得有所表示，有所呈现。无论庙堂之高江湖之远，还是江渚渔樵孤舟蓑笠，都得以一定姿势，竖立歪倒在人世间，告诉世人告诫自己，我是这样在活着。

夜静春山空，月出惊山鸟。千山鸟飞绝，万径人踪灭。孤舟蓑笠翁，独钓寒江雪。这是一幅人间缩影，貌似一个悖论。明知无甚意义，为何还要继续编造，还要乐此不疲去过滤价值，锲而不舍去提纯意义？还要传递给更多人，还要流芳百世，让后人记得我，想起我？昔时人已没，今日水犹寒。

人生天地间，忽如远行客。世上有人记着，就还活着。司马相如和扬雄，李杜王孟和高岑，还有元白刘柳。“王杨卢骆当时体，轻薄为文哂未休，尔曹身与名俱灭，不废江河万古流。”人虽不在，文字意象还在。见文识心，见字如晤。图文栩栩如生，后面那个人力透纸背，灵魂活灵活现，涓流细滴滋润着人类精神。

人生如逆行，我亦是行者。悲伤和痛楚，相对凝固；忧伤和感伤，如影随形。快乐靠不住转瞬即逝，忧伤信得过飘忽不散。共情更多的是人世悲苦，因此共难容易，同乐则倏忽。因为快乐质轻，略显轻浮；而痛楚量重，显得深厚。

竹简纸张，所传文字记载，人世欢乐甚浅，苦难见深。致使文化底色，从来郁郁寡欢，不敢得意忘形。魏晋南北朝嗑药狂肆、放浪形骸、清谈玄谈，是装疯卖傻；兵荒马乱年月，纵情欲海，是及时迷乐。强颜欢笑多，真心欢喜少。

人类基因延续的质地是文化，我们是同人，并非单单取决生于斯长于此，而是有个共同的文化塑造。从诗经楚辞到唐诗宋词，从孔子孟子到史记汉书，是这些文化记忆铸就了文化血脉，这些文化血脉铸就了文化基因。我们是为同一族人同一类人同一种人。

我们虽被征服过，而文化脉络没断。帝王将相废了，文化骨骼还清奇正统。黄鹤楼烧了好几次，对其重建依然情有独钟，只因崔颢的“黄鹤一去不复返，白云千载空悠悠”。岳阳楼也毁了多次，依然对其一往情深，只因范仲淹的“先天下之忧而忧，后天下之乐而乐”。

赤壁只是一面峭壁，怀古还容易找错地方。为何还对它深信不疑？只因“大江东去，浪淘尽，千古风流人物”。但苏轼交代过，“人道是，三国周郎赤壁”，他也没确认真迹。阳关在汉平帝时应该就消失了，而今只能看到黄沙戈壁，为什么还要不远千里去寻访？只因“劝君更尽一杯酒，西出阳关无故人”。

是非功名转头空，只有经典永流传。因为《别董大》《赠汪伦》《送元二使安西》，让寂寂无闻的董大、汪伦和元二，青史留名了。留名女性屈指可数，伴诗而留的有薛涛、鱼玄机、李清照，伴帝的妃子们有几位，还有青楼女子几个。还有一堆人，只有姓氏官名字号，在诗里如群众演员，代表了部分曾经活过的群像。更多的去者，让来者深信，自己也将逝者如斯夫，泯灭于时间，好似没来过。根本没来过，却如天上星，微光闪耀过。“出郭门直视，但见丘与坟。古墓犁为田，松柏摧为薪。”

“云破月来花弄影。”“娇柔懒起，帘压卷花影。”“柳径无人，堕絮飞无影。”张三影（张先张子野）这三句话，或可当作人生的三种状态。侧身花弄影，性起卷花影，魂灵飞无影。字词看着缥渺，里义却着实周全。王国维的人生三境界，是另外三句话。

意义到头来，亦无意义。白茫茫一片，鸿泥爪印风雪盖。意义牵强附会，价值一文不值。兢兢业业所述，孜孜以求所属，怎奈何时光飞逝，怎奈个天下纷扰，终究与己无关，与谁何碍。百年在一旦，神仙安可冀。

“季路问事鬼神，子曰：未能事人，焉能事鬼。曰：敢问死。曰：未知生，焉知死。”王绩死之前，有感于世人对他的嘲讽，讲了个故事。古代勇士飞廉有两匹马，一匹龙骼凤臆，飞驰如电，活活累死。一匹驼颈貉膝，还爱尥蹶子，终年而肥。你选择做哪匹马？

价值由外认，意义可自赋。价值如是合同下的共同建构，而意义则为自我认同下的生搬硬造。双方满意，价值产生；独自偷欢，已是意义。价值连城或价值虚无，看摆放在何处。而意义大可自娱自乐，乐不起来了，再起一行意义。

如何措辞，亦没法把世界虚无和意义缥渺描绘准确。修女般贞文洁字，也难免致使陈词不切，形象不全之谬。在芸芸众生中遗世独立，下场依照惯例，当为险峻奇峭。如夕阳西下，影子潜入尘埃，遍寻无着。

尼采说作为动物的人没有意义，人在地球上的存在根本没有目的。百年倏忽而过，人到底为什么？没有答案。对于人和地球，意义是缺乏的。每一种伟大的人类命运背后，都回荡着一种起抑制作用的更响亮的徒劳。叔本华说，人生就是一团欲望，得不到痛苦，得到了无聊。背后还是徒劳无益。

这番话引申出三个观点：人生没有意义；众生随波逐流，活着无目的；大多数人的一生，只能徒劳无功。所有的人，不可避免地面临一个结果，消失于历史的烟云当中，湮灭在时光的长河里。哪怕是文明，也有消亡那一天。

对于广阔无垠的宇宙来说，从宇宙大爆炸的那一刻开始，毁灭和消亡，注定是最终的结果。大部分人，都找不到自己的人生方向，千篇一律的人生，终结于相同的归宿。

南唐老臣徐铉，为南唐后主李煜撰《吴王挽词》。“倏忽千龄尽，冥茫万事空。青松洛阳陌，白草建康宫。道德遗文在，兴衰自古同。受恩无补报，反袂泣途穷。土德承余烈，江南广旧恩。一朝人事变，千古信书存。哀挽周原道，铭旌郑国门。此生虽未死，寂寞已销魂。”

李白晚年说：“屈平辞赋悬日月，楚王台榭空山丘。兴酣落笔摇五岳，诗成笑傲凌沧洲。功名富贵若长在，汉水亦应西北流。”宏伟建筑终成土灰，宏大叙事亦将稀碎。文章辞赋在竹简木牍口耳相传里，或有更顽强的生命。早李白五百年，也有个人说过：“年寿有时而尽，荣乐止乎其身，二者必至之常期，未若文章之无穷。”

活着的时间，于时空不长，于己毕竟要自视不短，不然每一日都要度日如年。在无意义的生命里，如何自觉有意义地活下去活完成，是“人生不满百，常怀千岁忧”的本源。养活了一家人，是独善其身；普惠了一帮人，是兼济天下。顺带娱乐了自己，那是自得其乐；捎带乐呵了别人，那就是有点意思了。

生命正因为其短，才有害怕与恐惧、欢喜与忧伤，才有争取与放弃、不舍与珍惜。都成了千年老妖，没有鬼神候着，也就没了人间百态。人心没有敬畏，世间就没有经纬，人间就没有规矩。不死的生命，本无意义。意义全无，则没有创造动力。反而言之，假若连意义亦不虚情假意去建构，诚心实意去创造，这尘世出入自由，这大千世界，万物生长则缺了灵性。而这芸芸众生，来来往往，上蹿下跳，折腾个什么劲呢？

2022 年 3 月 7 日

# 落木萧萧

很难描述我当下的心境，好像换了副面孔，甚至换了颗心，换了个人。其实是换了颗头，是头发没了，几近一扫而光。我至今难以接受这个现实，虽说是中年失去之一种，我却揪住这把头发不放。

揪心不已的现实，是恐惧照镜子，却忍不住去照。镜光返照下，没有颜色配比，眼前一片惨白。得低下头颅抬眼看镜子，依稀依稀，可见一茬微薄茸毛，附着在头皮，像秋天的荒草，假装顽固分子在坚守山头。

洗脸刷牙的时候，不小心会从水龙头把手上，照出一颗头颅。冲凉洗澡的时候，花洒上也会冒出来，鬼影幢幢。手机屏幕上也会偶露狰狞，特别是视频通话的时候，人脸识别绑定银行卡的时候。一种是潜意识的不小心，一种是没退路的有必要。这几种情况，都给自己一份扎扎实实的羞辱。

这颗阅世几十年的头颅，曾经有过深刻或浅薄的思考，而今让自己变得虚浮而难为情。头发的日渐稀落，好比是人间失格的奚落，也让自己的思想浅薄起来。我很难旁若无人，装聋作哑走过大街小巷。我很怕下楼见人了，觉得这副尊容，已经不近人情，是一种失礼的冒犯。内心控不住去想，别人怎么看这颗脑袋。两年前见这颗人头，头发还挺多的，怎么一下子说没就没了？是缺维生素，还是熬夜多了？是遭了见不得人的罪，受了非人间的苦，还是肾亏体虚所致？哎呀，这人以前还能多看两眼，这头发一秃，一下子老了许多，成另外一个人了。

即便现在戴着口罩，也未让我成为装在套子里的人。虽说人脸遮盖了，却藏不住一个秃噜脑袋。竟感觉矮了半截似的，好像也猥琐了不少。就算没捕捉到异样的眼光，自己的眼神却有意躲闪。就想慈眉善目一些，能否抵消一丝油腻之气，让人家觉着，这人还能勉为其难地瞟上一眼，不至于惨不忍睹。

走在路上，对美人注视少了，忍不住多看了几眼男人，多留心了一下顶上头发。真就多见了几次同病相怜的老男人，甚至有不少头顶虚空的年轻人，一阵风似的，在眼前划拉而过。我会瞎琢磨他们到底在想什么，他们也在意于此吗？我看不出过多表情，亦没看出更大的难堪，只看见一副苍茫赶生活的样子。虽说是同病人，却没让我建立起同情心，他们好像也不需要。而我却觉得更加焦虑，我和这帮人一起，在绿叶红花中，意味着一种凋落，而处身这尘世风景中，已有碍观瞻。

我欣赏美的事物，即便不俊不美，也要有基本端庄的面目呈现。与一个人初始会面，那第一打眼特别重要。你不了解他的过去，也看不透他的心，但相由心生还是不可避免。人群中一掠而过的面目，初见即永别，再见也陌生的面孔很多，不必长久留心，也会粗粗留意。触目惊心少，一见倾心也少，从头到脚包括衣着，看着舒服是对人群最基本的尊重。

向来对残障人士抱有同情之心。我觉得我们都在抱残守缺，有人是身有人是心。我对他们若无其事又自强不息、百折不挠的样子，生出一份悲壮苍凉之感，同时涌出一份无与伦比的敬意。他们比身体完整的人，多了一份自然抗争——天生需要建立一种平等对待世界，以及世界待我平等的意识。

毛发是人身上长出来的花儿，头发是最茂盛、最密集、最轻飘也最显眼的花朵，是容颜担当之重器。花儿盛开，代表身体土壤湿润肥沃，亦让人看上去更养眼更妥帖。头发顶着天蓬勃而生，向阳花开。如花圃需要园艺师，有个行当也为头发而生。花儿在春夏之际，水草丰美，需要技师修剪；在秋冬之际，凋零坠落，需要心灵修复。

上苍创造万物生长之始，同时给了万物凋零而终。而后又让万物复苏，再万物坠落。但是这复苏与坠落，已经是另一茬另一季另一代了。浓密与丰沛、滋润与美丽，注定是短暂的。面对丧失与伤逝，人类会更加不舍，同时也更加珍惜眼前美好。老舍说上帝让人死亡，必先让其丑陋。如果一个生命，在最美的时节猝然而逝，会让人更加伤心欲绝。

向来心是看客心，奈何人是剧中人。对人对事，概莫能外。我知道爱美之心人皆有之，也知道变丑之身无以避之。只是到了自己头上，还是不愿承认这具皮囊、这颗头颅、这张脸，在一寸寸水土流失。表面的坑坑洼洼、褶皱纵横、鬓发苍白、胡子拉碴，似乎更好接受。唯独顶上那一簇毛发，无边落木萧萧下，让我顿生悲凉。

这一颗饱经沧桑的头颅，要以如此不伦不类的形象示人，观者不言，当事者伤心不已。如此不堪入目，我深感愧疚。

有个地方我两年没去过了，那里可以见到有着顶上功夫的理发师。我跟他们几十年的交情，至此已无面见之缘，断了肌肤之亲。他们曾让我低头抬头，我像孙子一样听话。洗剪吹出来焕然一新，换了个发型，好似换了个人，精神清爽起来。自此以后，此地无丝三百根，我只能走过路过了，我那黑白稀疏之地，不劳烦他们了。我买了把推子，时隔十天半月，就乖乖趴在地上，借他人之手，四面推过去，如是一个绝情了断，推到寸草不留。

寸草不生倒好了，断了尘缘，了却残念。我以前还抱有希望，是否有某种神妙之术，让断续不清的毛发，重新接续起来，回归我本来面目。为此亦做过无谓的尝试，后来不晓得是技术不堪，还是我耐心欠缺，到底是失败了。而今就想有一种神奇药水，如僧侣剃度，轻轻涂抹上去，三千烦恼丝，彻底寸草不生——从此脱去凡念，尘缘如梦，不再追究人间细实。

我不喜欢温温吞吞的拖泥带水，认可伸头缩头来一刀的痛快。既然不得不接受这个现实，这颗头颅，迟早要天地白茫茫，何必顶着一片狼藉招摇过市。留恋过的所有美好，终将抵达告别。好比幼时一个心爱的玩具，不明下落；好比少年之暗恋初恋，不明所以；好比一次次热闹的猴把戏，一回回流水欢畅的筵席，终将散场和离去，终将告别而不再。

我们的上帝是创世纪的盘古，他是传说中开天辟地的巨人。他的头和眼睛变成了日月，身体变成了大地土壤，皮肤毛发变成了树木花草。而他的灵魂贯穿到了全天下。盘古就是我们的心。《易经》里的易才是不易的。佛教里讲成住坏空，成时很美很好，住时勉强维持，坏时分崩离析，空则无影无形。

2022 年 6 月 15 日

# 中年自持

花信匆匆度，我亦愁中老。到了这个年纪，也就喝大了声音大，喝多了话更多，喝醉了当回醉翁老爷。平时都龟孙子一样，萎缩着身架子低头哈腰，一副亏欠天下、兜底朝天也偿还不清的模样。

早就不与世界为敌，也不再祸害人间。喝高了，顶多吹个肥牛，指着当年明月，回说当年情，自诩当年勇。相比眼下这副霉腐德性，好似那形迹可疑的早年，也爬过景阳冈、走过衙门桥，行过时、当过令、把过道。

这都是中年心境幻化出来的海市蜃景。早年的行踪不定，如同镜花水痕，已经过期作废，死无对证。深夜碰杯，不过信口胡诌，取来作一笑谈。如戏说聊斋、怪谈志异，万万顶不得真，权当一戏谑之乐。

凭着一脸风霜，徒念故交，故交半零落。不再结交新朋，新朋已成少年戏份。满身旧伤老茧，怕是难以撬开心锁，开门迎客。门外街区，已是另一个世代喧嚣，另一番世象翻滚。世界没和你一样老去，它永远比你年轻。

不似结客少年行，逮谁都能掏个心窝论个理，拍个肩膀盟个誓，拜个把子结个梁。而今看着少年，说教不得，怪罪不起，徒叹奈何。心里骂着，好好佻达吧，也就这几年轻狂；往后世道险恶，有你好受的。

老友风流云散，留下几个在远地贪生，难得同时间回老家，更难以异地相聚。只能生生地想念，活活地挂怀。偶尔夜空飘来一通酒话，或许又蒙受了不白之冤，遭遇了一番莫名委屈，找不到出口，憋得实在难受。

眼巴前暂停几个老哥儿，他们不再风流快活，多数额头已宽、须发半白、身始佝偻、性趋寂默，却还在埋头苦干，吭哧吭哧卖力讨生活。不见得风生水起，也犯不上穷困潦倒，却也经不起年成动荡，只巴望世事承平。

屈指可数的老友，并非同道相谋，也非臭味相投，却有岁月幽深的一道追光遍洒周身，有心性一脉相承直抵丹田之内。可以戏谑，却不忍戳穿；可以调侃，却不愿点明；可以自嘲，却不必自怜。在对面的皱纹里，目睹自己的沧桑；在自己的欲言又止里，理解了别人处境的难堪。

一口闾里生活，一团烟火尘埃。敬奉老父慈母，抚养长儿幼女，兼顾着思考自己老去，能有一副祥和晚晴。之间没有信誓铿锵，唯有一份自我默契下的百年心诺。没法完全重叠你细枝末节里的弓身侧影，却能认同你卑微琐碎里的诚心正意。

亦曾有过厚油浓脂的日子，含着咽着就成了清汤寡水。偶尔碰头喝场酒，就朝这几把老骨头下个黑手，宛如青春未尽的臂力犹存，举重若轻似的嬉笑怒骂，作弄一回，调笑一番，祸害一把。深夜碰杯，叮咚作响的，是梦碎的声音，伴着磨牙的切齿响。

身体走下坡路，已大不如前。腰椎间盘突出，颈椎僵直脑歪，脊椎直楞斜垮，尾椎鼓凸骨裂。全身肢体都在揭竿起义，内脏也在鸣锣击鼓。腿脚不利索，头脑多迟钝。古人言萦绕耳畔，昨日事九霄云外。老辈说的话成了嘴边的絮叨，带着典故的成语得到前所未有的理解。

白昼里形容枯槁，得强打精神；夜色下形色灰暗，须独自调理。那体貌清俊、容色明亮，早由岁月收回了去，如花辞树。不再有讨人喜的姿色，也无让人乐的包袱。守着一亩三分地一日三餐，看着一家老小度日安平。像一潭死水，却不甘于沉沦。

二九年岁，一袭青衫落拓不羁，一卷包裹浪荡飘逸，丰神俊朗，仰天大笑出门去，游历江南塞北。每一行百数千里，初则兼月，渐至匝年。各地土俗民风、农桑鄙事，与故里相似，又各不相同。两眼好奇，一心游离。问天地之悠悠，独怆然而默不作声。

早年的形迹可疑，不外为博一出息，劈一出人头地。所下的功夫，无非在山水中穿行往返，漫无所终。到后来遇见那一水姻缘，愣是没了反转的剧情。情到浓烈处，唯有坐看缘起时。这城市高楼，密密匝匝，盖过故乡山丘的起伏，与远方就此失去了联络。

中年就个性模糊，德性彰明。中年想伫立成一座山，却斑驳成了一邪影，摇晃在高楼的缝隙里，光怪陆离。五行缺了火，烘焙不出一块砖，烧制不成一片瓦；也缺了水，难以滋养一棵苗，开出一朵花。好比山谷里的水仙，离开惯于成长的幽涧深潭，偏要寻找另一片天地里的春天。春天里那个百花开，花儿换了一方水土，香气则缥渺幽怨。

“采采荣木，结根于兹。晨耀其华，夕已丧之。”中年人内心蕴含着一撇内火，久久不忍散去，如门神固守内府，可谓妖风作孽。扇起梦里一场虚惊，惊出一身虚汗，全身虚脱。你怀疑身体出了问题，内脏出现了紊乱。筋骨处处，一堆揪扯；血管纷纷，一派纠缠。

“岁华尽摇落，芳意竟何成。”牙龈出血，脸颊肿痛。齿身开始摇晃，诊所只有一辙，来一盒硝酸唑打发，随后建议你不疼了再来。拔牙有医保，镶牙得自费，有国产与国外之分。手里捏着硝酸唑，嗫嚅着支吾着，语焉不详地出了诊所大门。

十字路口拐弯的时候，水龙头拧开的时候，热水器乍然响起的时候，久蹲起身的时候，有一份晕眩，猝然就当头而来。以前偶尔蹦出的偏头疼，如一位莽撞的客人不约而至，变得赖皮起来。路面不再那么平整，一棵树就要成了倚靠，歪风裹着你飘摇。

关于趋之若鹜的旧时夜宴，似乎起了风波，不再不分青红皂白地奔赴，内心如青苔般生出胆怯。不得已的赴局，抱着一醉方休的决绝，少了一份坦诚相待的美意。酒量见了底，醉酒不再风流当歌，而成了碎碎念念的鼓风机。

“日月忽其不淹兮，春与秋其代序。惟草木之零落兮，恐美人之迟暮。”中年人见证着生命的短暂和脆弱，也见识过生命的强韧与从容。在时间倥偬的笼罩下，在世间万物的滋养中，有了一份定力，却始终摇摆不稳。因为能放过所有的对立面，唯独斗不过时间。

“万里卷潮来，无情送潮归。”一路走过来，不乏逸趣横生，也不缺枝节横杈。我们投注了心力所以倦怠，耗损了心气所以憔悴。元神元气先天而来，看不见摸不着，从来没当回事，一再地放纵不羁，导致损能耗量。我们不需要大喜大悲，忧伤适可而止，喜乐浅尝辄止。

中年开始关注本身，共情他者。开始关心余生，恻隐苍生。试图从混沌回溯源头，穿透未知之境。在笃定中感知虚空乏力，在幻灭中寻找定力定见。“谁似东坡老，白首忘机。”潮来潮去中，鸥鸟自在飘飞。若要与鸟同行，将再也不见鸿泥爪印的踪迹。

时空日渐逼仄，生命捉襟见肘。一边叹昼短苦夜长，一头知生年不满百。怀着千岁忧，却无人秉烛游。“满目山河空念远，落花风雨更伤春。”我们的内心不再有石破天惊，哪怕面对山崩地裂。有的是一心沧海桑田，一念感时伤逝。

斜阳却照深深院。中年人的心境犹如一座深宅大院，有幽深的回廊小径，长满青苔的石板路和石阶。光线不明，花香不浓，鸟鸣不闹，墙内藤椅墙外行人笑。想守住这份安生，却暗生起一份心猿意马，终究按捺住悸动，勒马驿站。

“庭院深深深几许，杨柳堆烟，帘幕无重数。”容纳了岁月的惊涛骇浪，亦涵容了诱惑与挣扎、愁闷与酒醒。还在寻找自洽的时间，自适的空间。面对外界不再咄咄逼人，却很难做到对自己脉脉含情。接受了风雨摧残，亦承受着人心的拷问。

直面过日常不堪，也得了岁月给养。少了恩怨，多了情愁。探出一份清醒与自持，还得寻找一份定力，从而躲避时光的衰朽，抵御尘世的扰乱。试图获得一份清明与从容，不至于在风雨飘摇中跌倒。再也活不出劲道霸道，只想走在道上莫要犯迷糊。

一个人的世事变迁，昨日海角明日天涯，折转至此，让人如枯桑转蓬。一程山一程水的羁旅漂泊，似乎被拆成浮木断柯，再也拼凑不出一叶行舟。在劲风无荣木的破碎乖谬中，持守一份此荫独不衰的生命完整。不再远游，也不至于行偏。

我从小爱摘爱闻的，就是金银花。而今拿来泡茶，闻着香气去火明心。受了虚火虚汗的冒犯，不再亲近烈火烹油的大酒大肉。晚灯亮起，散步在楼下那条小街。晚风吹起，街边坐落的几家烟火小馆，酝酿着人间生气。熟悉的围裙抹布，熟悉的笑脸，胃口在这里打磨，夜晚在这里消磨。

没酒盏作陪的夜里，我就戴着耳麦，听伍佰轻咏慢唱着《风平浪静》，走向夜色的静水流深处。有酒有朋当好，听他们吹肥牛，弥补我时事政治的苍白。无酒无朋也行，坐在藤椅上摩挲书籍。夜深人静了，喝一杯清淡的酒，抽几根细烟，陪字走几行，陪月走一程，再去陪庄周。这一天算有了交待，明日也无反转，对人世没了款待，却也不曾亏待。

2023 年 4 月 1 日

02

# 时不我予

# 时不我予

去年下半截至今年上半截，母亲病情控制着我的思想。我以不确定篇幅，记录着对母病的焦虑与无助。

文字没有懈怠，却也走得愈见迟缓。这些年，我像一头老黄牛，躬身犁耙着这片文字土地。手握一把篦子梳，勤恳梳理着肥沃贫瘠。我试图回到两千年前，从老子的道法厘清孙子的兵法，从庄子的天地无法到墨子的绳之以法。半生存世，没搞清来由，却已面对去向。白马过隙如入无人之境，雷光电闪恰似有生之年。

我常常半夜惊起，无由忧伤。身如不系之舟，心如死灰之木。问吾平生功业，浓粥稀粥淡粥。无端又做长安梦，半生浮萍漂，一世情缘灭。总觉得心有余而力不足，意欲动而气难发。还没读几本书，尚未写几个字呢。名利早已丢弃，只想留几个文字跳动在世间，替我长命千岁，代我继续活下去。这算是一份奢望，也是一种心病。

我过早脱离尘世，却未曾脱离苦海。我急于屏蔽尘世，却未曾实现归隐。寓居于最大最魔幻的都市，假装清高假装屈身低就地活着。貌似与世无争，在这个城市无凭无据地活了下来，看着是个奇迹，却也让人费解。可见，我和陶潜和苏子瞻可以一比，却缺少比较的参照。甚至在年将半百的今年，实现了连根拔起式的户籍转移。我没悠然见南山，也没大隐隐于市。

虽然在拙荆主导催促下，这事亦费时多年费钱不菲费神不少费劲巴拉，却也没有窃喜没有大喜过望；只是为了小女在此出生，天然认为她是这里的地主。而我对故乡仅有的眷恋，似乎进行了一次彻头彻尾的告别与连根拔起式的脐带断隔。我内心的想法，真的无所谓，实现与否都无所谓。这是对小女的一个交代，对拙荆的一份表态。我深爱着她们，做什么都可以。

做什么都可以，只要让我读书写字，让我时间自由行迹自在，能自顾自待着就好。莫让我功成名就，别让我大器晚成。我已熬过了年轻无为，到了这把年纪，不想要的、无能达成的，已经强求不得。我想要的，亦让我随心自由。得之欣然失之淡然，有则侥幸无则无谓。我要什么，无非一杯酒一壶茶，一根烟一颗字。好比颜回一箪食一瓢饮，我一本书一行字，不改其乐不变其心。

文字是我生存之依托，生活之依据，生命之依赖。少言语以当贵，多著述以当富；载清名以当车，咀英华以当肉。这是再平常不过的一件事，很多人欢喜，更多人不喜欢，而我渊源有自，追溯颇深罢了。活着得有份坚持，恰如活着本是一份坚持。我以文字扶持生命，虽然没救助生存、接济生活，而我不怪文字，亦非责备任何人事。文字不过是私密的内心观照和生命观照,我信奉亦信仰文字，如此而已。

文墨由心而发，不可刻意为之，类乎不由自主。一年以来，我无法诚心静虑，走笔其他人事。拘促于病室，沦陷于病情。书写零碎，阅读神散。写字如跬步百里，看字如累土高台。早已失去一目十行，一笔千里之气概。精力大不如前，才知书到读时方恨老。恹恹昏沉，从不睡午觉的我，开始瘫在沙发上，打起呼噜唱起歌。

购物车里的书，待我下单；书架上的书，等我亲近；飘忽云端的文字，待我下笔如有神。下单买书，算好趁拙荆不在收快递，就怕逮个正着，又得一通数落。到家了随意码放，就怕发现添了新丁。能塞下的地儿都已霸占，还得假装早已存在，万莫让拙荆火眼金睛发现端倪。可无论早九晚五不偷懒，无论穷尽心力不撒赖，抵不过老眼昏花的速度，熬不过时不我予的进度。

戴着眼镜，书得离一尺之许，不戴即得贴着脑门。看久了眼睛干涩，得滴眼药水，闭眼润湿些辰光，始得缓解。后脑勺不能顶着靠垫，容易犯困；抱着书不可太久，容易走神。得起身绕着斗室转悠，去干点杂事，这里磨磨，那里蹭蹭，动动筋骨分分心。天花板看着下面这个人影，逡巡来去犹如幽魂。不可专注于书，此乃不得已而为之，却仍存一份不能示人的自得其乐。

蔡澜说，生命有限，把生命留给最重要的事。他今夜不设防，风流潇洒过，最后把时间留给文字，玩不动了嘛。他说自己半夜三更，起来著书立说。年轻时，夜被风流才子们熬干了。而今懂得早睡早起了。我亦熬夜，但没去更多的地方厮混，多为楼下一杯酒，点到为止醉一场。多数夜晚，在厨房流连，多抽一根烟，多喝一杯酒，只为与文字对话。为此，我还是耽搁了太多岁月，浪费了不少时间。

人生百年，后半对前半，不堪比拟。年华似水，只可追忆而不可追回。年轻时一目十行，年老时十行已睡意昏沉。有些人说他们一年读书一百本，谁又知，百本亦如浩繁星辰之一颗，百年只是沧海桑田之一粟。百本只是某年，并非年年。即便每年，百年无非万本，相比经史子集古典经典，微不足道也。

如果读不完，就留一本《老子》，这本不可名状书。非加一本，那就是《庄子》，逍遥北冥之书。当然还有诸子百家，百家都没睡着，其思想熠熠千年，其光辉灼灼其华。其余后续的，均为分解裂解开解化解，掰开了揉碎了而已。道理就那么多，非要归结一句，就是如何活着，如何死去，所谓勘破生死。

一直完成不了，寓意不详，便代代接着相参。除了科学日渐精进，简单了亦复杂了，方便了亦烦琐了。道法情理，就那么几下子。能说通的早说通了，没法说透的已无须说透。世人活着，要么欺人太甚，要么自欺欺人，活完你的，他继续活。这代迷惘这代穷尽思索，下代出路下代继续寻找。

活不下去的走了，承前启后的来了，继续活着的生龙活虎，或蔫不拉几。自取屈辱自取灭亡，又死而复生生而复灭。生生不息，道生一二三，三生万物。万物负阴而抱阳，冲气以为和。穷通之境未遇，迷失之局已定。生死之观未破，老病之势已催。求之今人，谁堪语此。枝头秋叶，将落犹然恋树。檐前野鸟，临死方得离笼。人生出世处世，存世离世，大意如此。

我看不过来了，那么多的书。我写不过来了，那么多的字。中年过后，日暮客愁新，野旷天低树。向来不睡午觉的我，抵不过神志不清，瘫在沙发即可昏沉睡去，梦里江流天地外，山色有无中。

尤其黄昏，抗不过日落江山之外，一股低沉之气裹挟而来，捧书的手疲软，看书的眼迷蒙，一颗头颅耷拉下去，一副死猪不怕开水烫的奴才模样。

我只剩下书，书是命根子，舍此已没更多的乐子。欢乐寥寥无几，欢喜少之又少。中年过后的日子，舍书唯留烟酒茶。烟酒是尤物，犹如红颜祸水，过量伤身且伤心。书不欺人，不祸害人。其可信手拈来，亦可挥之即去。其可长相厮守、朝朝暮暮，亦可见异思迁、朝秦暮楚。

你可以趋之若鹜，亦可敬而远之。她如此担待你，正因如此，你觉得对她不住。早干吗去了？你风华正茂的时候，为什么待我薄情寡义？而今年老色衰日暮西山，却想起我红颜不老？书籍没老永远不老，且越老越有味道，我却心有余而力不足，只能望洋兴叹咯。

2021 年 10 月 26 日

# 时不我待

念书所学课文，犹记得朱自清的《匆匆》，从指缝中流失的时间，听得见叮咚作响。还记得华罗庚的《统筹方法》，如何协调时间的平行方法。记忆犹新，影响也就至深。生活中随时警醒，随处取舍，倒善待了不少时间。

睁眼起来先进厨房，开水壶烧响，清洗茶杯茶壶。随后去打开关节，攀着门框摇头晃脑，企图松散颈椎沙粒。打一套爷爷教的入门拳，缓解托举手机和坐看书籍所拘谨抑制的股肱。一阵呼啦作态，呼吸急促通畅，一夜浊气呼哧而出，筋骨滋啦作响。几个震天雷喷嚏呼啸而过，这鼻炎报到之后，随即溜之大吉。这时水开了，回厨房泡好茶，开始刷牙洗脸。这就算开启当天第一道工序，回到白昼里来，这一日劳作即将开始。

于未来从无明确规划，于当日也无章法可循，于过去则无意回溯。活了这么久，恶习良习倒堆积凑整，自成一派惯性。做人做事，是为每天要务，但也并不周正。对过去无力翻转，对未来纯属忧天（我是扎实的杞人忧天体质）。唯有今晨醒来，侥幸又得一天，那就把这天人事简单应付了去。大部分时间，我一个人对付日常。无非洗洗刷刷，叠叠捻捻。无非客厅厨房，逡巡来回。视为劳动而乐此不疲，视为运动则乐在其中。

日子寡淡孤清，味道素白简明。唯有时间空流，与心流脉脉相连，滴滴相印。平生无所坚持，一是读书如饴，一是惜时如金。向来无所畏惧，不是所得少，亦非失去多；而是时间倥偬，不敢无辜浪费。最不喜欢排队，而破费冗长时间。索居本城几十年，所见一大特点，是买糕点和熟食，以公里计排长队，费长时无非一块东坡肉，站麻腿亦就一盒西式糕点。人们乐此不疲，只因这是响当当的老字号，像是买了个名头赚了个大头。这是本城的特色景观，是民国遗风遗俗，大家们讲究的生活方式，我不容置评，亦不敢参与。那些排队的人头，并非全是老头老太，他们如虔诚信徒，如是拜见菩萨，心诚则灵。

我时而费解，这时间如命，为何如此付之东流？我偶然误入其中，立马扭头便走，不做片刻迟缓。即便吃了能登仙，也不吃那一口，还是留在人间吃苦算了。现在是驿站取快递，犹如古时北上南下，十里长亭五里短亭。我去了，只见一堆人挤挤挨挨，杂乱而局促。一堆形神兼备的包裹，将来即去。驿站主人从没见消停，手持查询机器，复核清点。三五快递小哥，门外穿梭来去，或席地而坐，或抽烟闲谈，或整理包裹。

全小区的衣食住行，先在此汇聚规整。每家每户的三长两短，在这儿公然公开。业主们开车骑车拖车推车而来，开门七件事包圆了。见三两人次序等待，我则少安毋躁。不时又增加几个白发青丝，看我一旁默然，顺势就插针了。如果所取是小女的急需物品，那可耽搁不起，我只得耐住性子，万不能空手而归。如果是自己的书籍，此行就当散步，回头再来。当然，大爷觉得这时间值得，大姨就没话好说。大爷有的是时间等待，大妈有的是时间款待。而我担待不起，转身就走。

形骸非亲，何况形骸外之长物；大地亦幻，何况大地内之微尘。个人觉得这世间何事值得、何时等得，那就自便自取。生命就是一段时间，横撇竖捺掰碎了，合起来就是一生。所求意义皆为烟尘，所认价值均为霜露。可活着时，还得时而想着意义和价值，想着时间如何耗费更值当。大爷大妈们广场时间最拉风，小伙子姑娘们恋爱时间最短暂，所有人取快递时最来劲，因为拆开来就是惊喜，就是一份获得。兴趣所在，心志所向，时间在此消耗，就自认为最有效最值得。

非读书以外时间，均为奢侈。三十五岁孰不可忍，迫使自己从深水上岸，抽身而逃。早觉破费时间够长，再不自己掌握，这一生便了了寥寥。于是毅然越狱，自行假释，强行脱离桎梏，回归自由身。与书籍遥相呼应良久，务必尽早亲近。就像暗恋久了，得有形式内容上的诚恳表白。对文字心仪已久，时不我待，就像相恋已长，得有一份名分上的完整交代。

五千年书籍传下来，没读几本。后来者冗杂居上，图书馆汗牛充栋，书店去了更觉得汗颜。出版社绵绵不绝推陈出新，又能读得了几本？童子功废了，少年犯浑了，青年游荡了，这就中年昏沉了，再不回头，人亦老了，书永远年轻，岂能追上零星半点。而今兑现了时间，已经身子板了，筋骨松了，精神更差了，眼睛要花了。你认为的时间自由，其实被另一层人生状态给萎缩了，被另一份时间成本给剥夺了。还有拖沓冗长的事故与事务，绵绵不绝而来，搔首弄姿而至，并未留下多少时间来款待文字。还有拙荆盯梢，小女缠绕，我只能虎口脱险，与文字偷个情。偷得不明不白，名不正言不顺。

想想可怕，发奋图强从此开始，发疯般读啊写啊，追哪求哪，还没跑几步，头昏脑涨了，神昏眼暗了，事已至此就太迟了。我并非明谋正娶的纯粹书生，亦非名正言顺的正经文人。还得不容逃脱地好好做人好好做事，不容回避地处理棘手事务和日常事务。然后，零散读点书，不成系统；稀碎写点字，不成气候。

东榔头西锤子，并没烙下什么印迹。貌似费时用心，也是相比常人而言。记性又不好，合上所读之书，好似从未翻阅过。跟朋友攀谈起来，那点书生意气捉襟见肘。相反，他们倒头头是道，比我见多识广多了。政治经济时事，我关心不多所以陌生。而文学历史地理，竟也相形见绌，讲不出更多道道。原来他们阅历更广，参悟更深。他们读书听书亦不少，不管野史正史艳史。而我只爬梳了一些边角料，不免愈见心焦。想到此，又岂能偷懒，岂能不追遗补阙，讨回那失去的时间。

事但观其已然，便可知其未然。人必尽其当然，乃可听其自然。珍惜时间，亦并非易事。这两年陪侍母亲，无心看字。和大哥通电，费舌费时。和三哥斗心力，耗神耗心。尤其跟龙哥苦口婆心，更是苦不堪言。早年沉湎牌桌，近年沉醉酒桌，亦都不知羞耻，送走了成捆成束的大把时光。恶习难改，良习难立。决心收敛一些，身体的警告却早已敲响。即便给你全职待遇及文人名誉，时间全还给你，事亦并非了却，心亦并非静寂。中年人，难以纯粹下来，做个本分书生。老少的养、自己的修、人事的堵、生死的参，暗物质一样穿神透心，暗能量一样无处不在。有这份时不我待的焦心苦虑，亦只能顺其自然、尽其当然了。

年岁增长，觉得无论红楼之高，还是追忆之长，读已是挑战精力，写已是挑衅精神，唯有望洋兴叹。只能叽叽歪歪，来个家长里短，涂抹个小情小绪。至于短篇言简意赅，中篇意犹未尽，长篇鸿章钜字，根本是痴人说梦。大风大雨过来，原来这个梦，早已冲到了入海口。可这夜还得继续熬，梦得继续做，即便黑夜忘了黎明，长梦忘了苏醒，谁活着不得靠一份坚持作支撑，就这段时间这份命，当个长梦翻阅过去。谁梦不是梦，谁命不是命？我是凭借不为他人所知的那部分自己而活着。彼得·汉德克是谁，没几个人知道。我是谁，更微不足道。而记载生命与书写历史的文字，可以有更多人知道。

拨冗参加，是请柬文字。时间耗费，是不得已而为之，或惯性使然。既然如此，不如邀请自己，拜托时间，一并相依相伴流逝。亦不可泯灭人性，一概不问世事。孝心得取，诚心得给。世事无常得过问，人事难料得处理。然后见缝插针，总可偷来些零散时间，从手缝中流走，从水壶中端详，从酒杯中拿捏，从一根烟中穿插写几个字，在马桶上沉身读几段话。欧阳修是枕上马上厕上，我的时空可以扩展到厨房浴室阳台，公交站地铁里火车上，甚至病房。时间是拨的，是抽的；是捡来的，偷来的；是挤榨的，是随时随地的。

时间分秒流逝，你只能点滴不止吮吸，毫厘不差珍惜。

既然寸时寸金，分秒必争，那么就得时刻不失分寸。大片大段的时间，往往容易截取。最怕是零碎细碎的时间，该如何见缝插针，不容流失。生命伴着时间,时间关乎生命。生命里若说唯一拥有过、却同时失去的就是时间。其余得到的，可暂时拥有，而迟早归还。人类容易费心费力，去拽住可以延时的拥有，往往忽略所费时长与所得多少是否均衡与值得。所以常常听到不惜一切代价，不管费时多长，都得拿下的豪言。这句话藏着一种情绪，藏着一股拧劲，不达目的，誓不罢休。这句话亦藏着一种精神，对应研究原子弹核弹，攻破一项济世利民的千秋工程。假如只是为了一份私利，甚至损人利己，而费尽心机耗尽心血，甚至拼了老命，实在是得不偿失。

而仔细回想世间诸多人事，朝朝代代下来，千年万载过去，又何尝不是在在日常里的世故。光速快到极限，空间是弯曲的，而时间是不存在的。这是进行时的科学探索与印证，作为肉体常人，地球生物之一，不可能关注这些或有此觉悟。这是科学家的事情，而他们人数极少。等他们的发现发明改变了人群生活时，常人方知生存生态已经改变。但变了就变了，适应了然后习惯了，人群并不做深想。只有等到地震海啸掀开了房屋夺走了生命,才会有切肤之痛。只有等生态蜕变物种濒危冷热无常，才会有一闪念的警醒。只有等精子退化不婚不育已经坐实，才会有危局之困。只有年老色衰日暮西山，病入膏肓来日无多，此生不再永世难再，才如南派禅宗六祖慧能般顿悟过来，放下屠刀，立地成佛。只是时光不再，顿悟了亦即将遁形，醒悟了也就不再醒来。

那么懂得了生死，懂得了时间，又如何呢？不能如何，又能如何。好好活着而已，善待时间与万物罢了。好好的，亦要没了的。善待了，亦得不到款待。那就让时间交付你所认可的，你愿意破费的。反正发呆与发财、兴趣与兴旺，时间点滴不差。正如醒来与睡去、活着与死去，时间分秒不止。这世间，你来了没多一个人，你走了没少一个人。这时间，你有了没多一秒钟，你失去没少一秒钟。时空于万物没关系，万物于时空没关联。喝大了就说大了，说大了就见笑了。

内心有个声音在咒骂，只怪你想得太多，却又始终没懂究竟。想说清楚一点什么，又始终没讲通透。不就是珍惜时间吗？浪费亦是珍惜，于你是浪费，于我就是珍惜。你说一堆废话，既浪费口舌亦浪费时间。我一句没听明白，嚼着槟榔亦没伤着耳膜。到底是谁合算呢？你无非添加了一堆文字，而看到的人寥寥无几。是谁浪费时间呢？

2021 年 11 月 20 日

# 对影成双

斗室之内，信马我由缰；屋檐之下，今古余通览。“观书散遗帙，探古穷至妙。片言苟会心，掩卷忽而笑。”寡淡在家，偶然会生出一份窃喜，好似一股澄清气流，弥漫这家徒四壁。这一亩三分地，我自是主人。出门在外，我羞怯难安；独居在家，则神弛心定。房子要住人，不宜长相离别；外头要做人，不可四仰八叉。很多人很多屋，很多时间是空间。屋里满满当当，门外茫茫荡荡。人会孤独，屋空着是冷清。

夜深了还得靠酒助眠，已是积习难改，喝一点则昏昏欲睡。次日虽晚起，却一跃而起，睁眼意识到时间流逝，喟叹生命倥偬。昨日不复，今朝始覆。烧好水，一番摇头摆脑；踢完腿，正好冲水泡茶。开窗通风，再去刷牙洗脸。行为已成习惯，日常算有规律。禽兽一般蹿跳，呼啦一通操作，人亦清醒大半，就算从梦里回到了人间。

南人说饮杯茶先，这一日便开始了。早餐稀饭鸡蛋，就着豆腐乳和橄榄菜。抽烟人口干舌燥，最好有汤汤水水开个嗓。兴致来了，蒸两个酒酿蛋，这是大福气，是老家的贵客待遇，款待上门女婿的尤物。而今食物琳琅，很多吃法过了气，成了谈资，带着媚态。

早餐吃完，得推迟抽第一颗烟，万不可即刻点燃。碗筷洗好，厨房打理停当，转向卧室把被子翻开通气，或放阳台晒晒，夏通风冬照阳。地上有纸，枕上留发，轻拈复慢挑，得摘除干净。时间到了，得把枕巾换了，趁惠风和畅，漫浸阳光味道，好梦则不愁。四处散乱衣衫，是拙荆穿过一天或一次，一再交代没必要清洗的。日积月累，蒙尘经灰，始终没见临幸。就偷偷丢进洗衣机，让离心力卷起千堆雪。等拙荆回来，已折叠码放到应有位置。她并不知道发生了什么，待下次想起来，唯我是问而已。

存有半点洁癖，没到吹毛求疵地步。爱洗爱晒，无非靠垫靠枕、毛巾浴巾、头巾发箍，晴天洗晒出去，不浪费灿烂千阳。干净清爽了，觉着舒坦。少小的时候，在黑白电视里看到工人家庭，尤其领导干部人家，桌面沙发、床铺书柜，角角落落，到处收拾得整齐妥帖。那个乡下孩子，留有视觉印象，觉得那像家。那个孩子想，几时亦进城为居民，住上这洁净房间，该有多好。不像农事辛苦，农人蓬垢，农家脏乱。室内鸡鸭同行，果壳散地。农人赤脚沾地，因劳动而浑身沾满泥土。客人来了热闹，走后一片狼藉。费力收拾完，又来一拨人。干完农活，亦沾泥带水一通践踏，地下凌乱不堪。天地为亲的乡野，难得一份闲心余力，勤快洒扫庭除。偏偏我喜欢，数我最勤快。

乐得收拾家，如天赋养成。回到冬暖夏凉的泥巴屋，鸡窝在厅堂楼梯下安营扎寨，破晓打鸣震瓦惊梦。屋檐滴水，天地庄严静穆。黄昏夕阳，山外下落不明。这老屋在我出生那年砌起，有过四世同堂的静水流深。二十来年进进出出，聚少离多，却亦把整个童年和半个少年，装进了老屋。故事足够写本厚重小说，我却心虚得至今不敢回望。

村庄在幼女出生那年拆除，一丝痕迹没留给她打量。我出生以后，一直以为爷爷就是祖宗，没见过更高的长辈。后来看祖坟荒草萋萋，没上升多少代就断档了，亦并未确定是从中原迁徙来，还是从百越回迁落户。无从追溯，无处是家处处客家。而今祖坟亦再次转山，活着的死去的都是客居，只是暂时的安定。

我八岁开始磨墨写春联，梯上贴“步步高升”，鸡窝贴“六畜兴旺”,年年不变。屋顶满布灰尘和蜘蛛网,地下横陈污秽和不明物，只有除夕前，来一次大扫除，由我配合母亲。即便如此，犄角旮旯，亦总是不彻底。老母农活忙，兄弟惯性懒，全身弄得人模狗样，吊儿郎当逃避家事农事。打扫清理的活儿，唯有我继承发扬，并乐此不疲。

少年成长，内心劈出一条路，通向城门。城里干净体面，打扫起来定要方便许多。心里存了条道，脚下就有延伸。进城路起伏颠簸，但方向明确，三十年紫陌红尘，唏嘘长太息。脱鞋进屋以来，泥地换了木板，没了鸡飞狗跳，没了六畜兴旺，但有一步高升的电梯，直达家门口。注重整洁已打小养成，是唯一留下的童子功。从电视那个小匣子里穿越进去，踏入高楼，有了沙发书柜，这个家就得侍弄，就得像模像样清爽干净，内心才安稳妥帖。

清洗有规矩，晾晒有规律。贴身小东西，要么手洗，要么先洗。外套内衣，得分类分批，万万马虎不得。晾衣架，男女有别，新旧有别，颜色有别，以示尊重。这是个人闲趣，不作法度。竹篙当阳面，挂女士内衬小物件；背阳面，挂男士粗袍大青褂。即便从洗衣机里掏出来，从竹篙上收下来，亦得考虑重女轻男。

折叠衣服，亦有内外与雌雄之别，先内后外，先女后男。而叠衣码衫的功夫，则从老母处习得，而今手法日渐精练。我爹是工人假洋气，在衣着上却是真讲究。农人母亲为了侍候好工人父亲，在衣食住行各方各面，习得一手好把式。我能把粗麻布衣叠出轮廓，码放起来有棱有角，如刚拆包装的新衣，是得老母真传。

这细微家事，如此叽歪，在旁人看来，定有强迫症嫌疑，何至于此。回到自身，就是孤家寡人小乐子，并非一意孤行。人所以为的烦杂于我是简单，恰似人所钟情的物事于我则淡然。男人本是个脏东西，粗糙点又何妨，所以图快时大可随便处置。这种细节上的处理看似较真，于我则是一种消磨好玩；亦可粗略看出府中尊卑传统，多少看出门庭家教传承。男人可以被骂作狗东西，内心最好简洁干净点。

老早便参悟了世事，有份自知之明。永忆江湖归白发，欲回天地入扁舟。并非人人生来戎马倥偬建功立业，济世经邦求取宏图功名。既然心知肚明，则照此为人办事，免得旁门左道过深，耗了时辰，误入歧途。我生来卑微，向无大志。彼可取而代之，不过区区如此，此种胆识，从不敢造次，亦不敢小觑，更不可贪图。身为小男人，自有小爷们的情怀。只觉女人为大，弱者为尊，柔者为强。因此，我只爱干不费脑筋之小事，处不动干戈之小情。敬畏自然之生命，尊重卑微之蚍蜉。向来畏惧庞然大物，亦生怕功高盖世，那将如何收拾，颇费了思量。

坐在最后一排，最后回答问题。唱最后一首歌或不唱，最后一个说话或不说。卷进人潮挤进人堆，就怕主席台里有人看见。迫不得已务必要上台，则小鹿乱撞满头大汗，哆嗦着言不及义。为避免那颗心跳出胸腔，只好一再蜷缩而站、绕道而行，不往热闹处蹦跶。只愿水往低处流，事从小处做，人往低处走，心往细处想。只有喝醉了，舌大一寸，话高丈许。世人见我恒殊调，闻余大言皆冷笑。酒大了陪醉，酒醒了赔罪。

细碎活计最考究，家中琐事亦讲究，在于自认和他认，定于在乎和不在乎两可之间。买菜只到熟悉摊位，不问价不讨价，青菜萝卜这个那些，称好斤两付钱，拎兜转身就走。洗菜切菜炒菜，一样一样来，混合不得，分心不得，不然乱了分寸。看书累了去洗菜，写字倦了去切菜。葱姜蒜备好，芹菜叶子不能丢。一盘盘一碟碟，分门别类，灶台前码放好，一切准备就绪。

接好孩子正式开业，噼里啪啦别耽搁时间，不然她多吃了零食，饭菜吞咽困难，我的辛苦算白费了。我有的是时间，穿插着来，真正做到了零敲碎打，又严丝合缝，没浪费没耽搁——前提是没额外的杂务添乱。做饭的人，最喜清盘，那是一种肯定。即便自己一口未尝，亦觉得心满意足。最怕满盘出来，满盘回去。是独自含泪吃完，发胖，还是忍痛倒掉，两难。

举杯邀明月，对影成三人。夜深人静，如果嫦娥出来，我就多了个伴；如果细雨绵绵，则多了一份静。心里藏着点心事，有时无求而解，有时望而不得，可见心里还有牵绊，能力亦有局限。只好在文字里找补，恣意妄为一把，也算是自得其乐。月既不解饮，影徒随我身。夜色阑珊，端杯酒趴在阳台上远望，众鸟高飞尽，孤云独去闲，高低错落的楼房，夜色下顾影自怜。乍听十字路口一记电光石火的急响。时而砰咚一声，那是两车走神相撞了。都是为生计奔波的夜归人，而我站在高楼，夜未央梦难圆。

2021 年 11 月 20 日

# 天问楚歌

“夫天者人之始也，父母者人之本也。人穷则反本，故劳苦倦极，未尝不呼天也。疾痛惨怛，未尝不呼父母也。屈平正道直行，竭忠尽智，以事其君，谗人间之，可谓穷矣。信而见疑，忠而被谤，能无怨乎？屈平之作《离骚》，盖自怨生也。”

日常如流水，好似波澜不惊。生活平平实实，今明两日并无多少区别。十天半月不见大事，不临意外，时间也无明显的划痕。可是时光无心，日头一尺一寸挪移，时间一分一秒过去，万事万物都在潜移默化中。时间无须提醒我们，一直在改变着一切。

时光看似无心无力，实则力拔山兮气盖世，于时空隧道里刀磨斧削，在人体内心里雕光刻度。当时当下，我们没有明显厚重的感觉，时过境迁，你才回过神来，每一截时光，也并非如柳絮落尘而被无辜埋没了。

凡鸟偏从末世来,哭向金陵事更哀。我们不得不来到这个世界，又不得已离开这个世界。既然来了，投寄此身在此世，就好比到人间做了回客。既然做客，不可能来了就走，总得坐下来，推杯换盏，品尝下人间滋味，不枉隔山迢水踏世而来，再云蒸雾罩杳然而去。

好好歹歹，都得走这么一遭。少数人青史留名，多数人埋没荒冢。常人的在在日常，多为不值一提，并无多少人多少事需要记述；

历史对常人的记载，从来泛泛而缺失。可是史官笔下，不能光有帝王将相，他们开创开启也好，改朝换代也罢，千军万马的铁蹄声背后，有多少征人裹尸还，多少离人泪千行。

还有民间多少人，在阡陌交错处，默默无声。没人知道他们来了去了，没人看见天上有颗星星，为他们闪亮过。英雄人头落地的时候，君王们呼啸而过的时候，这点点繁星，也曾经划过天际，电闪雷鸣般快闪了一回。没人听见，没人看见，没人在意而已。

于个体而言，时间安放在哪，生命轨迹则存档在哪。你经历面对过什么，得失几何。珍惜放弃过什么，消磨几许。时间都记录在案，只是无从考证，也鲜少有人问津。即便生命卑微，命运渺茫，没人在意你来过，没人在乎你经过，上苍让你来了去了，都没让你白来一趟，终究又是空来一场。唯有时间宽宏大量，懂得并包涵。

活着本身而言，就是活着，其余都是节外生枝。你所认为的意义，与他人无涉；他所在意的价值，与你我无关。但生活是具体的也是笼统的，生命是愉悦的也是感伤的；属于私密的个人感受，独此一份，别无替代。唯有时间一笔记下，再一笔勾销。

可事实上，正因为那份具体而微的欲念太过稀碎，每人便都想有所证明。给自己证明，同时给他人证明，通过参照，来反证自以为是的结论，意义和价值便突显出来。这就生生不息，生出了事端和祸端，由人组成的世界则变得复杂起来，人的思考思想、人的入世处世跟着冗杂起来。

如果只有我，没有你，这世上本也没事。如果只有你，而无我，这事也简单清白。问题是，这世上有了你我他，穿凿附会，人世里的人事，就形成了纠缠牵扯。这世界就成了你所认知的世界，又完全超越你所感知的世界。

盘古开天地，人类始发端。从部落到联盟，小众进入大群，单打独斗变成集体面对，有了国家庶民君子小人，有了层级管理。后来私产多了，欲望更多，贪念更大，就有三公九卿、诸侯贵族、外戚宦官、巫师卜筮。手腕粗大了起来，欲望必定膨胀。

时移世易，风水轮流，奴隶与主子，时而互相错位，时而集于一身。至今人类害怕孤独也害怕热闹，必须融入集体又要逃离集体，不甘做奴隶又在通往奴役的路上，都是开始就落下的毛病。主子会沦落，奴隶会翻身，不小心就时来运转，不自知就一落千丈。

自打人从洞里走出，搭建了茅草屋，村落形成。工具变好，材料变多，石头城堡出现，城市逐渐形成。封建州郡以后，群体扩大，族群庞杂起来，就有了诸侯争霸。强的把弱的在形式上笼起来，成了初期国家。时而你灭我，时而我灭他。

随后通过形而上和形而下，不单把人框起来，还把心圈制起来。男女问题，以生育可以确认的母系，过渡到以强权可以确定的父系。

我们从单细胞生物分裂进化而来，却无法脱离那个最简单原始的根。好比我们出生以来，除了有父母和祖先的基因，还有五千年文化基因流淌在体内。弗洛伊德说，人心最深处的渴望，是回到原始状态。经过了无数个世代的变迁，我们作为人类，变得很智能很高级。人无再少年，心不再纯粹。

生物愈是高级，属性愈是复杂，对生存所需的资源，要求也越来越高。但因为我们有趋向原始归一的渴望，必须有一种可以和它相连接的桥梁，这种桥梁在人类身上体现为精神世界。我们所说的美感，就在这个间隙里诞生，是一种我们都体会过、但很难说清楚的感觉。

而我们失位，是因为我们已经回不去了。我们被纷繁的物质、复杂的人事、发达的科技拖进泥潭，愈纷繁愈沦丧，愈复杂愈迷乱，愈高端愈迷惘。我们貌似愈来愈富足聪明，愈来愈智能方便，可我们愈来愈彷徨失措，不知所得不知所失，不知所始不知所终。我们貌似愈来愈了解人，却愈来愈不像人，很多本质回不去了。

于是，挣扎成为常态。我们拥有得愈来愈厚重，却活得愈来愈单薄。单纯的喜欢没了，纯粹的欢喜丢了。貌似多选多元化，却又同质空心化。貌似全球移动联通，却失去了附近亲近。貌似天涯若比邻，却无为在歧路。世界貌似扁平，人却愈来愈孤僻。

我们欲图脱离苦海的沉溺，却掉进内心的深渊。这一去山高水迢，往前走似乎愈来愈多路，却难于确定可选的方向。而往回走早已荆棘密布，在杂草丛生里，再也看不见找不到回归的途径。只有往高处徒手攀岩，看有朝一日能否一览众山，俯瞰清晰这片大地，寻觅到真身。结果，悬浮在云里雾里，只听见钟声敲响。你迟早要回到这里，此刻却要下山。

水往低处流的时候，如梦呜咽。人往高处走的时候，如神虚幻。你在梦里总是在挣脱，逃脱这个绝境，寻求逢生的活路。而你要抵达的高处，依旧是梦的延伸——想要徒手摘星辰。像飞鸟一样划过天际，在梦和现实之间，寻找安身之地。在梦里飞出破碎，在现实飘向云端。如是循环往复，一直在飞，一直在飘。最后你累了，因为梦里的飞行是挣脱，现实的攀爬是逃脱。

俄国诗人阿尔谢尼·塔可夫斯基所写的诗：

我曾遇见，我曾梦见
偶尔，梦境重现
如同一切都重现，一切都重生
而你，也将梦见我曾梦见的一切
来自我们自己，来自这个世界
像海浪推动着海浪，在海岸上碎裂
像星星，像人，像飞鸟
梦，现实，死亡，一层层袭来
不期而至：是，我是，我也将是
生命是从奇迹而来的奇迹，又创造着奇迹
我献出我自己，像孤儿一般屈膝
孤寂，透过镜子，我反思着自己
城市与海洋，斑斓着加剧着
像一个母亲带着眼泪，拥抱她的孩子

诗很冗长，你甚至没耐心仔细阅读。诗亦隐晦，需要同理心去品鉴。看懂了是一首诗，看不明白就是文字堆砌。暗藏的隐喻，需要想懂的人去一知半解。不想懂的人，你跟他长篇大论，白费口舌。这世界就是这么奇妙，懂的人无须多说，不愿懂的人说再多，也是无稽之谈。

“白云山，红叶树，阅尽兴亡，一似朝还暮。多少夕阳芳草渡，潮落潮生，还送人来去。”任众生如何挣扎和奔忙，也终究人寿有尽，得失有数。所见的，只有无尽的江月流淌，无尽的日光轮照。

我能说什么呢？我什么也不想说。我说得再多，都像一种自我辩护，都是一份自讨苦吃。而所有辩护，都是熟人对生人的狡辩，医生对病人的救护，守望为远走的等待，生者为死者的悼词。我能说什么呢？说什么也含混不清；说出来也是苍白，也是白费口舌。

可我内心涌出一江困惑，却没了提问的能力。不知道问谁去，不晓得如何设问。本来一堆问题，话到嘴边却又咽了回去。即便牢骚满腹，满腹狐疑，也是自说自话，自问自答。因为我知道，我问的时候，已经带着模糊潦草的答案。任凭你怎么回答，我都先入为主地给了自己答案。而这个答案，变成了另一个问题。等于没问，等同天问，不如不问。

2022年1月10日

# 四八自述

斜阳照墟落（穷巷牛羊归），和风送秋气（竹露滴清响）。空山不见人（但闻人语响），此生终独宿（到死誓相寻）。时光老去，莫道桑榆。

岁月翻转日夜更替，命运站台再次进入本命纪。花祭送走流年四季，生命之河，流逝着下落不明的痕迹。余花落处，满地和烟雨，虚掩人世深处的秘密。几瓣雪月风花，在前尘醉梦中飘起。多余的蛛丝马迹，流落在呜咽的晚来静寂。

从无志在必得的壮心不已，也无志在千里的长久之计，更无烈士暮年的老骥伏枥。呜呼哀哉活到这个境地，已是人间不可多得的奇迹。想着想着脸就红了，喝着喝着难免着急。

骨子里不信神魔鬼怪，现实中害怕夜路行迹。三更穿过郁林荆棘，胆怯得不如蝼蚁。六岁确知生死，过早懂得敬天畏地。从此无日不思向死而生，琢磨该如何书写这经天纬地。

不可超脱的是生活，不能推脱的是生计。也曾青衫风尘仆仆，江湖麻衣告急。无非是油条豆浆，明天的早餐在哪里；不外乎悲欢离合，长亭古道聚散两依依。亦曾寸步难行，却总能化险为夷；亦曾山穷水尽，终究是逢凶化吉。

谨慎如抱头小鼠，没想过惊天动地；卑微如一颗沙粒，在人海中闪躲回避。不敢正视对面的眼睛，是内心里自觉无力。于江山社稷无所作为，亦没成为世间大敌。对人世表达过怀疑，对世界却充满了善意。眉头写着悲观主义，脸上却始终带着笑意。

从未完全顺从这个世界，亦没完整遵从过本意。曲意逢迎了部分世情，亦一再试图尊重自己。两头没讨好的结果，难免陷入尴尬境地。无可名状的命运，不可泄露的天机。时而深深恐惧，时而自鸣得意。

有一份生活，是最亲近的期许；有一种活法，是最远方的影迹。有一种镜像，叫作无忧无虑，如佛安卧一隅；有一种境界，叫作无畏无惧，如花顿悟禅机。无须执着做到，也无意轻言放弃。

但凡有件事可以惯性以求，就觉得活着有点真义；但凡可以心心念念，就觉得还有人在惦记。寂寞沙洲冷，与天边孤岛遥寄。西风瘦马道，飘着落叶归根的情义。午夜梦回的时候，酒醒口苦的时分，破晓在天际。可以再次醒来，就是活着的天意。

第四个本命年不比往季，在古代已是高寿的年纪，在今天是正当年的时期。假如活得风生水起，可以回味人生几多风雨；假如活得无声无息，只好慨叹人世无常，往事不要再提。

幸运的是，早已明了异议中的无意义；不幸的是，尚未实现无疑中的有意思。在晃晃荡荡的人世间，不定迁徙；在摇摇摆摆的内心里，犹豫漂移。可以活在镜花水月中，但愿别死在不明就里。

花甲未满七二未至，八四没到九六可计，孔子不言孟子不语，老道还在太乙。想活多久要活多老，谁说了也不算，苍天自有数据。

可活着就得好好活着，不是未来可期，而是别无他计，谁也无法预料归期。

莫在意锦衣夜行，莫在乎荣归故里。自认的才华横溢，妄自的自鸣得意。终南山山路曲曲，桃花源源头屈屈，北邙山坟茔粒粒。不指望所有人都和我一样没骨没皮，不巴望和所有人一样活得有理有据。卖命的码头有人气喘吁吁，死去的山头有人奄奄一息。

偶然温驯成一只小猫，时而蜷缩如一只狐狸。没法像花儿一样绽放，亦不愿凋零成一摊云泥。青天白日，万莫在白昼宣告任何主张；露水深重，夹着尾巴穿过夜深静寂。

招摇过市的红男绿女，迟早在时间的花圃里，枯萎成干柴陈皮。不止欣赏是昙花一现的美丽，不住哀伤是永恒不变的遗弃。你所认知的美好都是回光返照的乍现，你所感知的伤逝均为不再重来的别离。

本命是以十二为数划开的分纪，并无值得推敲的意义。好比天干地支二十四节气，只是农耕文明天象气候的调节合理。这么郑重其事的划分，如此百年好合的命理，已经不起推演经不起算计；还得红内裤红袜子红眼睛，避开天灾人祸，避开小人算计。

活到九十六已经过半，活到那时候尚余多少活力，无非拐杖和轮椅。活少了不甘心，活多了是赌气，到底活多少年岁，无愧天地亦不觉多余？你无法预知身心的承载能力，更无法预料道可道非常道的本意。你只能不问天地不问己，老眼昏花硬生生地活下去。熬过了仇人，恨的是自己。

每年都有本命年中人，这帮人相差十二倍数，分属在不同轮序。由不同父母所生，不同家庭不同地域。出生于不同年代，不同生辰八字不同天理。造化弄人，他们降落人间符合了天意，貌似相同的逻辑，却分属各就各位的伦理。相同的人世间，却分岔各自的经历。他们的关系没那么紧密，他们的区别也没那么大分歧。

谁活得更长，并非拍手称快的运气；谁活得更好，不过是自以为是的依据。

倒头就睡的人，拥有最好的脾气；吃饱喝足的人，正常的七情六欲。正所谓，你长的是如花似玉，我说的是如糖似蜜，他做的是差强人意。经逢高山流水的人事，路过九曲回肠的遭遇。生命在延续，还有诸多的未尽事宜，梳理千头万绪。

生而为人四十有八，依旧思索无凭追问无据，依然心有旁骛命无所依。身着青衫还将大汗淋漓，披着狐裘依旧浑身战栗。百年难遇的气候烟雨凄迷，千载难逢的天象光怪陆离。所见即所得无人可代替，是谁遇见谁心界无边际。

2022 年 3 月 1 日

# 持续高温

今天立秋，大早上开窗透个气，竟过来一阵凉风，从腋下飘忽而去。我以为热浪就此别过，不再来袭。没想到此风不长，随即热气腾腾卷过滚滚红尘，呼啸而至，又回到热情的沙漠。才知道这阵风原来是气候假象。告诉你秋天已至，秋风乍起，却还惊不起一滩鸥鹭。只好再次紧闭门窗，拧开空调，大气不敢喘。

截至 7 月中旬，全国打破高温纪录的气象站，就从去年的 28 个增加到 71 个。7 月 13 日当天，上海的气温高达 40.9℃，这也是上海自 1873 年有正式气象记录以来的最高温。而在前一天，浙江省气象局一天就发布了 54 条高温预警。

今年高温，来得比赶集早，去得比收摊迟。按以往经验，隔三岔五热乎个十天半月，总归幕布拉起，恢复节气内该有的应时气温，让天气预报播报更准确，让气象专家脸色更好看。很遗憾，气温一直在 40℃徘徊，而体感地表温度则与气象局师傅无关，这已超出了他们的播报范围。

气温和时间一样，摄氏、华氏温度都只是相对标准，北京、伦敦时间都只是相对刻度。天下没有分秒不差的时间，也没有分毫不差的温度。播报只会说已经达到 39℃的高温，甚至地表温度超过 40℃。这话听上去好像滴水不漏，实则播报员内心都犯怵，因为从家到单位的路上，怕也差点中暑晕厥过去，可能还对着天地间，诅咒了一句老百姓的大实话。

高温就像一位熟客，早年也光临，年年也光顾。只是要懂礼节，做客有个时间，待一阵记得离开。几时作别恰到好处呢？在东道主还没怨声载道、还没下逐客令时离开最合适。这个客人越来越轻车熟路，越来越不见外，一年比一年来得早去得迟，离开得不情不愿。这让人世间的客人，面对高温这位贵客犯起了难，且有苦难言。

天上雷公地下舅公，高温就好比舅公，我等好比人间外甥。舅公是母亲的兄弟，在皇亲国戚里，长孙无忌是为最大的舅爷，来你家做个客，你还能摆脸色不成。你只能吞声咽气，以适当距离敬而远之，以敬畏之心以礼待之。于是舅公光临寒舍，频次越来越多，时间越来越长，母亲不便多言，外甥又岂能妄言。

热浪滚滚犹如洪水滔天，顶着你家门窗而不敢轻易关闭。只是你在人间，就得面对开门七件事，还要去买菜做饭。进入电梯你就开始燥热难当开始晕头转向，还没到菜场你已经浑身湿透了，卖菜阿姨看见的是一个吃饱了撑着的你。

空调房里的人好比在昆明，维持着四季如春的舒适与惬意。前提是你猫着窝着，别离开昆明之家，因为去哪里都得长途跋涉，异地海拔紫外线温度落差都太大，让你一时半会难以适应。出门一趟，全身被汗水浸透。换一身 T 恤再出门，回来再更衣，如是再三再四，人已基本虚脱。

额头人中上的汗珠，如热锅水即将沸腾时的泡泡，一闪一闪亮晶晶。全身的汗水，则如暴雨打湿了衣衫，呈现一份难耐的性感。胳肢窝这块特别明显，是一种织布式的深度晕染，这份不适唯有自己感知。裆下也内分泌失调，不清不楚的摩擦，给行走带来了极度不便。

从东门到西门取快递，也就一公里距离，却好比跋山涉水一程。目睹驿站哥孤军奋战在包裹之中，嘴衔未点烟，手捏查询器，满身湿透。一架黑色风扇兀自立着，呼呼吹出热风，和驿站哥一同守护弥天漫地的人间宝物。这里是他们的谋生重地，没有一件属于自己的私产，等待的是速递与慢取，守候的是滚风与热浪。

路边树木得了病，痴傻呆呆的，犯错罚站似的杵着，不动不摇。枝干耷拉着，树叶不言，花草不语。路上行人稀少，唯有追讨生活的快递哥，零星呼啸而过，门房的保安，耷拉着脑袋，在蔫蔫地瞌睡，或许觉得这个鬼天气，没人进出。街边店玻璃门紧闭，倒有几位顾客，吃饱了赖着不走，多偷会儿凉气。

整个街道和小区，像孤寡老人一样哑然失声。只有墙头的空调外机，在呼呼地喘着粗气。离家的在更高楼的小隔间里，吹着空调推理世界。在家的老幼病残，不吹空调也没法推进时间。整个城市犹如一座热岛，人类如迁徙的鸟，在此驻扎，熬过这个炎夏。

四季轮回里，节气难分，气候难解。骤升骤降的温度，让人类在经度纬度上迅疾漂移，在温带热带里瞬间转换。城市城镇化，让农田池塘填平，山川林木光秃，继之而起的高楼，改变了阳光空气的走向，左右了花草树木的光合与吸纳。海景房山景房，让水汽蒸发和气向风向改道，一部分人类把自然景色收入眼中，却把所有人类和自然的关系改弦易辙。

极端气候在我落脚的城市，也在你居住的国家蔚然形成。很多城市的高楼下，打开喷雾状水汽降温，喷泉广场也散布在人群密集地，只因使用和维护成本过高，只有在黄昏落日时分，配合夕阳来一波泉水灯光秀，慰藉一下城市人燥热难耐的心。

四大火炉有了更多伙伴，而今熊熊炉火蔓延至东西南北，这已不是五洲四洋的疑难事，而是天地间很难再找到一座清凉适宜的城市让你消夏避暑。整个世界整个国家整个城市都在燃烧。拉斯维加斯和迪拜是沙漠里建起的城市，那是有钱人奢靡的天堂。而今大多城市却酷热如沙漠，因为这份城市建设的趋同性，很难分辨各个城市的温良个性。

我们正在进入老常识消失而新经验积累的年代，这些体验前所未有并让我们无所适从，因为所有人至今没找到应对的良策。好比冰川消融海面上升，气候极端生态失衡，村庄消失城镇扩容，人心挤压资源耗损，等等等等。

而今城市里的绿化，很多是微生态泛生态。这些年虽然公园和绿地多了，但与自然生态还相差甚远。因为城市建设的时候，是东边西边，这块那块，是一时一规划，一年一安排，不可能超前预见几十年和百年后的规划布局。没留下更广阔的空间，让后来的城市建设者施展拳脚。一环到八环，打不通城市的任督二脉。人类堵在城市的毛细血管里，脑梗心梗，然后不断创造新梗，取笑别人再调侃自己。

回想客家的围屋、岭南的堡楼、徽派的骑墙，都有厚院深墙、露台天井，夏天进去透身凉，冬天入内全身暖。还有晋派的大院、西北的窑洞、北京的四合院，这些融合古今智慧的建筑，遵循了四时变化，顺应了吞吐朝向，具备空气流通保温散热的合理布局。至多就两三层楼，散热保暖通风通气都应时应地应景，合理合情合意。城市部落不是罪，是跟文明一起落地的。如何建设城市不得罪自然，不让人类遭罪，是文明群体该有的思考。

从骄阳烈火中迈入空调房，立马被一阵凉飕飕的气体裹挟。一冷一热中，是过山车的感觉，这种没有过渡的骤升骤降，极容易伤害身体组织的运行。今年新学了一个医学名词，热射病。顾名思义，是被酷热如炮弹般无死角扫射，导致高度中暑。这种与酷热搏斗而败下阵来的后遗症，几瓶十滴水藿香正气水，已无法立竿见影。身体虚弱者遭此重击，竟有性命之忧。

意识丧失和浑身抽搐，是热射病的典型症状。此时的患者，身体调节体温的功能已基本瘫痪，包括神经中枢在内的全身各个脏器，都在遭受高温的破坏。截至 7 月中旬，全国报道的热射病患者已经超过了 78 例，造成了 13 人死亡。这些人大多是室外工作者，如农民和环卫工人、建筑工人和外卖员等。他们在高温中维持着城市生活的运转，却被热浪夺走了生命。

很明显，我们在与自然相处的过程中，缺乏了尊重与敬畏的程序。我们扭曲了自然规律，然后再运用人类一路递进的经验智慧，以科技进步一再应对着人类递进增长的需要。而自然以无声胜有声以不变应万变，冷眼看着你们破坏正局与收拾残局。

今年酷暑难耐，其实早前就已经火烧火燎。好比两个水火不容的仇人，以前只是出口成“脏”，后来伤及无辜。以前多为推推搡搡，后来就掌掴耳光，顺势就拳打脚踢了，再后来打家劫舍，肆无忌惮。一寸寸河山冒犯，一步步得寸进尺。自然家族终于忍无可忍，奋起反击。一个老实巴交的人，一旦激情被点燃，架万千台消防车消防枪，也浇不熄其腾腾燃烧的火焰。

全球热火朝天热情高涨，热起来很难冷却，涨起来很难潮平。古早多农人，旷野之中谋生存；而今多市民，高楼之内谋生活。一亩三分地，换成广厦千万间，大批天下寒士，依旧无欢颜。

属于北极气候的格陵兰岛，冰山加速融化，温度已经上升到了15.5℃。在格陵兰岛的记者和科技工作者，穿着短袖打排球。英国的气温有记录以来首次超过 40℃，达到了 41℃。伦敦救护车服务中心的工作人员每天接到大约 7000 个求助电话。这世界热闹非凡，热火朝天，谁也无法置身事外，全人类的心都无法冷静下来。

法国共有 64 个市镇创下历史最高气温纪录，巴黎的温度一度蹿升到 40.5℃。极端天气带来严重火灾，导致万余人撤离自己的家乡。而在葡萄牙，一周内高温夺走了数百人的生命。据美联社发布的数据，在过去 20 年里，美国 65 岁及以上人群中，和高温相关的死亡增加了一半。全世界人水深火热，谁也在劫难逃。

我们久久地侥幸活着，就像躺在温水里的青蛙，没能认识到周围环境的致命变化。我们继续谈笑风生，接着吹拉弹唱。我们力所能及我们做了多少？我们无能为力我们想过多少？而现在，这个地球发热发烧了，这个地球里的水被烧开了。我们追求出人头地，我们跑马圈地，我们都需要一席之地。我们脚底下那块土地，正在寸土寸金地消失。我们将和企鹅一样，被迫众叛亲离，抱着幼崽趴在狭窄的断层的冰块上，眼神迷离地望着这个白色苍茫又热气腾腾的世界，等待着命运的流离失所。

2022 年 8 月 7 日

# 03

# 杯中夜色

# 为友之道

为友之道的道行很深。说来话长，却终究只能说得晦涩。君子有三友，小人亦五朋，老人下棋打牌，少年狐朋狗党，屋檐下的乞丐，也有几个伴，不远不近躺下，相依为伴。

朋友很多种，再多种也得先有种，才能称得上是朋友。而非相识相熟即为朋，点头哈腰吃吃喝喝即为友。既为朋友，总得有些相契相合的性情，相似相同的特质，总能有心领神会灵犀相通的悟性，相逢为喜相谈甚欢的感觉。

定盟为朋友，肯定有一暗号对上了，如点中穴位，心室有机关启动。由某时某事触发，哪怕一个动作一个眼神，触动你内心脉脉温情，尔后之间互为感应。单方面一厢情愿，能不能称作朋友，此事可做辩论，也可视为单相思的暗恋心态。

老朋友则有时间沉淀，在岁月里磨炼，经往复考验，如古董器皿，得日月光华的包浆洗礼。情歌是老的有味道，朋友是老的有劲道。朋友是犹如亲人般的底托，甚至更融洽更相宜。如果亲人做了朋友，朋友成了亲戚，又有另外的说法。

我们都有几个朋友，谁也不比谁寂寞，却还是觉着寥索。这不是朋友作怪，而是自己内心作祟。我们常常惹到自己，觉得面前老出现山丘，总出现沼泽，缺乏吉星高照。愤怒没解决问题，自欺欺人又不能完全蒙骗了事。我们要找朋友去，去评弹评弹，说道说道，让朋友帮忙拿个主意，提个建议，说不定自己内心的郁结，就得到了松绑。

作为一种关系，朋友并非时时助你一臂之力，也非处处长你威风，而是必要时情感有份寄托，关键时内心有所依赖，孤独时忧伤有所承接。最佳的友谊，是铁肩替你担道义；最损的朋友，是含泪笑脸撕伤口——却都没丢下你，让你一个人去苦难深重。

说是朋友，肯定具备相同之道，相通之气，总得有点臭味相投，或者情投意合。你能从朋友的朋友那里，看见朋友的特质，听见朋友的糗事，摸清朋友的秉性。朋友的朋友，不一定成为你的朋友，那是因为内心相撞的那个点，并非有了共同朋友，就镶嵌在了一个象限。可这不打紧，这么多人喜欢他亲近他，只说明你这个朋友值得交往。

朋友之间首推道义，道义是一种加持。在平庸琐碎中生活，在辛酸苦辣中度日，你容易懈怠需要鼓劲，你容易疲倦需要助推，也容易脆弱需要提携。在你功成名就的时候，给一份准时提醒；在你功败垂成的时候，给一份独到见解。朋友总在恰当的时候，关键的节骨眼，化为神通在你左右广大。

道义是纯粹而非芜杂的，并不因你的起落而起伏不定。道义是清澈而非浑浊的，任何时候都能一腔热血，也能一针见血。道义是明亮而非晦暗的，没有包瞒隐藏，没有之乎者也。道义是平静而非烦躁的，娓娓道来，亦默默倾心。道义是喜乐而非痛苦的，我跟你可以共苦，但可以不同甘。

但道义决不会趋炎附势，热了还给添柴点火，冷了还给你鼓风摇扇。朋友到底是一种关系。在庸俗猥琐和丑鄙不堪的关系中，是没有诗意的。诗意的关系是柔软的，不是生硬的；是关爱的，不是仇恨的；是情感对等的，不是利益交换的；是细水长流的，不是时而冷淡，时而疏远的。

道义之根本，即是双方回归本真人。做回本人，朋友无须看你摇摆不定，幻影成他人。做回真人，对方无须生出猜忌疑惑，怀疑你非此即彼。只是做本人缺乏定力，做真人更是没胆量。做本人是不矫饰，做真人是不掩饰。矫饰了则有伪装，就进入客套，有阳奉阴违，有不甘不愿。掩饰了则有城府，无真性真情，无实意实感。从此相处起来缺了一份通透，相交起来少了一份率真。话说到半拉跑调了，路走到半道走岔了。

说起来任何关系，还得从自己这头出发。知人者智，自知者明，胜人者有力。凭经验看明他人不难，忽略的是看懂自己，所以难为的不是别人，难做的正是自身。本心这块得内修春夏冬，外练三六九。人心有阴暗面，如何青天光明、烛照内心并光照他人，这对任何一段关系的清气明朗都至关重要。

好朋友当然不可背后放枪，只会当面澄清指正。有话好好说，有话直接说，言语铺排又不失诀窍。背后说三道四，已是咬嘴瓜子，陷入怨妇情节，不是友直友谅的面孔。坦白直接，哪怕不领情也属自己诚心，宁愿让朋友烦着你苦口婆心，看着你咬牙切齿，也不可背后捅刀子，只能当面扇耳光。

友情范畴里，不是知音难觅，而是你想做他者的知音难得。你的以诚相待，要么不直中要害，要么不直抵人心，或者说纯粹的精神支持,不足以抵挡时下的生存困境。人的现实要求大于内心索求，而现实的糟糕透顶,又让内心崩溃的缺口愈来愈大。历史里的智者，都活得通达贤明。时下里的常人，皆活得龇牙咧嘴，迷糊苦闷。

朋友们处在当下这个群像世界，没有闲暇促膝长谈，没有闲情逸致来坐而论道。唯有现实里层出不穷的困惑，务必迫在眉睫地消解。关系的支撑面愈见狭窄，停留在浮皮潦草的浅层应付，进不去内心深层次的沟通。还是吃饱吃好吃撑那点破事，还是更高更快更强那点奢望。

五千年友谊史，难寻鲍叔对管仲的谦让，蔺相如对廉颇的包容，钟子期对伯牙的善听。更多是开始得很美丽，结束得没道理。一斗米的恩，一石谷的仇。前头所有的情义担待，止于一次救急的耽搁。关系的维持，在时间推进中，在事态运转中，所表现的脆弱，让人防不胜防，更让人心惊胆战。

经常听人说话,以我朋友某某起话头。一是代表我有三五好友，均为业内行内佼佼者，值得自我炫耀。二是我跟朋友关系不错，他者荣耀，光环也惠及我身。事实的不堪，根本不符朋友概念的描述。那些被称道者，与其并无多少交情，往往相隔千里，或咫尺天涯。而从不摆出来亮相的，才是珍藏的古董宝贝。

我对绿林好汉式的草莽友情，那种粗鄙的江湖义气，心生向往。

只是时代已转换，这种野蛮野夫式的东西，已经式微作古，也并不受到推崇。里头携带的野性情分，不合文明社会的规则规训，也没了滋长这份情义的土壤。那是春秋战国时期游侠刺客的仗义，是舍生求义的侠骨柔情。刀剑如风信然诺，穿风雨而去。

而今的情谊，显得浮光掠影，经不起推敲，受不起考验。莫说歃血为盟、两肋插刀、福难同担、同年同月之类的重然重诺，即便相约哪天见一面、喝一杯都容易失约。更别说一言既出驷马难追的九鼎之盟，答应好好地来一趟都容易失信。不是你的事小，而是自己的事大。并非城市太堵，而是内心太塞。

也可能是而今奔赴太多，选择太宽，不像古早车马慢，信息闭塞。一封鸿雁传书，快马加鞭也得一颗上弦月，来回就月圆月缺花已残。那份惦念日久情更浓,那份期盼日夜费思量。而今天涯比邻，卫星传情,即刻万水千山,所见即所得,易得即易失,从而患得患失。

再难生夜不能寐的相思，再无心凭栏远眺的守望。以前还有通信的笔友，在报纸杂志缝隙中寻找远方之子。信笺里夹片枫叶表相思，文字里倾诉了心思，评论所读书籍，思考人类往哪儿去、世界往哪儿去、未来往何处去，探讨家国情怀、人情世故。神交已久却未曾见面，却总有说不完的话、写不完的信。想见而不可得，春雨绵绵润心田，化作春泥更护花。

拜同年拜把子的，我们这一代还有。逢年过节还送礼，以示正式和隆重。甚至在你家住一宿，其实翻山过河回家也不远。但是因为没电话没交通工具，串门做客从形式到内容，都显得特别郑重其事。交通便利沟通迅疾，偏偏见面太少交流贫乏，消解了那份高山流水的情深义重。

而今年代，只想着花开堪折直须折，无心思考有意栽花花不发；只惦记莫待无花空折枝，未曾料无意插柳柳成荫；只担心山重水复疑无路，等不到柳暗花明又一村；只看见桃花潭水深千尺，等不及汪伦码头送我情。谁有意劝君更尽一杯酒，谁在意西出阳关无故人。

友谊就快变成快速消费品，进入关系学的学院派范畴。从寒窗苦读入名校开始，到日常散发的结交来往，思谋的均为日后能建立结实的网络；在这个藤蔓缠附的网络里，各自能提供多少阶梯，能促进多少飞升，从而让鸡犬飞起来，让生命飘起来。是为友谊之要务，友情之实效。

无论为朋之道，抑或为友之要，还得从自身这头出去。这跟其他所有关系类同，宗旨非索取，而是给予；无论思想困境，事业瓶颈，情感困惑均当遵此。首要是你得有感应，对方是陷入生活困境，还是情感迷思，作为老朋友定有灵犀。是我主动伸出援手，而非你掏出一双老手。

友情万岁千岁，长命还是夭折，考验相处之道。精神默契的交往，纯粹思想上体谅体恤、相互撑持的灵魂之交，可以长此以往，如伴侣般百年好合，但凤毛麟角。现实中的友情，往往没那么一尘不染，总归会滋生鼎力相助、在所不辞的豪迈，或有所求有所托的期待。但这种用力过猛的情分，容易盛极而衰，长久不了。一地鸡毛从天而降，打扫起来就很难干净。

任何帮助，来自主动最好，轮到请求支援，双方都已陷入考量，生出成本代价比的估算。这里的情分，已经有人性介入，显得不那么好控制，极易生出防备与猜疑。如果情绪情感类困惑，倒也罢了，陪伴着走出牢笼走出阴霾；如果是经济层面，视对方则要分析需求，视自己则须量入而出。生意上的盘账，一般爱莫能助；生活上的困境，竭力帮衬。

现实中的考验，往往以钱财丈量感情。既然这么好的朋友，为啥我有难你不帮？为啥借了钱要催着还？这很让人沮丧，所以有不借失去朋友，借则人财两空的说法。而事实上，只要有了这件事，基本上这份友情就很难维持完整，基本已经报废。可是作为朋友，对方已经有难，难道不帮吗？

这又得回到从自己这头出发。人家遇到难处，陷入困境，你为什么没看见没发现？为什么等到人家抹开脸面来告急求解？你应该雪中送炭，应该及时送去支助。应该在没开口前，急人所需。然后不求偿还，更不求回报。直至燃眉之急解开，再看生活上还需要什么帮忙。

这是理想中的情义，是理应有的道义。任何一种求告，都面临无门可开的可能。而任何一种及时施助，要有不求回报的本心。这是情义里的要义，是友情里的情分。被动则不情不愿，主动则有情有义。理想型的友情，本该如此。

世间绿林大面积流失，人间江湖也皲裂干涸。整个行事规则在流变，做人准则貌似没变，深水层早已潜流暗涌。交朋结友的道行，得符合时代现实，不然一个巴掌拍不响，一方付出一番心血，对方只是面子给你，心没给你，更别说滴血盟誓了。

社会有阶层，各阶层道行不同。穷人需要感情，富人需要合作伙伴，最需要友情的原来是中产。中产是悲催的一层，名字好听内核很虚。古早只有穷人富人，而今城镇化的副产品就是中产。

他们缺的是穷人的无谓，富人的无畏，因此痛感最深。他们需要朋友，又充满怀疑，内心里实在焦虑，整天苦哈哈又空荡荡；想搏一把又缺乏胆量，生怕掉下去；想玩一把大的又欠缺资本力量，就想结交更多的高人和能人，撬开提升通道。出发点已经定下，朋友从哪里过来呢？

大都市里的中产们，没空交朋友，都在眼高手低地巴望。身边不乏走马灯的人，也聊了几个号称的朋友，双方诚心都不够。偶尔抨击时事的酒局，没谈成正事；多次草率的起头，没留下干净脱身的收场。朋友两字只是嘴边挂着的名头，大事来了真没见几个朋友到场。

不得不重新定义朋友，到底是何意，到底是何人，到底有何用，到底如何算朋友。朋友如艺术，没用的才是真朋友，嬉皮笑脸地吹吹牛喝喝酒，没皮没骨地打打闹闹；小事能帮衬帮衬，大事来了凑凑份，起不了作用——最起码有事能向前，凑个人头也好。

指望不多，作用不大，才能长久。庄子在《人间世》，就说到那棵大树。木匠徒弟说，这棵树大大有用。师傅却说没用，做家具会腐败，做棺材要腐朽，正因为没用，才长这么高这么大这么久，没被人砍伐。有用的都用完了速朽了，很难捡起来再用，都被消费了消耗完了，如何循环再利用。朋友或如是，权且无用，方能长久，方能始终。

2022 年 11 月 30 日

# 找谁去呢

别看我傻乎乎地写，乐呵呵地无所谓，内心不时出来个声音，我找谁去聊聊呢？这个声音一直在内心里转啊转，没转到一个定点。我不知道找谁去，不认识谁，也没这个流量和胆量。不敢去，懒惰亦占了主因，这两年则转嫁到外因，一推了之，倒省事了。

我是抹不开这个脸，还是对自己文字没信心？或许都有，却也没当回事去努力。时常安慰自己，没去找也挺好，先就这样写着，没人指点也没人肯定，我就随心所欲地写着。文字好差没人评判，没人认可，是否等同一堆写满了字的废纸呢？我捧着满纸荒唐，兀兀穷年。

可这些字是以春华秋实的时间，掏我心掏我肺捣鼓出来的。我每天勤勤恳恳地读，断断续续地写，最在意的事，就是书写。唯有读书，舍得花时间。唯有写字，觉得没浪费时间。我和很多作家文人，似乎都心气相通，我把他们当作了朋友，可他们不识得天底下有我这么一号人。

我当然也干一些杂事，好比买菜做饭，打扫卫生。这些事和读书写字，为每天主课，谁为主谁为次，并不十分重要。可以把做家务当作休息，当作锻炼。可以把读书当作见老朋友，当作听人说话。也可以把写字当作陈情表白，当作自说自话。因为我多数时间，是和自己在一起，和书中人在一起。

为数不多的与人共处，是和朋友喝几杯。这是我的出门时间，可以听到外面的市声杂声，呼吸到新鲜空气。我不看电视，很少看手机新闻，最多看个标题。我捧着手机，更多是看看公众号，要么是随手写几个字，偶尔看几个好玩的视频，权当一乐。捧着手机，还是读书写字为多。

诚心正意读书写字，算来已有十年出头。内心有话，每天写，写十年。这等于是自我进修，自我练笔。开始两三年，大有一泻千里之风，注定也是泥沙俱下。近两年，读书慢了，脑子装不下。写字也慢了，倒不出来更多，这和行动迟缓，反应迟钝同步。身体更委顿了，脑子也不好使了。也还得写，还要写，还在写。写十年怎么够？这一生贴上去，文字清火解毒，也洗漱人心。

就觉得起步还是晚了，也就为十三年前果断逃离江湖，进入闭关修炼，而感到些微庆幸。庆幸在身心年龄转折的关头，紧急刹车，为自己留下了时间，抢救了部分纯粹心，没让这浊世击碎，从而打捞出内心深处的部分积蓄。虽为时已晚，也算及时有了这份认识，并决意照办了。

我天生对时间敏感，一直有时不我待的紧迫，老早老早就有不事江湖的念头。碍于实际情境，很明显这种好吃懒做的想法，不符合生存现实。入世劳碌一番，于现实于将来，都该是要走的过程。只是拼了老命，没有实现一劳永逸，也就没有打下游手好闲的踏实基础。

不能再等，成了内心最大的声音。综合观察自己，成大事的能力不可习得，这份能耐不可实现，也就不任性了，不为难自己了。和这个世界过招，我掰不过的是自己。而我认识到这点，已经疲态尽显。一夜一夜的失眠，一把一把的头发往下掉，不如欣赏世界的多样性，索性放过自己的无能为力。

一度过得挺艰难，也怀疑过自问过。而我认定时间不能再卖，太不值当了，也不符合自身心性。我只有把自己赎买下来。用什么买？用自己的时间，买自己的时间。用一份苦难换另一种艰难，亦寻找苦中作乐，自得其乐。我把时间还给自己，在自己的时间里，哪怕虚耗也不算白费，代价当然是有所失去，却自觉无关紧要。

人在时间里流逝，就是如何打发自己。和红尘奔命一样的是，如何填充时间，寻找自我意义的存在。不同的是，以前的时间是煎熬，而今的时间是虚度。而以我的性格，江湖行事做人，换来的只能是一份温饱，没有任何余地饱暖思淫欲，脾气却将要变得古怪。而今的时间，也没换来更多颜色，甚至更枯燥，可是也有口饭吃。这真是奇怪，不单没失态，还生出来一份自在。

我心里不能存事，担事则肝脑涂地。美其名曰负责，于己则过于耗损心力。早年百千里奔命，日夜颠倒兼程，循环累积，总有一天将疲于奔命，未老先衰，提早了结此生。十几年前的当机立断，不如说，是及时救了自己一条命。留下来的命，按自然规律日渐衰微，却还可以为自己活一把，寻找将要回去的世界。

为自己活一把，也不是做什么大事，无非是相妻教子，读书写字。本来我的人生大事，打小就有了命题，就是读书写字。后来成了家有了孩子，多了个主题，就是相妻教子。唉，这就符合了我的秉性，符合我位卑不低身，得意不忘形的调调。

自此以后，时间与我融洽起来。开始还有份小买卖养家糊口，甚合我意。女儿又可爱至极，喜乐融融，甚裹我心。那几年可谓是幸福安康。我有了一份难得的人间安详，想着就此以后，真能如此，此生无求无憾了。粗茶淡饭无虞，劣酒一杯无忧，以书为伴，以字为道，有家可归，时间就有了温度。

我像个孤芳自赏的傻子，在文字深海里，扑腾扑腾地游龙戏珠。不问名来不问利，也不知如何处置。文字经由我手，年年月月地丰盛，颗颗粒粒地饱满，仓廪倒殷实了不少。我也没力气去整理她们，也舍不得这份时间，有点心思不如去读书，去再写几个字。

我怕哪天读不下书了，而今就退化不少，所以砥砺前行。以前一目十行，而今一行十目。还有强迫症，每个字得认清，不然得返回去重读，不然无以为继。读书慢了，却记不下这本书说了什么。尤其近年爱读历史，蒙尘经灰的，又缺乏童子功，更考验当下这颗榆木脑袋。

写字也慢了下来。初始动笔时，每天两三千字，时而超速而超数，可听见字如流水，哗啦啦的声音。那感觉很美妙，前半生所经所历，所思所想，像一座水库；一支秃笔如阀门，开闸则一泻如注，漫天遍野；流过之处，所见草长莺飞，所闻叮咚作响。文字如沙粒般粗糙却熠熠闪光，如赤珠般纯粹而灵气逼人。

生命是短暂而虚无，时间是暂时而有限，文者如山中座雕，闻听天地万籁。文字于作者来说，也将如流水一样，由澎湃而平缓，由汹涌而潜流。所有事物里头，均暗藏自然规律。文字可高尚，但作文之人并不可一直高昂。作者就是个劳作之人，这是他的本行，作品就是从心到手，落在纸上。有手艺的工匠精神，再带点艺术的自封气息。

文人讷于言而敏于文，是独白也是表白，是暗示也可呈示。说过的话如唾沫星子，飞花四溅，就像是流星划过天际，一闪而过。而文字如恒星，于天地茫茫间，多闪烁了一些时辰。有人抬头望，闪了一下心灵之门。有人低头看，亮了一下脚底之路。没人看，文字如镜，照对了一下自己。

我啊，还没照亮自身，直在黑暗中独自行走，没有同行者没有指路人，没有星星没有明灯照耀，习惯了孤身只影，又平生一份孤胆决意。会有刹那的虚无感，觉得这一切，只愉悦了自己一时半会，然后于己于世均为虚妄。而自己的生命，全情投入于此，最后和个体生命一起，化为乌有。

我也会在虚幻和现实中来回穿梭，一时参透般解脱，一时回神般沉重。文字是我在这世界上，仅有的创造。意义和价值免谈，却是上苍看着我活过的确凿证据。百年好合人生，文字配对时间。我的时间就这么多，我的人生就这么点事，心血在此，情思在此。文字是我安身立命的根本，不见我可见文字，是一粒粒一颗颗文字，塑造了我的肉身我的灵魂。

见字如见面，见文如见心。我非创造这些文字，只是排列组合而已。文字的堆砌雕琢，犹如塑造真身，好比雕工塑像，画师描绘。任何一种创造，可以比作克隆，是基因重现，是身心重生。而人身速朽，文字、图画、影像和其他艺术作品，却可以更加柔韧，延长一段历史时间。人可以不记得，可以遗忘，最多成为一个符号，而作品是心血的浇铸，不一定流芳百世，起码为所见者感同身受。

这些只是无意义中的聊表心意，无价值中的聊表寸心。于文明文脉不抵一砖一瓦，于文化文心不够一鳞一爪。在当代当世并非波澜壮阔灿烂星河，于千秋万代也非震古烁今名垂千古。文字只是个人一份心绪而已，与人共鸣者有之，让人见笑处更多。

只是文字毕竟不是流水线上制造，而是个人集经验之灵验，体人性之悟性。想了你所未想，说了你所没说，一丁点你没想到的你没敢说出来的。不全是真知灼见，却是时代真相、人性真谛、生命真实、万物真理。文字似乎什么都说了，又好像什么也没说，白费一番口舌，白使一身力气；却也曾掷地有声，铿锵有力。

就想着，哪位出版人，哪位编辑，能认得老朽，和我成了朋友。我们因文字一见如故，坐在酒桌上，轻抿淡饮，听他聊聊业内行话、圈中行情，听我聊聊我的破烂文字。从文字欢喜，到文字成长；从文字喜好，到文字特质。我很诚实，编辑也耐心。要知道，我非名人，也无流量。出版社是机构，书籍是商品，而编辑是验货员。我得考虑编辑难处，而编辑有同理心，也能捕捉我的困境与思量。

编辑的眼光，判定文字成色，决定本书的质地与销量。虽然畅销滞销，原因有很多，但文字内容是首要的。唉，我就等来了幸运，等到了伯乐来相马。编辑看到了我的文字虔诚，也看到了这匹马有一份劲道。仅凭十年如一日的赤诚，且一生倾心于此，已得到诚心认可。再咂巴下文字，确实也有份味道，意犹未尽。

我啊，读书写字，费点脑子可以。但凡涉及新生事物的学习，新朋旧友的结交，就会望而却步，愈来愈懒得去费心酌情了。新的网络操作，也没脑力更新进入，失去了枯木逢春的可能，走不进这恢恢网络新场域。这样也就导致了只知道生产，不晓得推销，仓库里的产品堆积如山，形成了滞销状态。

孩子读书愈来愈紧张，也需要有个人照顾。拙荆出门去，我就守着家，正合我俩意，日子不好不坏地过着，也挺习惯的。不过长此以往，导致我出门没那么便当了，久而久之我也怕出门去了。几年下来，我终于成了一个闭关锁国，不晓得天高地厚，不知季节变换的人。

或许还有原生家庭氛围培育的性格，这性格造就我只喜安宁，并奉家庭为圭臬。半生以来，能最后与文字为伍，过上相对平静的日子，实属庆幸。急躁之心随年以修，慢慢得以缓和。眼下上心的，回到文字，我提着这一箩筐文字，不知赶哪个集——不知三六九，不知集市何在，更不了解当下行情。

在车马人潮之中，我不过是一匹畏缩在老巢的闲马。在即将成为一个团缩龙钟、昏眊重膇的老朽之前，我得把那堆文字送出去，像送女儿出嫁。我得给她们找个婆家，让她们有个安顿之所，心愿即了。至于我这个老丈人，以腐朽之身，以昏花老眼，继续读几本书，继续写几个字，聊表我对这个尘世的心意，虚度余生。

2022 年 12 月 6 日

# 慨当以慷

组织一场酒局，是项工程，列项以后的推进者，非得是个八面玲珑人。不然这事只有起头，难以后续。而约酒偏偏是这么一件随口一说张嘴就来的寻常事，成事不成向来两说。酒蒙子不在意，早已习以为常。不成再约吧，散约再说呗。

组局人就显得尤其重要，他得是个爱张罗的人，酒胆得肥酒量也深，是个常在酒场上串台的灵活人。蔫里吧唧的没号召力，强势出击的担心他太霸道，都很难召集。这人得各方条件圆融具备，亲和力和魄力恰到好处，纳得下所有人，所有人也才容得下他。

他得做人有品格，说话有分量，办事有分寸，还得有将领风范兼具谦卑细心，有风度厚度又可一语中的。这些都是隐性的魅力，最重要的是能说出一番顺溜话，滴水不漏，见神见鬼都有两把刷子，所谓左右逢源，上下通吃。

该叫谁不该叫谁，叫了谁最好带上谁，不能叫谁下次如何补上，得根据局内喜好，各人性情，厘清这桌人的裙带关系。带什么酒，带多少酒，怎么根据每人情况中和时间，如何调配才更加适当，颇见功力老到。让谁做出牺牲，腾出时间，跟领导请假，跟妇人请示，甚至以什么理由，都得替对方考虑一番。

组局者并非就是主叫人，背后还要看谁是主请者。你得托谁去请谁，叫谁去喊谁，这种分工到位，决定所请之人大驾光临的概率。最好这一桌五行不犯冲，否则得细微化解。不能出现冒犯之处，避免最大的尴尬。来了如何安排座位，谁主陪次陪，谁坐谁身边，更方便照顾与攀谈，都得调适妥当。这场酒看上去犹如一台春晚，煞费苦心，颇费思量。

一场局就是一篇文章，时间人物定下过后，就是空间布局。根据这次的主体思想，把聚会地点定在何处，也得经过谋篇布局。上次在哪里，这次不再重复，还是故地重游？上回喝醉有没说过什么，答应过谁下次去哪里？酒过三巡，座中往往出来一句话，下周我安排，还是这桌人，还是在这里，或者订好地方通知大家。这你就要记得，约人的时候以此为前提。

如果是请特殊的人，你得考虑私密性，他来的远近合适度。太远了劳驾他，太近了怕遇见熟人，他过来的方便性，尤其重要。他习惯去哪里，不喜欢去哪里，他忌讳什么，独爱哪一口，你手里得有一本账簿。他的爱好与忌讳，他的酒量与余兴，他喜欢直言不讳，还是奉承谄媚，得看他平时是什么人，酒桌上又是啥德性。总之，可大意不得，怠慢不起啊。

如果是帮过大忙的答谢宴，那这场酒基本照豪奢而去。因为是托人介绍，互相并非很熟悉，不了解他，也无法过多追问。只能鲍鱼鱼翅，龙虾海鲜的忍痛上。得备几位响当当的同行，来匹配他的身份，也可避免桌面上的冷场。他们可以就同行业的话题做引申，推波助澜，倾倒行业苦水，评点行业乱象，顺带指点江山。

还得记住回去不能空手，得备好见面礼。上来是客气闲聊，前头是斯文敬酒，中间是重点感谢，下来是恭敬互敬。所有陌生感消除，戒备心卸下，即可一敬再敬，敬了还敬，极尽感激之言，尽表推崇备至。话不可太密，亦不能稀缺，稀缺则冷场，太密则失敬。不能极尽殷勤，亦不能过于怠慢，怠慢了这桌酒白摆场面了。

可以夹菜，得用公筷。有所失态，得有担待。得眼观四处耳听八方，一个细小的动作，得看出他的用意，得听出言外之意，以及出其不意。有服务员，你也是最佳服务员。服务员忽略的，你得周全。即便你知道这个行业的内幕与八卦，他们同行所聊的你也得洗耳恭听，万万不可胡乱插嘴，透露你所知道的秘密。

在一个城市里，除了老朋老友，来往最密切的一是同行业，一是老乡族群。同行业的人，你参与得较少，除非你托他帮了忙，回到上面那个环节。而老乡群里的聚会，千千万万回，你防不胜防。哪怕你初来乍到，即便你几十年如一日没建立功业，你总去过几次，见过几回，喝过几场，会过几局。

信息化时代，老乡概念尚存，但观念已淡，情感略薄，已失却古早那份浓厚。各种新生群体，已融进城镇化小区里。老乡会商会从大到小，五花八门存在着，以乡情搭台，以商业唱戏，以利商关系为主体，以成交绩效为导向。

要论能相近，还是得互相谈得来，彼此气味相投。这跟其他地域来人没区别。乡党乡情，跟老朋友老搭档，老同事老领导，老哥们老姐们，相同或类似。总要有个情分情结，获得匹配，才能聚到一起。

而奇怪的是，以乡人乡情所组织的饭局，因各种由头各样名义，并无下降趋势。即便避之又避，还是能误入酒丛中。这里头的情形，还是回到利益的链条中去。这当道当令的一代人，还在以乡情的末梢神经，调动起乡人的最后一抹夕阳情怀。当然，这里头的活跃分子，还是以所谓的乡贤自居者为多为头。

参与几次过后，遂发现水准不安格局不定，很多咬耳朵的氛围，到底还是分了层级派别。不禁让人怀疑其纯粹性，以及乡情成分的占比到底几成。拜托者得使劲，受托者须得惠。各种特例，与江湖行事，也相差无几，又何必泛滥了乡情。因此，固定于酒桌上的，还是那几张老面孔，犹如东晋门阀士族，占据江东乡愿。

酒约多了，难免层级错乱。各自相熟的人越来越多，需要约请和可以携带入局的人，纵横交错。每个人都欠了好多酒局未赴，延伸出你要还的人情层层叠叠。酒局的数量没减下来，正是由此及彼的穿凿附会，越来越纠缠。

买单的人见乐其成，又可认识结交新的高人妙人。被请者也乐见其成。何为高人？是行政级别，专业层次，口碑累积，几十年如一日的岁月沉淀。到这个份上，年纪不轻，离退休尚有十年八年，黄金时代终要过去，暗黑时代迟早来临。好好把握这些年手握权威受人尊重的感觉，任谁都是受用的。

文化语境和评价系统，同步于社会现实乃确当之论。底部仰食于高部，是必经之路，即便至终攀不到顶部，认识诸位也算多条通路。饭局是驿道上的龙门客栈，不时摆一桌，啸聚各门各派，几时能求助到各路绿林好汉，也不失为疏通门路之举。印尼有句谚语：甘蔗同穴生，香茅成丛长。

除此之外，当然还有同学同事聚会，故友新朋聚集。各种名头不重要，有酒作陪才带劲。酒局是奔波疲倦之后的劳逸抵消，是情绪紧绷的暂缓疏解，是世风民俗的一环，也为传统文化的一支。酒劲到了，所有事变得无懈可击，平等来得更容易。你得认识到这一点，可你又对此不无排斥，看来人还是有不可抗拒性。

去之前无人不知，宴席终要散了。封闭空间的推杯换盏，可带来时长不等，由酒精熏腾出的欢畅。回去的路踉跄，明天的事依旧棘手，这一夜改变不了什么。可这短暂的忘乎所以，正如你索要的长期目标、追求的未来幸福，而这来得更加轻易更加及时。所有人费尽心机，费尽心力，只为换来瞬间的超乎想象的巅峰之乐。就像耗尽一生，只为痛快地死去。

这一切皆为幻象。明知如此，却还是孜孜以求。因为你不去，有人去。你不要那份虚幻的傻乐，你也要接受长久的孤独。孤独是一种傻乐，众乐也是。你怎么选择均可，你不这样选择也是选择，未尝不可。很多时候你还是去了，你没去终南山没进寺庙，也终究没把这场面上的事，彻底推脱干净。

去了有回数，拒绝也有次数。去了没得说，不去怎么说，该如何回绝？拒绝一次邀约，相比你动身出发更不易。得圆溜溜地撒谎，甚至不惜牺牲身体健康。酒局中醉了，秃噜嘴也不紧要，座中皆如此。可你还没去，你是清醒的，你再掩饰与撒谎，人家也听得出来，大家都没喝酒啊。

酒局若有主题，则主次分明。若无主题，则相好相熟的做主。可是场合里，总有三两人可有可无，多双碗筷，少个人，无足轻重。你是顺带捎上的，凑了个数，但热闹里几乎没有你的声音，除非你酒量了得嘴皮子利索，在不反客为主的前提下，令宾主尽欢。

假若这场局，恰巧味不对口，或者你本身慢热，则很难进入他们自成一派的酒局体系。你赔了哈哈还得陪酒，气氛又融入不进，你就如坐针毡，喝得口焦唇燥呼不得。你预见到此种情形，在邀约到来之际，难免要打退堂鼓——在酒场中想逃脱，不如在去之前设法推托。

推托是门艺术。去了自己尴尬，不去情窘一时，无非是怎样回绝对方。你没想到自己这么重要，被邀请者把你抬到高位，不去将少了很多气氛的高度。人家订好了饭店，设置了请柬式的文字，从信息里推送过来。你不确定是主请人邀请你，还是组织者想到你。

你受宠若惊，又备感犯难。你自知冲退简默，无处世意，难以居繁剧之地。座中名士充盈，人才济济。而你端坐其中，无所建树，素无资望，感觉甚难为情。参与几次后有了后怕，你平添他人面对你时的表情输出，感情错付。自身也坐得僵直，笑得僵硬。这不是一场即将到来的欢愉，而是心怀愧疚的煎熬。何必劳师动众远道而去，再五迷三道神魂颠倒回来。

不爱孤独，走不进自由。与其痛苦难堪，不如痛快抉择。殊回信如下：甚为抱歉，今晚不去了。纵然你在心里骂我千百遍，我自己也忍不住责备自己。不希望你海涵，只希望今晚各位尽兴，千杯不醉。我没敢说，改日我来张罗设个局，因为张罗不起，没这个号召力和实力。到底还是省却了这些字，也少了一场酒。

但是内心，我真希望今晚体面，以至圆满。酒局里某个部分，还是让我耳热心跳。我不善拒绝而我必须如此。假若置身其中，我还是杯杯一饮而尽，我能做到的是强装痛快的豪爽。这一点从来如此，不会改变，除非人没到。容易醉是喜好，不愿去是不喜欢。

推托不是彻底清净了，总归有推托不了的时候。不愿撒谎，总得礼貌回绝。去了以后不能痛快，那就得思量，向对方如何呈请致歉。不太伤人心，也没伤自己。已经不诚实，如何更真实？我吃着馄饨，编了一些文字，想象着主请人念这一段字的时候，到底什么表情。而我也顾及不上了，只晓得他要面对今晚这场局，局里的那些人那壶酒。

而我逃之夭夭，暂时松弛下来，以后酒局里肯定将不期而遇，或因由重聚。何处不相逢，今夜已脱身。我左右不了将来，只是今晚暂得一时解脱。不过我也没闲着，跟其他人喝了，或独自饮着。

2022 年 11 月 22 日

# 席间的话

最近真不能赶饭局，只要超过三个人，寒暄不到五分钟，必然就吵起来了。必然有人站一方，有人站另一方。必然观点极度对立，毫无妥协余地。必然越吵越厉害，彼此眼睛都冒战火。

这不是我的话，是大清早辉发来的截屏文字。

酒局里所谈的话题，基本漫漶出酒杯以外。辉给我发来这段话，我俩来了一段仗义执言，红眼睛白鼻子地对仗了一番。鉴于前车之鉴，或许我少喝了几杯，或许我睡的时间更长睡得更踏实，状态略微好些，我倒保持了应有的克制。

我们的酒局位居卡座，在一个西北面食馆。一张桌子，两排硬座，塞进去五条人。对面坐着敏和猪猪，我和辉中间坐着虎子。两瓶白酒，我、辉和敏，半杯多点后，改喝啤酒。猪猪和虎子，喝着余下的一瓶半。

酒局的开场，是嘘寒问暖，天南地北不限。酒还没多，话也利索。先扯了扯以前喝酒的壮举，评论评论谁的酒品酒量。再说了说生意买卖，谈了谈工程收款。顺带提了提醉后的丑态，以及发生的趣事。这是老百姓酒桌上，绕不过去的开场。

酒杯一再端起，话题紊乱推进。声音逐渐加大，再也很难听到一种声音。话题一旦杂乱起来，就很难再回到一个主题。初见面的客气没了，前头保持的谦逊，小鸟一样拍翅膀飞了。要不说酒是个尤物，喝下去你就换了个人，或者说回到了真正的你。天性打开了，人性释放了。

到了这个时候，其实已至最佳状态，飘飘欲仙，却还在人间。每人都一副人畜无害的模样，让人喜欢。恰好到了那个俗人常态，转变为真人本色的临界点。客套的谦卑，还留着丁点。性情的自在，刚好推到顶点。这时的信马由缰还有缰，这时的信口开河还有岸。一切恰到好处。

酒水酒量的推移，话题话柄的推进，没人知道。这个酒局在通往另一个天地，犹如一列火车加速前进，在轨道上快速滑行。每个人已经下去不少，已经坐了不少时辰。身体的隐性疲累，被提溜起来的兴奋所掩盖。有些酒局，比加个晚班要长要累，局中人不自知而已。

筷子动得越来越少，酒杯端得越来越频。杯盘在轻举妄动中狼藉，碗碟在重金摇滚般跳舞。表情在僵硬，神色在固化，唯有唾沫星子在横飞。封闭空间的裹挟，热气酒气的熏染，乌烟瘴气的蒸发，整个空气凝固在烟熏火燎中。酒精助着酒劲，话赶话，声推声，不知不觉间，就到了高爆引燃的状态。

酒局中人忘我，那份投入，能相较不下的唯有游戏中人。女人揪耳朵，是拉不回去的，老板加工资，是拖不回去的。唯有两种情况可以催散杯中人，一是美女袅娜而至，带你去逍遥；一是丢枚炸弹入锅，让你四处逃窜。

三人以上酒局，酒过三巡，会分拨聊话题。这是必然，类似三人围着，内心各自横着江湖，难以打通一条水系。一般是就近两人最先对谈起来，当然也有尴尬的，关系陌生的被安置在邻座，有一搭没一搭，礼貌性寒暄，说不到共通点。

有端着酒杯跨河过岸的，对面是值得敬重的人，帮过忙或能帮到忙的人，或久别重逢的人。前面群举过杯，走了形式过程，属于蜻蜓点水。内心早想过去握手寒暄，郑重其事来一杯，以表尊敬感谢，或重温旧梦。

有从韩国到魏国，从秦国到楚国穿越火线，远涉诸侯的，所谓远交近攻。这些人是久经沙场的战将，至少是苏秦张仪式的说客。满腹经纶亦巧舌如簧，满身豪气亦满怀心机。他们端着酒杯，犹如项庄舞剑意在沛公，表情一目了然，心意不一而足。

能形成共同话题的，唯独时政和性，再添份家事。时政是天下主题，性是本能问题。

家庭糟心事，工作窝心事，在三巡内说起。这些污糟事，每个人都要亲临，都不同程度被裹挟，正在面对或必将面对。谈起来，都是一阵唉声叹气，深有感触。谁都不缺缺心眼的兄弟，准也有个没人性的抠门老板。不留情面的指责，骂骂咧咧的控诉，在这一环节，与生命攸关的人，与生活有关的主，得到淋漓尽致的抨击。

积压良久的淤结苦闷，得到宣泄，那叫一个痛快。这事曲折离奇地痛诉完，莫要担心下一程的话题。犹如高手三步棋、作家三部曲、列车时刻表一样，准时地晚点到达。食色性，饱暖思淫欲，古人交代好了酒桌每一步的走向。

家庭话题过于私密，涉及家丑。工作话题染指饱暖，涉及敏感，就得留条后路，点到为止。而天下大事和男人女人，以酒做媒，横陈在了酒桌。上嘴唇碰下嘴唇，每个人都可以夸夸其谈。

过上好日子的，骂得最狠。日子穷苦的，也不在酒桌上，或说起来比较含蓄，好似有工作有工资有饭吃，已是万幸。所以指点江山的人，腰杆更硬手指也粗，纵横捭阖是要力量的。

那么场上的人，要么各执己见针锋相对，要么附和表态或一言不发。入戏深了，难免就会有派别，代入感强行角色附体，置身于红绿派驴象别，争执就相持不下了。

酒过三巡以后，所争论的话题，已经跑出千里之外，实在不是言下之意，也非心上本意。这里慷慨激昂、骂得最厉害的，其实一副人民心肠，回头比谁都爱国，那点反叛精神，酒醒以后荡然无存，乖乖地遵纪守法。

偏偏酒酣耳热之人，在话题里过度沉湎，在气氛中入戏太深。说出来的话，表达出的观点，非要超出理论水平与专业范畴，非要论个你是我非你死我活，忘记了本是以话下酒，而非抱持什么观点，该下什么结论。

老子说得太复杂，孔子简单。老子是这么说的："知不知，尚矣。不知知，病也。圣人不病，以其病病。夫唯病病，是以不病。"知道自己不知道，是值得鼓励的。不知道自己无知，而喜欢把无知当作正当理由，继续无知，或者把无知当有知，这是糟糕的。

孔子一句话说明白："知之为知之，不知为不知，是知也。"可是喝酒至高，以至巅峰状态，醉者都封神了，口出狂言固执己见，已不足为奇。只要能在酒桌上停留的话题，尽在各抒己见，一副专家模样。一旦意见相左，很容易互掐起来，也就不足为怪了。

酒桌上没法讷于言而敏于行，酒往肚里咽，话从嘴上嘣。推杯换盏之际，有人渐渐神散，导致话题慢慢形散。平时寡言沉默者，这时候话也多了起来，何况向来口若悬河者，更是关不住闸门，江河直下了。平均下来，最出挑的话题，来了去去了来，最多的话题，还是回到天下大事。

家事说不清楚，各自带回去承受。性事持久不了，说过笑过算过。唯有天下大事，是大家伙自认为专家，每次说来回说，以为能说清，却一直没道明的事。平时都活得有些憋屈，唯有以酒助兴，到了一定节点，会出来一份虚假气概，找到一份指点江山的激情和纵横捭阖的气势。完全由酒精过敏导致，酒醒了再复归蔫里吧唧。

酒桌上说什么话题，实则并不重要，重要的是跟谁喝。这决定乌烟瘴气，还是一团和气。有酒助兴，说话可以豪气干云，可以气壮山河，也可以心平气和，慢慢道来。这口气和酒气融合，各位气味相投，气息相和，这酒醉得就有味道了。

2022 年 3 月 3 日

# 04

# 得失之间

# 说说戒烟

还没静心说好抽烟的历史，已到了说戒烟的历程。历史说来话长，先一笔带过。因为抽烟带来的伤害，已大张旗鼓，所以先说说戒烟这茬不得已，也不可能得意的事。

抽烟年头长的人，或多或少动过戒烟的念头，或深或浅做过戒烟的尝试，因为大享其福的同时，多少已受其害。而多数结果，大抵是戒烟未遂。没成功的原因很简单，这种习惯性依赖，已是一种瘾。抹除一个不良习惯已经很难,消除一项瘾头则陷入另一层困境。

伤害和过瘾的对抗向来有之，每个身在其中的人都深有体会。到底是免受其害，信誓旦旦去消灭瘾头，还是继续享用，而不顾其害？这是值得深思的问题，也是天人交战的困惑。一般人败于戒除的决心不够，而止步伤害未深的侥幸。

很明显，这份决心时时在下，便不成其为决心，随即又从心所欲了。而侥幸心理则处处受到遏制，原因是假决心可以时不时来一出，但真伤害是日益加深。保持那份习惯以免度日如年，还是保命为上以便益寿延年，便成了心理阴影。

那口痰那声咳嗽，时时提醒自己，这事事不宜迟。当年爷爷那口痰重重坠地，久久不散的印象，再次唤醒时空。眼下自己的这份德性，已大抵如是。当时我少年大不孝，出现过嫌弃之心。今天的我，当跪伏在地向爷爷致歉。

我试着减少烟量，靠着浅薄的忍耐度。答应自己好好的，却往往出尔反尔。我看着时间，没超过一小时点烟，视为违规。我想醒着的时间即便十八个小时，一天也超不过一包烟量。可是烟抽多了记性不好，往往忘记计时的开端。忍了那么久，觉得到时间了，于是点燃一根烟。

做事可以消耗时间，而时间里没有烟雾缭绕，代表我未曾跟烟亲近。我就完事一件再来一件，尽量拖延时间。总之能推迟抽下一根烟，我就像打了一次胜仗。很明显，这很辛苦。因为打仗是残酷的，和内心搏斗是撕扯的。我也不可能总是洗菜切菜，晾衣叠衣。

终于完成了手头上的事，可以歇下来好好抽一根，这根烟得煞有介事，仪式感十足，得郑重其事地从烟盒里掏出，然后照着烟盒敲一敲，烟丝更紧凑，抽上去才不会松松垮垮，总差那么一口气的感觉。

左手捏烟，右手握打火机，啪嗒一声点燃，猛吸一口，那滋味赛过神仙。抽完这一口，不似往年，还得品咂品咂，意犹未尽，然后再来一口。眼下也就只有这一口，是为犒劳是为享受。也就仅仅这一下装腔作势，不能再多。

心里那根弦立马弹拨起来，一种警声余音绕梁：好了，可以了，差不多得了。抽烟几十年，那种叼一根烟，深深吸一口，从嘴里入喉入肺，转悠一圈再吐出，在眼前婉转旋转，一半入口一半入鼻，眼睛微闭脑袋微晃，再吐出一口仙气，一去不返。

为什么？因为受不了了，知道这一口吸下去，虽是即刻就散的气体，可是危害性已经不堪重负。这口气早已不是仙气飘飘，而是乌烟瘴气。这浓烟滚滚是硝烟弥漫，犹如战火纷飞。这是烟幕弹，让你此刻如蜜糖，后来如砒霜。

害人不浅的东西，大都是看不见或晦涩不清的玩意儿。就像暗箭难防，你在明它在暗。好比橡胶水泥厂，烟囱里滚滚冒出的烟雾，流入臭水沟的污水。好比漫天如海的雾霾，没人当风景去欣赏。它们不会跟你正面交锋、肉搏苦战，而是潜伏在暗处，不动声色地进行骚扰。

烟草长在地里，其貌不扬，随风摇曳的是柳是草，不会是它枯燥的黄叶。拔出来不能做菜，走过路过将要忽略其存在。而绞成丝添以香精，再以纸包裹，卷成条状，再辅助于各种包装设计，就有了三六九等的级别，就成了通流四海的人间精品。

打开盒子，取出一支，送进嘴里是自我享受，递出去是人情交往。点燃之后，吸溜一下，烟一截截缩短，如是一寸寸时光，在吞云吐雾里化为乌有。抽烟人与烟的关系，若有若无。捏于两指之间，轻弹慢捻，烟花易冷，拿捏不复，最后摁灭在烟缸，或置于地下，重重踩上一脚，像灭了一份仇恨。

刚才还是口吻之亲，随即却是大义灭亲。燃尽最后一丝火焰，发出最后一点星光，明灭之间，一根烟烧完了，一份时间没了，俗称一根烟的工夫。这份交情的拿捏，深浅出入似乎略显急促，吞吐吸纳似乎过于轻飘，眼看他点火，眼见它烟消云散。

烟叶从南美来，从越南缅甸来，烟从各地卷烟厂来，从师傅们加班加点而来，从烟草售卖点买过来，从礼品送过来。落入你手拆开来，二十根烟，几根自己抽，几根发出去都是随机。烟民所消耗的量，恒河沙数，如星星眨眼，然后流星划过天际。

这份肌肤之亲，犹如千里姻缘一线牵。一场面见之缘，随即一拍两散。哪根烟入口是不定数，注定有烟入口则是定数。聚散离合一根烟，悲欢喜乐一根烟。老烟民所抽的烟，可以绕地球三匝。每根烟陪伴三五分钟，然后灰飞烟灭，再见已是另一根烟。

每根烟随机又注定，每份燃烧随即也永恒。人与烟之间，缥渺虚幻，相聚即为相离，就像与时间的关系，拥有即是失去，情感牵连在与下一根烟相遇。所有亲密关系，总归带来爱恨难分的纠缠。

有些人铁肺，一天三包烟，除了黄牙，没见他咳嗽不止。尤其那些麻将人，进去的时候，胳肢窝夹着一条烟，点一次火，可以一直燃烧。而我一天一包烟，已大呼吃不消。当然，我掩盖了早年不知休止的羞耻。

不得不说，车水马龙隐去的黄昏，有一口烟雾飘忽在虚空，这是不离不弃的陪伴。所有人沉睡入梦的深夜，有一点星光闪烁在夜空，这是不分时辰的聚散。烟民在这场聚散里，度过了日日夜夜，靠着这份作陪，相伴了年年岁岁。

不得不说，这一口口烟雾缭绕，必先通过心肺熏染，再呼之而出。除了提神醒脑、卸除疲劳，这烟雾还是把口鼻喉舌肺，撩扯了一通。不出意外，它将让你口焦唇燥，让你喉咙发涩，让你心肺受损。

时久日长，将让你记忆力下降，心血管狭窄。肺泡凝结肺部内壁，堵住氧气的交换更新，增加心脏的压力。这将让你气紧，稍微激烈的运动，跑一百步，爬三层楼，你将气喘吁吁。你醒悟过来，抽烟原来抽的是年轻的身体，鲜嫩的肺。

酒和烟是一对臭味相投的朋友，就像酒肉和朋友的难分难解。不管酒醉与否，这一场酒局，必定让你抽烟过量。无酒不成席，无烟没话题。酒终归会醒，而烟熏火燎的痕迹，肉眼看不见，却被长久留下了。

从刷牙开始，你咳嗽起来，甚至干呕。这大清早的身体颠簸，提醒你昨晚的罪孽深重。你开始煮冰糖雪梨水，开始喝川贝枇杷膏。时而含含金嗓子喉宝，或者其他薄荷糖。你的声音开始沙哑，鼻炎已经多年未见好转。

和人说话，自觉保持一份距离，怕有异味浸泡在空气中，怕遭人嫌弃。脸色苍白，舌苔发白。你不敢确定脱发与此是否有关，但脸上皮肤疙里疙瘩的，与此密不可分。

男人本来粗糙，外在面相的斑驳陆离，可以不在乎；可五脏六腑的警告提醒，不得不在意。尤其是肺部传送的怠慢，以及心脏紧促的迫切，已明显影响行动和心动。病来了，不管是病者还是医者，都要追究原因。医者分析得貌似全面实则笼统，而病者怀疑得似是而非，实则是自知之明的自省，却不愿幡然悔悟，痛改前非。

只要病人不自欺欺人，病患还是可以追溯起源。一个抽烟的人，相比一个不抽烟的人，已经多了一个致病的因素。而且，所致之病并非单一，而是关联甚繁。想着让人害怕。烟草和鸦片，就像书刊分类和影视分级。一说是毒草，流毒深广。另说是上瘾，遗毒深重。

所有的事情，放在超长的时空里，都不值一提，都会化为历史一颗尘埃。具体到每个人身上，都是要命的引子和不要命的因子，是一座轻如鸿毛的泰山。我曾经说过，每个人都是自己的刽子手，是杀死自己，害死自己的凶手。这一点确凿无疑。

这个世上，没有其他嫌疑犯，这可以不按套路出牌地破案，可以立即结案。无论中途离场，还是寿终正寝，来到这个世上，是上帝的视角；离开这个世上，自己是主角。那些盘根错节，那些细枝末节，你细细品味一下，原来都是咎由自取。

很明显，烟很难戒。烟民去旅游，所备不可缺的并非其他，而是烟。烟民很穷，在吃饭和抽烟之间选择，宁可一日不食，不可一时无烟。烟民很自私，如果所剩不多，他会藏起来供奉自己，一人一口已是最大的恩赐，不分享也并无罪恶之感。

没有人不爱惜身体，不在乎生命，烟民也并非视死如归。为什么这么多人还是在痛苦抉择中，臣服这口烟而缩短这口气？这又回到了哲学理论和生命问题。这好比人为财死，鸟为食亡，是为明知故犯，却屡教不改。

烟君子深知，无论苦乐，都需要这口烟担负。那么当戒烟提上日程，对烟君子来说，正是一份难解的困惑。而困惑到来，正需要一根烟来助力。除非进入一种非正常环境，捆绑住手脚，限制行为能力，让你无法获取，强行遏制那呼之欲出的欲念。

何其残酷。谁能奈何。几十年吞云吐雾，到了这个关节，作为当事人，不管从感性还是理性出发，都是要死不活，何必提早陷入绝境。不如这样可否？只要你还有这个想法，只要你还起心动念，不如来一根，符合了感性需求，但从理性出发，别抽那么深那么长，别抽那么多那么猛。

适可而止是中庸之道，是句安慰话。适可而止，是句最好的说辞，是最后的托辞。这个词四平八稳，有这个词兜底，你怪罪不了任何人，任何人也迁咎不了你。一天三包烟当然是过量，一天十根烟应该是适可而止。戒掉一个坏习惯，至少要三个月到半年。短期内彻底戒掉，那是强人所难。

老烟民已经与烟难分难解，比爱人还亲。不管使用任何手段，动用任何方法，戒烟都是堪比离婚的工程。是大动干戈，立马一拍两散，还是给个冷静期，做个和解，双方得以平和相处，达到疏离有致，亲近有方呢？这得点燃一根烟，煞有介事地想想。

2023 年 1 月 18 日

# 低头哈腰

我低头哈腰时，代表老毛病犯了。整个夏天，中梁太平无事，以为其往而不返，从此再无过从。天转凉时，迹象初露，也没太在意。抽筋剔骨般撕扯，是如厕蹲下后起来。啪嗒一下，心想坏了，熟悉的疼痛，如老朋自远方来——好久不见，还是不请自来了。

在这种地方，这么点事，亦无法呼救。只能一手扶腰，一手扶板，盲人摸象一样摸索着起来，顺准方位而遵从密令。如蛇样扭曲着身子，龇牙咧嘴，盘膝斜探，缓缓晃晃，吞吞吐吐起来。只有一个信念，此地不能久留。

石头见我德行，掩脸而神伤，以为我招了劫。搀扶着往前，四面均为陌生，还要顾及体面。好在戴着口罩，路人甲乙而已。直立行走，本是人兽有别。此刻已是强人所难，成了痴心妄想。我不敢造次，僵着身子挪移，歪着腿脚斜步前行。

平常不过的事，此时已然非常。上车已现下马威，不知扶哪儿好，需要试探头先进还是腿先行，弓身直入还是侧身旁插。不是空间窄变，而是身子横竖不规则了。以圆凿纳方枘，岂能榫卯合缝？苦求而不得。

我原先以为可以卑微如尘土，但不可扭曲如蛆虫，可以苟且隐身，莫嘲讽直面惨淡。曼德拉说，如果天空黑暗，那就摸黑生存。

如果发声危险，那就沉默寡言。如果自身无力，那就蜷伏墙角。但不要习惯黑暗，并为黑暗辩护。书中这席话，貌似吻合当下心境。

既然是老友来了，那就好好款待。谅他也不会置我于死地，顶多长住些日子。有了这层心理准备，也就不怨天尤人，坦然了许多。辗转到公园，花草树木有些恍惚。熟悉的环境，已留风去景，哐当一阵风吹来，生怕站不住。散人零星走过，呼啦就过去了。老人和小孩，脚步都比平时快了不少。

我不顾左右，亦无声无话。漠然挪腿，一步是一步，两步是两步，怕是要以步数，量出园子的弧长。后脊梁薄汗轻衣透，额头也渗出细密光影。进三五步，停不等时。临湖僻静处，觅一长亭，玻璃木栅隔成四段，可避雨躲阳。我们藏身后座，想好生安置下来。

试着躺下去，木条凳硬生生的，不平不稳不踏实。又蜷缩着起身试坐，也觉欠牢靠。左右不得劲，只好一只脚伸出去，另一只缩回来，如浪人姿势摆着。正当午时，太阳明晃晃的，生出一份躁郁。分散注意力，不失为一种方法。

湖上三两畅游者，有恋人低语浅笑声，父子协力划桨声，岸边妈妈的呼喊声。想到咱们孩子已经大了，正进入嫌弃我们的年纪。老父这般模样，还被赶出来，以成全同学的来访。消磨了一阵，不知如何是好。百无聊赖，不知如何作罢。无论是坐着站着，走着躺着，都有不得劲的姿势，不舒服的方位。

因为疼痛，即便暖风冬阳，也感受不到生活日常。迁徙到楼下广场，跨越了北燕南归的时空。七扭八歪坐着，陪着夕阳西下。不敢回家，只因女儿有交代，同学离开之前请勿打扰。有家归不得，不如约人喝酒。没想到失算，恰好无人应声。这个黄昏，特别昏沉。我思量我能忍受，只不过不能正常行走，不能随心所欲摆动。我继续坐会儿，继续等待，等待孩子召唤，召唤老父亲回去。那时即可躺下，不问天地不问苍生。

闺女有孝，终于等到放行。老伴搀扶着我，如一幅凄凉晚景。我像是老山前线残兵，捡了一条老命回来。那沙发闪闪发亮，等待远道而归的跛脚英雄，虽败犹荣的英雄。薄棉被厚垫子高枕头，同时塞在背后顶着。跋山涉水后的歇息，让我宠辱皆忘，什么都可以失去，唯独一口气尚存。

不是第一次，便有了经验。也就没听劝告，誓死不去医院。我给自己一周时间，不见好转再做寻思。主动坐下来读书和情非得已地躺着，实属两样。任何旦暮日常的行止，都得考量顺位，轻举已是妄动。即便减少起卧次数，也还得去厕所，去刷牙洗脸，还有躺平睡觉。这些平常不过的日常，而今举步维艰。

我刷牙洗脸，本是低头漱口和冲水。甚至一只腿架到窗台，可见功力尚可。而今得直挺挺行事，身子还得靠着水槽借力。重新使用杯子端水漱口，也不能晃头晃脑，只用口腔咕噜咕噜。用毛巾接水擦脸，也不可使劲，像给初生婴儿抹脸，小心轻放，难免马虎草率。小便揭盖不便，也不敢哆嗦那两下子。大便蹲下不易，蹲下去就怕起不来。所有关节各自为政，不能形成有效配合，浑身使不上劲，所以两天未行方便。

因为弯不下腰，穿衣脱裤也成难题，尤其是裤子袜子。裤子丢到地下，先伸一条腿进入，借力抬到脚肚子，另一条腿再探入。两只脚掌露出裤腿，伸长手往上拉，再思量站起来。扶着床架慢慢站起来，谨慎往上提拉。袜子就难了，即便不冷，已选择长袜，伸手更容易够得着。先弯左腿，左手拉，再弯右腿，右手拉。穿上为准，顾不得妥帖整齐了。

时来天地皆同力，运去英雄不自由。千里山河轻孺子，两朝冠剑恨谯周。唯余岩下多情水，犹解年年傍驿流。

这些天出汗不少，后脊梁和脑门头，颗粒珍珠般沁出。一日不洗澡，一晚睡不着，这事无法摆脱。记得当初屁股上手术，也不改此习迎难而上，避开伤口也得沐浴更衣。而当下洗澡明显是个工程，矫情和倔犟的一面此时展露无遗。就想着以热水烫烫腰椎和老腿，能冲开血脉，缓解疼痛。即便忍受牵一发而动全身的疼痛，也要把这具臭皮囊冲洗一番。

本来生活日常是散开的，有了这疼痛，倒把日常做了归结，浓缩成吃喝拉撒睡，其余都是生活的编外。正因为有了疼痛，所有尘世杂碎都省却了，专注于活着本身。也正因为疼痛，这些不可或缺的日常，又变得如此勉为其难。这是回到生活的主题，还是阶段性的一段插曲呢？

生活会变形，也会闹笑话。以上所说的行为举止，原来都离不开中梁担当。所有轻而易举的动作，你以为只用手，只用腿，只是轻描淡写的举手之劳。一件简单的事，你绕不过去的，你脱离不了的，而你往往忽略的，原来是脊柱。那是你人身的承重墙，是生存的中流砥柱，也是撑起你生命的中轴。

区区斗室突然变大，要转换空间，成了乾坤大挪移。终于晓得，寸步难行的实情。母亲给我留了一副拐，早预料用得上，也可以扶着凳子前行，但我都弃而不用。既然选择自愈，就得有决心对付。一寸寸挪移，一日日更轻快，这是信念。我本是个懒散人，也讳疾忌医，既然病来了，全身不听使唤，那靠什么去对付病患呢？

每动弹一分，骨缝里如闪电惊蛰，把体内冬眠的虫儿惊醒了。又像是万马奔腾，在一个封闭的狭窄的空间。肌体内部雷霆万钧，迅疾过去又复来。想寻找支撑，又不便行拂乱其所为。想要跪下去，又担忧怎么起来。多躺了会儿，按理说会有所缓解，又因为长时间没动，关节收缩，需要另一层适应，另一次重启。每移动一步，似乎更重了，犹如游街行刑。

鼻炎是顽固分子，是与身相许的老相好。窗风扑面而来，立马一阵喷嚏，砰砰如机关枪。顿时浑身战栗，那揪心的抽搐，真如一颗颗子弹，弹无虚发，击中致命要害。会有一种宿命感出来，这是造了哪门子孽？当此时，眼泪鼻涕汗珠，但凡体内能分泌的液体，百溪分流。

从未如此关注身体，如此专注疼痛的体验。体外一切消失，唯此疼痛切身。令我不解的是，我还得到厨房或阳台去抽烟喝酒，即便次数减少，也凭空给自己添了麻烦。按石头的说法是作践自己，按自己的说法也是作孽。抽口烟缓解压力了吗？喝杯酒分散注意力了吗？当然不见得。只是过了把瘾，平日习惯还保有一二。结果是移动和站着，都费了时间，费了周折，多添了疼痛。

我写过自己诸多的病，再下去身上没块好地了。这么写并非矫情，只是份记录。每个人都得生病，我的病并不新鲜，也祈祷别来更多的病。可是上帝只管生老死，把病落下了。自己唯独能主导八成的就是病，还有两成是意外，这意外还被大夫归到基因突变去了。

其实我们同时代的人，害病都大同小异，有古人积累下来的病种，还有当今时代新发的病种。疫苗摁住了少部分，多数又新添频发出来。人越来越年轻化，是因为寿命越来越长。都说病有遗传，我相信也存疑。即便隔代同病，多数也是自造和自我创新。

母亲六十岁得了这个病，从此与它形成一种共存关系。有斗争也有妥协，最后平常相处。每天一澡，无论酷暑寒冬。浴室备一张椅子，一桶热水，她不洗淋浴，保持了乡下洗澡寮的传统，得坐着浇水，这样洗也无须站太久。每天如此，偶尔也去按摩，坚持去公园走走，作简单的锻炼。

二十多年来，母亲经历了什么，我们知道，但不是亲身经历，只是慢慢了解和理解。而今我同样的病，同样的遭遇，母亲算生了个好儿子，毫无保留地继承。头几天最难将息，而我清楚这才开始。这个病被称为富贵病，只能调养而不可断根。

有人推荐跑步，有人建议游泳。还有要注意保暖，莫长期站立，避免重负，等等。诸多应对的方法和缓解的办法，没有最好，只有贵在坚持。我怪毛病很多，所以病症也多；还很懒散，因此很难坚持一件事。而层出的病患，正是一堆坏习气怪毛病所导致。

年纪上来，很多病痛浮出水面。但靠着一份倔犟抵抗，还没形成正确认识，也没正式起步，去养成强身健体的好习惯。母亲的苦难，内心已有一份意识。自身的伤痛，也有了一份警醒。但都没引起足够的重视，直到写下这篇文字为止。

身边很多人同病相怜，但自身的疼痛，唯有己知，唯有自己担待。腰上系着绑带，已是日常标配。而拄着拐，算是再造了一条腿。这个病只是其中之一，这种病也不可痊愈。有了则做伴终身，也只能如老伴一样结伴同行。可以尽量避免疼痛，让其藏着掖着，不至于过分骚扰。但既然是终身伙伴，总归会再次造访。是主动邀请，还是不请自来，还得看你的客情，看你的待客之道。

2022 年 10 月 18 日

# 失而复得

这两天自己跟自己怄气，根源还是健康出了问题。身体往下坠，精神往下沉，心情没法归于平静。百无聊赖起来，就想着去疏导文字，从手机转运到电脑。文字是我的救命符，是唯一能拉我上岸的稻草。看她们在屏幕里活蹦乱跳，才证明这些年没虚度。

陡然发现一大块文字遗失，那几个优盘被我翻来覆去插入拔出，遍寻不着。文字本来如山，而今塌了大片。不甘心不罢休，再归去来兮，几通查找，还是不见踪影。我惊出一身虚汗，甚而全身冰凉。我如丧考妣，大哭了一场。这是我的命根子，虽不为惊世之作，却是我的心血。这一去不返的文字，让我痛哭失声。

一整天我失魂落魄，神思茫茫，不知道如何是好。这几年以手机备忘录写字，亦懒得坐在电脑前收录。我把手机保护得很好，无论出门在外，还是座中饮酒，都紧紧看牢手机，生怕出意外；即便醉了，丢钥匙丢其他，凭着残留意识，手机也攥得牢牢的，比当年捂住钱包还紧。

万没想到的是，文字会不翼而飞，像遭遇了江洋大盗，被洗劫一番，然后无处可寻。我为没保护好她们而内疚，为自己的麻痹大意而自责。这几年写字倒算勤快，但是疏于整理。手机写完后，一年到头，坐电脑前最多一次，是为导入。

现在忘性大，也不晓得文字到底下落何方，遗失何时。我拢共有两个旧硬盘、三四个优盘，都是早年间留下的。按常理，文字从手机到电脑，再从电脑到存盘，为防万一，我都会备份在好几个盘里。可惜这几年，心绪不宁，情思怠慢，文字如一垄被松懈打理的田地，荒芜一片。

那两个硬盘，足有十年之上，相比今日小而精，已是庞物。用手机写字以后，与电脑就疏远了，这些附属配件，跟着打入冷宫，囚禁在小抽屉里。优盘表面也已斑驳褪色，摸上去有一份黏黏糊糊的感觉，已慢待多年。这次笼统取出来，插入接口，竟然识别迟缓，犹如耄耋老年，那口气幽幽喘不过来。

文字如囚徒般被困于一隅，百无聊赖这几年，没常去照看，给她们拍拍灰尘换换衣衫。这次让她们见光，竟有恍然如梦的感觉。果然读取费劲，有三两个盘已回潮。就拿去阳台，趁阳晒了一天，没有起死回生。又是一阵沉痛，如心爱的宝物丢了。

之所以拖着不去整理，是文字过于冗杂。我没投过稿，只埋头苦干，经年累月，文字竟呼啦啦堆积了。时而动个念，没敢真起身。安顿文字得用心，整理文字是良苦。很多作家说，他写一本书耗费三年五载，甚至十年以上，怕是写来倒洋洋洒洒，而修改甚为费力，不亚于重新起头。

面对这荆棘灌木，扛着锄头无从下手。有些可稍事修割，有些得大动干戈。早年五谷不分，只求丰登；而今略懂稼穑，只顾了埋头劳作，却乏力细心耕耘。不投稿则免了紧迫，不出版则没了催促。

我没创造财富，文字好比我的储蓄，亦见一场丰盛。

没想到的是，储蓄所会关张，好比硅谷银行，说倒闭就倒闭。你上哪儿呼天喊地去，找谁说理去。这天晚上，摩挲着这几个盘，我折腾到凌晨，口焦唇燥呼不得。可谓暗无天日。

好像是泰戈尔说了，如果错过太阳而流泪，那么你也将错过群星。人都是自圆其说，想到这句话时，我已经触地反弹，恢复了一丝元气。就像参加完追悼会，还得回去做饭。时间往前，当下还在。

丢失的往往为关键篇幅，不可复得。那就是母亲和我的通话记录，以及母亲住院这两年来的病情日记——也是这两年的主要书写。我心绪翻转跌宕，原来最在意的、最不可复返的，最容易逝去。通话记录是多年来，我和母亲通完话，起笔记下的。母亲能说故事，每次通话，我就听，听完就记。

而母亲住院两年多，我陪侍在侧，她倒不多说的，可能该说的都说了。起头只绝命似的喊我的乳名，喊了两三个月，更短或更长。整个病房，整个楼层，整个医院，都知道这个老太太在呼喊。开始都听不懂，还以为是咒语，是巫语。

像是求救，如是宣告，也为最后告白。然后她陷入一种可怕的静默，破晓前的静寂。她不再发声，任凭促发，母亲不再开颜。鼻饲管氧气管导尿管，这么多管道，在她身体内暗流潜涌，唯独声音的管道，说关闭就关闭了。对着这个世界，不再有任何表白，直至尽头。

女儿曾问过她妈妈，说爸爸怎么好久没回老家了。第一次她妈妈支吾过去了。第二次如实相告了，女儿没说话，拉被子蒙头，躲进了被窝。

治乱无常，犹如生死不测。一卷诗文既承天命而作了，宜乎善保藏。我还是大意了，身体也会腐朽，器械都会锈蚀，即便你牢牢看住，也守不住风侵雨蚀。文字是当时的一重心绪，也是时光的泡沫。炸裂瞬间，文字如摄像，如果不予温度湿度光度，以及恰到好处的照料，皆会不存。

我很懊恼，也不甘心。懒惰成性的我，到了绝境，这时勤快起来。我问姐姐和侄子，给你们的旧电脑，帮我翻翻，看里面是否还有蛛丝马迹。答案是未遂。我再回想文字路线图，从手机到电脑，经历了那些山河表里。不得要领。

想起去商场，车停地下车库。坐电梯上来，一通走马观花。逛完商场下去，偌大一个车库，犹如迷宫，车子像长翅膀了。我无论东西，一番转悠，急得满背脊渗汗，那车子像是被科波菲尔变没了。我陷入绝境，走不动了，如到了鬼门关。

时间是一条河流，我回溯源头。我蹲在地下墙角，慢慢恢复神智，摒弃进商场的前程后序，复原拼凑出我的行走地图。从哪个电梯上楼，去了哪里，然后再反转一遍。我从一线阴阳缝隙里，找到了绝地逢生的通道。

我死命地翻看手机，往前翻，一直往前。即便每年只导一次文字，一次也是有，而非无。我以右手食指，在文件传输助手里，不止地往上翻。功夫不负，去年的 2 月 22 日，我导过一次，且还没删除，还有一些留存。我喜极而泣，像是拜过观音的娘子，终于受孕得喜。

我像只猎狗到处闻嗅，企图再找回其余。在女儿的桌子上，发现一个白色硬盘。我当然没放过，这有点乱点鸳鸯谱的意思。插入接口，识别不出来，再定睛一看，原来是个充电宝——不免哭笑不得。放回原来位置，再四下探寻。一堆小物小件中，赫然睹见一个优盘，猴子造型。我立马两眼放光，如发现外星人。记起我曾经有过这么个小东西。

迫不及待插入接口，好家伙，里头没有任何女儿的东西，竟然就是我阔别已久的盘哥。我觉得如有神助，好似天降尤物。

我寻找文字下落的着急劲儿，女儿应该看见了。我没指望她帮忙。我的盘几时不见，几时到女儿那里去了？不得而知。她看过吗？看了几篇还是看完了呢？我没问她，我取走了优盘，也没告诉她，她也没找过没问过。偶有一天，女儿问我，爸爸，你找到了你要的东西吗？我回答说，嗯，找到了一部分吧。

经此失而复得，我那份失魂落魄，亦恢复了一丝元气。我可惜的不是文字，心疼的是那份记录，记录里的岁月，岁月里的人事，人事里的表情，表情里的百态众生——那份当时只道是寻常，而今追忆已惘然的寻常人事，是不可再返的历史。司马迁所记多为帝王将相，我所书写为烟火人间。一条蜉蝣戏浪花，一粒微尘弄沉渣。

迷失的文字，依路回来些，我又犯懒不作为了。狠狠下的一番决心，在看见那堆泱泱文字后，顶真地腿软了。眼下身体欠佳，烟也在一禁再禁之中。而先前的哪颗字，不是被尼古丁喂大的。少了这一口，文字味若嚼蜡。丢了这一口，我举笔维艰。

心里实在已是着急，想着快点整理好，分门别类，有得几本书的分量。我没有沾沾自喜，却觉一份沉重。不知道找谁去，如是替女儿相对象，找婆家托付终身。心里却抱守信念，将带着她们周游郡县闾巷，寻找读心人。

我其实两眼一抹黑，偶尔获知的一些零星信息，也就知道一些出版社出版商，都是知其名而不识其人。我这样背着包裹，形似再一次重复年轻时的流浪。到底能否见着，见着了能否相谈甚欢，此番游历最终何解，还是与自己和解，我不得要领，心里充满忐忑。

可我年将半百，还能如此贸然行事，这符合我的性格。没耐心落座修改，不愿意盲目投稿，却情愿如此投放此身，一心如寄，来一次跋山涉水，去见见想见的人——同道同好中人，慧眼识珠之人。我弱水三千，你任取一瓢，我就得救了。

为文之人，常年在三寸斗室内，裹着毛毯或摇着蒲扇，静默守着钟声，如檐雨滴答，兀兀穷年。行万里路，是读万卷书的平行宇宙，内心藏着一份苦行僧般的浪漫念想；如一棵风中劲草，明知霜雪扑棱、雨雾迷踪，内心也回响起少年行板，踏歌而行。

我就得克服强迫症式的懒惰成性，抓着自己的辫子和尾巴，老实坐下来，奉天承运，踏实修改修改那些冤孽似的文字，让她们有个德行、有个模样，跟着我跑一次江湖。成是运气；不成，就当是任性了一把，再撒一次野，再撒一回气。

少年时差点溺水而亡，我奋命往上游，终至竭力。我想这下要死了，我得有个姿势，并笑着往下沉。既然是留给世间的最后一份表情，不如体面。气绝之后，乱踢乱踹的双腿，已耗尽最后一分力气，准备伸直了往下沉；因挣扎而狰狞的脸面，正待歪曲上扬，换一副最后的人间表情。就在这时，脚底板踩着了沙，那河沙，温柔而细腻。

当此时，我的表情还没来得及舒展，仰着的一颗头颅，是最后的倔强，却看见蓝得刺眼的天空之镜，渗着几颗惨白云朵。我闭上眼，本欲上扬的嘴角，开成了血盆大口。我肆无忌惮地狂笑起来，笑出一脸水花。那哗啦啦的水声，如是嘲笑戏谑的一番说辞，而我听来却是江河表里的贺词。

满脸开着的水花，映着夕阳斜照。我看见岸边的孩童，右手举着裤管，像是一面旗帜，迎风飘摇。时至今日，竟忘了怎么游过去了，我却上了岸，目睹花开四季。此后经年，这捡回的一条命，试着以春秋笔法，絮絮叨叨，书写天地两极。

2023 年 2 月 13 日

# 断齿缺牙

今天除夕。今天大年初一。今天大年初二。今天大年初三。今天大年初四。今天大年初五。手上无书，笔下无字，心里无绪。眼里有杂活，洗洗涮涮的。

这几天过年，日子换了概念。不读不写，没觉着别扭，也没特别不习惯。没喝多酒，也没人作陪。除夕和立哥、钟智兄，还是梦琪做东，在老地方除旧迎新。

去年是包间第一场，限定一小时，有点赶趟，确实意犹未尽。今年第二场，喝尽兴了，但也没多。这一桌，价钱让人咋舌，很是丰盛。当了一回贵人。感谢梦琪款待。

这些天，娘做饺子，做包子烙饼，炸茄子，炸土豆片。吃得很美，也没多吃。一天两顿，早餐瞎对付，偶尔来个酒酿蛋。午餐晚餐合一，吃个饱，人也不累。

我说了更多话，除了沉默，大声说了点话。有时挺逗，人爱听。貌似回来一点，回来点生气。就想这样挺好，乐呵起来。说点热闹话，热闹拱起日子，别老往下沉。

街道上没几个人，仅有的几个朋友，回老家过年去了。楼下蹲厕，亦没人抢位置。多数店门挂了锁，除了几爿饭店。棋牌室也关门了，热闹的牌房横锁着，他们做年饭去了。

每晚看完《人世间》，提早上床。小姨睡在沙发上，我不便在厨房作威作福。排气扇响起来，干扰声大。只好灰溜溜钻进被窝，头几天翻来覆去，后几夜竟然迷糊睡着了。

只在初五夜，跟龙哥通了话。这头就着米酒、抽着烟，龙哥那头喝啤酒。龙哥给我叙述这几天发生的事，当作八卦听一嗓子。老母算稳定，我心稍安。

止不住想老母，愧疚之意涌出，五味杂陈着，人又沉下去。无论吃吃喝喝的，还是发呆，老母瘫在床上，总占据着我的心房。手上忙着活，亦很难暂且转移。

无法代替老母遭罪，内心在受刑。无法陪伴老母，只好感谢龙哥，伴随纵容与宽容。无法安慰老母，只好开导自己。这心无处安放，这身无处可逃，只好默然于心。

避开不去想，却不得不多想。一个人就是他整天想到的东西，想多了就重，就下坠。我得想点美好的事、喜乐的事，可不知从何处拆借。

逢时过节，向无气氛，少有情绪，反倒有淡淡的哀愁。笔墨也迟钝，甩不出来文字。不晓得如何叙述，不知说些什么好。千头难笼统，万绪不相连。朱天文说：“生活的东西，最好写也最难写，不单为技巧问题，是心胸和性情。”

我性情过于忧伤，而心胸并不开阔，常把事情想到极端而不知缓解，而今尤甚。我幻想有个神医，手到病除；有服神药，药到病除。老母恢复过来，我再听她爽朗的笑声，再听她讲故事。我再一字不落记下来，搂成一篇文字。

杨绛在女儿和先生相继离世后，裹着无尽的悲伤，却说：“我得留在人间，打扫现场，尽我应尽的责任。”我是老母幺儿，老母还有其他儿子孙子，我得打扫现场卫生，手里的扫帚却断齿缺牙。

我得轻便起来，快活起来。我得接受那些改变不了的事实，同时改变看事的角度，及处理问题的办法。家庭里的糟心事，就像屋檐下的灰尘、地下的垃圾，有日常打扫，维持表面清洁；也有经年累月的蒙灰，被遗忘在够不着的角落，已跟岁月凝结一块。

悲痛莫大过杨绛，送走所爱，留下孤独老太，度过百年岁月。鞠居一间逼仄的房里，一张课桌，就这么个容身之所，回忆着“我们仨”曾有的岁月。老人家有过痛楚，剩下回忆，安静如水走过人生边缘。

文字如狱，不见天日，时生空荡之感。难免想，不如搁下这支笔，换个日子。文字何用，无非作陪了孤独。文字堆积如山，蒙尘经灰，怕是到底，也不能大白天下。这么想着，却又担心起她们的着落，生怕存储设备出故障，那些我活过的证据，于天地之间，一笔勾销。

就又生出一份紧迫，添一份窘迫。从图名谋利，到除利留名，到抛弃名利，最后唯愿保留文字。毕竟为心迹，为心血。蹚过生命这条河流，即便卑微活着，不失为日子一份记录、心事一份记述。

与书为伴这么多年，早已裹身入心。这一亩三分地，贫瘠或肥沃，清净地属于自己。不能完全成避难所，也不可完整避世，该有的世间苦难还在，不愿有的人间是非，还会不期而至。可我还是得救了，没坠入深渊，因书籍里有对应的思想，有共和的精神。一头扎进去，可得及时滋养，可获暂且缓解，这已是恩赐。

孩子成长我记下了片断，夫妻相处我亦避重就轻了，老母说的话及时录下一些。对人事与生命，浅薄阐释了我的个人见解，虽微不足道，也深感欣慰。这十年来，假如我专事其他，指定无成，因为性格使然，所以向无悔意。而文字假若荒废，我则有憾，虽然亦没写下鸿篇巨制。

我对自己并无肯定，亦非完全否认。生命是个过程，由时间组成。每段时间，每段生命，我投入感情，注入灵魂，虽无光鲜亮丽，却自觉不曾虚度。痛苦和快乐、寂寞与热闹，是相同的点，而我的点滴，与笔下文字相关。

太早知道生死冥想，但至今未曾参透。人事堆积完，又一层层铺开，再一步步爬过去，成了人世悲欢离合。命运有时如一根鞭绳，狠命抽打，遍体鳞伤；有时如一朵鲜花，恣意开放，然后凋零。而生命就是一条河流，百转千回，终究东逝而去。

我心里对年关时节，向无过头好意，亦并无恶意，只是平实日子而已。鞭炮齐鸣中，空街空巷里，倒平添一股萧索寒意。二十年来，我的藏身之所，在这个大城高楼里。貌似不融不洽，又相安相生。就像我眼里，向来对世间风景，反应迟钝，活得过于呆板，却又对世界，怀有一份善意和希望。

在风雪雨夜，万籁静寂，却能从心底生出一份暖意，如是走进生命深处，觉知到自然本然。太阳升起，照例原形毕露，又得费劲琢磨，琢磨这人世聚散，琢磨这爱恨情仇。不入其门，不得其道，费心思费时间，费生命费文字。费劲巴拉，依旧沦陷于苦苦思量，却不再奢望能得到一份周详。

2022 年 2 月 2 日

# 书房书房

又要说书房了，心心念念的。说明这是个心结，这事还没实现，还在心里高低盘旋，随时撩拨着方寸神机。还在苦苦巴望，有一份空间窗明几净，里头坐着个老灵魂。要说我的贪念不多，多数为文字作祟。

书房的紧迫性，是前所未有的。要这么个方寸之地，便我乾坤挪转。我的文字打一开始，就不是稿纸，而是双指敲打字母——开始指点电脑键盘，后来触摸手机屏幕。一字一句，敲了十来年辰光。一记一击，没敲出阳关三叠，毛病倒敲门来了。

上半身已基本交代完毕，下半身也快要半身不遂。最早遭殃的是颈椎，颈椎不通呢，则脑血不畅。跟着是肩椎，肱二头肌遭受连带。再接着是腰椎，已确诊三根骨头错位，左腿已沉重如铅。人身是一副架构，筋骨相连，一通百通，亦一损俱损。即便正常衰老，没有强势压迫，亦到了日渐衰弱阶段。如果逆其道而行，则更是加倍磨损。

长期一个姿势，埋首如四类分子，肯定伤害颈椎。双手握着手机，雕塑般僵而不动，导致肩椎酸痛；弓着手臂，虔诚地握着手机，致使肱二头肌麻痹。站久坐久，则腰肌注定劳损。年轻人全赖柔软，身子骨受损不明显。年纪到了，稍许慢待，全身上下都要龇牙咧嘴地提出抗议了。

坦白交代，厨房是我的烟火人间，也是我的精神重地。这里可以抽烟，让文字陪伴我，让尼古丁助推文字。一根烟烧完，不管写了几个字，转身离开；烟瘾犯了，文字再接上。整篇整篇文字，都是这样零敲碎打而来，也是烟雾缭绕熏蒸而至。

我在厨房写字，但不抱书进来，因不能浪费一根烟的工夫。晚上看书费眼，四周安静些，着意多写几个字，在厨房待的时间就长。先抱着手机，多数看公众号，也涂涂写写。有时就坡下驴，岔路到别的地方去了。一时把控不住，一路滑坡回不来，于时间就是无谓的消耗。看了些没皮没骨的，名曰放松一下自己，实则把大好时光放飞了。

这么大点地方，只能站着行事，更靠近顶上灯光，坐下去光线不够。有时累了也蹲着。戴着眼镜，手机得远远地举着。摘下眼镜，看久了又眼睛酸涩。于是眼镜时下时上，这多少影响性情。白天纷扰多，时间成了碎片。晚上安静些，就能多涂鸦几个字，不枉这意兴阑珊的夜晚。

久而久之，形成了习惯，已欲罢不能。不知不觉，毛病已入侵，却处置不得，甚为烦恼。不免想，假如有个书房，有张书桌，书置于桌上，还可以摘记摘记。写字的时候，电脑手机可安放桌面，手臂也有个投靠，无须长期站着劳神费力。抽根烟，也觉得更有味道。

转身又想，书房于我或许必要，却于我不配。在成为一个真正的作者之前，我只是个糊涂写字的人，是自愿投奔这条路，却未曾走通这条道的痴者。做此选择，既然是心甘情愿，便不能自怨自艾。在这个城市，有一处安身之地，已属白居不易。还觅求独居书房，奢望一寓灵魂安顿之所，几近非分之想。我得有自知之明，而非痴心妄想。

死心塌地开始贴近文字，孩子尚在幼年，自己有个私域场所驻扎，也有大小不等的收入。最重要有三分自留地，由我犁耙耕耘。那两三年，是孩子初生，也是我和文字的新生。几十年奔赴而来的旧梦，终于营造了一个造化之所，有了落脚之地。我开始奋起直追逝水流年，也开始奋笔疾书奔涌而至的思绪。一边是初生的婴儿，一边是新生的文字，身心如沐初升的太阳，我得以重生。

这块空间就是我的书房，发呆做梦的地方。我的梦在那方寸之地得以铺展，内心的积压在这几年得以纵情释放。我也抱着电脑去咖啡馆，泡一壶茶，涌思如泉，下笔如有神。无论是书房，还是咖啡馆，我像足了一个文人，自许的文人墨客。我抽着烟喝着茶写着字，享受着真实的孤独和假面的自由，沉浸于寂寞千古事之中，无我无他无干扰。

好景不长，我回到了家里。多了个看家的，却不见了那个自在人——失去了书房书桌，更没了养家供己的营生。于我自己而言，是个糟糕的开端。我得慢慢适应这个过程，抽烟写字，喝茶喝酒，开始挪移到厨房，并大肆怀念那两年半的自由岁月。没想到，这一份怀念，十年不觉两鬓白，痴梦未醒人已老。

从世界欠我一份名利退而求其次，到只欠我一份名声或名称，我的文字从未停歇地推进，我的贪图却一步步退缩。我虽世务窘迫，但于利欲早已节制。我被相熟之人、相好之友，调侃吹嘘了十年；自觉不配之余，我还是想给他们一个交代、一份尊重。酒场上他们有职有称，唯独介绍到我，让他们犯了难。我心生愧疚，夹带着一份羞耻。我对不住他们，真是苦不堪言。

怀着愧疚羞耻，我慢慢说服了自己。能接纳我坐到酒桌的人，早已不在乎我是谁。我也不应买单，也无须再担心我为何许人。因为通透的朋友不在意，而在意的均为陌生面孔，或不应花心思去深交的人。况且这种场合我也尽量不参与，以避免更多的尴尬，以减少让他人错愕让自己为难的次数。

随着年纪的到来，曾经在乎的名利都不要了。我去的地方愈来愈近，我接触的人愈来愈少，而我索要的着意不着调的附属之重，愈来愈稀薄。我只剩下理所当然的吃喝拉撒，以及一如既往的读摘涂鸦，没有新意也别无他意地活着。我还剩下一个卑微心愿，可能至死不渝至死不休。我想这个心愿并不过分，因为这也是李白在当涂、杜甫在湘江，而我在厨房难以割舍的心愿——那就是给文字一个交代，一个结集成册的文字归宿。

没什么值得辛酸，只是想到文字成形不容易。她们跟着我来到世间，正如父母代上苍赋予我们生命。我已习惯孤独，本应寂寞终老，而文字当属无辜，因此不愿她们如吾深居简出，以至于埋没。并非要个气象万千，至少有个皮囊着相。她们是有生命的，本可蓬勃而生，万莫静寂而衰。她们的生命可以当阳，如万物生长而拔节孕穗，走向更阔的地界，拥有更广的世界，甚而拓展更远的边界，营造更高的境界。即便她们无潘安之貌、无贵妃之媚、无谢庾之才，毕竟由己出。人命可如草芥，百年休止。字途可行千年，春秋论语。

心念的书房不敢多求，本为忧伤抑郁之人，当简洁清朗为上，消抵吾心之重。一桌一椅一书架，一笔一砚一明窗而已。笔墨纸砚可能是附庸风雅，电脑手机已做标配了。书写已委托电子设备，而看书还是拜托纸质书籍。以手机书写是图方便，可以随时随地续字，也省却手写的握笔劳累。读书是贪恋那份书香，闻之则喜，是正命之本。

书房有了，我和书再也无须奔波折腾，可以安身立命了。就在里面安顿下来，珍惜余光，多写几个字，多读几本书。筋骨还须劳之，体肤还得损之。读书写字是个乐在其中的苦命差役，就好比父母甘心为子女做奴，俯首甘为孺子牛。

不过又生出一层双溪蚱蜢愁，那就是书房有了，好文字可有？文章憎命达，魑魅喜人过。很多好作者好文字，都是由苦熬出来的。一旦把好日子过上，难免脑满肠肥，堵塞了文思泉涌的通道，文字精灵跌落尘埃，零落成泥碾作尘，书香不再如故。又一想，我的文字本无斤两，莫说得他人称许，就连自诩的分量也不够，又何必虚矫多虑，在此自作多情一番。

英国传记作家林德尔·戈登，在80岁高龄写了本书——《破局者：改变世界的五位女作家》，提到雪莱、勃朗特、艾略特和施赖纳，还有伍尔夫。她们的生命中，一度注入寂寞与黑暗，濒临危机与困境。堕入深渊的时刻，给了她们创作能量，但没带给她们更多附加。在她们表面的疯狂之下，埋藏着不得已。

雪莱被称为天才少女。艾略特 37 岁写下第一部小说，40 岁有了作为小说家的声音。伍尔夫笃信，女人要有一间属于自己的书房，一笔属于自己的资金，才能拥有创作自由。她说人生的意义也许永远没有答案，但也要尽情享受这没有答案的人生。

她们并非我的标杆，至多为聊以自慰的精神导引。恐怕我这辈子也写不出一本小说，一部堪称奇迹的作品。我在文字的田地里，可称道的只有勤勉。我甚至想，假如换个选择，避开所谓功成身就，我注定不为辉煌而庆功，只会为逝去时光而懊悔。

而今时今日，唯独让我沾沾自喜的是，那一节一节流逝的光阴，有文字作为依据，作为内心依凭。即便明天横空出世，我也只为文字面世而庆贺，而我继续埋首书堆，死守书房。看着从窗口透进的光和尘，那只是我微不足道的生命，和时不我待的光阴而已。

当时有人说凯鲁亚克不是在写作，而是在打字。他本人则自称是自发式写作，就是让思绪自主而不受阻碍地溢出来。他说创作就是用文字自由演绎作家的情感，人应该为未来可以回忆和欣赏而写作。我比不得伍尔夫，可我亦巴望一个书房，文字在此诞生，灵魂在此安顿。我也非凯鲁亚克，可我一直在文字路上，内心由此出发，再从这里回来。

2022 年 6 月 1 日

# 尊重俗人

“前有亿万年，后有亿万世。中间一百年，做得几何事。又况人之寿，几人能百岁。如何不喜欢，强自生憔悴。”（邵雍《人生一世吟》）

活着是件事。这件事着急不来，来都来了，暂且留步，没法返回，只能硬着头皮悠着来，莫要追赶，步步往下走。事前无头无源，事中有起有伏，事后无影无踪。事了绝尘去，深藏身与名。买卖有来往，恋爱有聚散，婚姻有离合，友谊有生熟，诸事均有反复，唯有人命关天，造出来不得退单，无由悔改，只能是走不动了，与天地永别，不复再来。

活着是件笼统事。或多或少思谋过，这辈子怎么过。想如何不枉此生，想尽量如人所愿。很难不想，往往多想。想着想着想偏了，走着走着走岔了。心里盘根错节的，路途纵横交错的。活着便是不止地想着走着，歇歇复行行，万不能停止。你受的苦，他人或许身受。你遭的罪，他人抑或感同。总的说来，是自取屈辱，是自作自受，是自说自话，是自娱自乐。萍踪客影一生，掩埋谜团一穴。

前有亿万年，后有亿万世。来过多少代，去了多少人。生存图世，经风沐雨，貌似大区别，实则小相异。貌似重叠掩映，实则似是而非。即便名字一样，爹妈亦各异。纵使同一父母，五指各有长短。你打马草原，我躬耕陇亩。你北上宫阙，我南下蛮荒。日月同天，昼夜更替，十二时辰轮回，个体之点滴细微，实在是相距甚远。吃饭各品其味，行路各逢其道。人生百味，几味成分相同，几味佐料相异，更多滋味是各人各品。

我得尊重你是个俗人，因为我也是。你是俗人中的奇葩，我是俗人中的奇才。你非梧桐树上栖凤凰，我亦非孤独低回立鸥鸮。可我在俗人之中旁枝斜出，不小心有了些思想。有思想不是好事，因为容易孤独。思想是拉开距离徒添隔阂的引子，简单的事复杂了，硬要讲个子丑寅卯，称个半斤八两。俗人多了，是非频出，不由得多掰扯了几个回合。

我尊重了你，却没得到自我尊重。我被认为是自以为是，脱离了群众的喜乐哀愁，没跟上人流的节奏，没合上大众的步调。我认为的尊重是，事情内核符合真相真实。但父母骂孩子的事实，并非父子母女关系的真相。我不苟同你的说法，并非你迁就我的事实。我是俗人，狗肚子一条肠，直来直去。你多读几本书，说话弯弯绕，做人做事多了一层犹豫，少了一份痛快。

你还是没尊重我为俗人，也没承认自己是个俗人。我俗得明白无误，你却俗得含糊其词。俗人的眼光很低，高人的心气很高。这很难在同一水平线对视，在同一底线上量身定制。我为了一日三餐苦苦劳作，为了人情世故圆融变通，必须俗不可耐地挣扎。在法律监督和规则管控下，谨小慎微不触碰红线，我不可能拥有更多的高蹈思想，与更多人去平起平坐。

你说荣华花间露，我最好全身洒满露水。你说富贵草上霜，我最好满屋覆盖霜花。当然这些基本是非分之想，是痴人说梦。道理都是强塞到别个耳朵的，和说给伤心人的安慰话一样无功而返。是你没担着没承受着，是火没烧到你的眉毛，是石头没砸着你的脚板。不妨回想一下，父母长辈跟你说的大道小理，少年时听进了多少？微乎其微。什么时候内心翻涌出来并认可了呢？是成年后满身满心担着了，你才明白，这道理一一对应到事上了。

要我说啊，这世上都是俗人，所谓的高人都是换了一副皮相，涂抹着一层清高，呼吸的还是一口俗气。权高位重者怕失去权力，腰缠万贯者怕丢掉财富。公认的俗人，就是没在这两层的众人，除了时间没什么可以失去。好比公民人民，庶民草民，群众民众公众，没几人能区别分清。他们还在路上风尘仆仆，满面尘灰烟火色，两鬓苍苍十指黑，所以被称为俗人。爱贪点小便宜，图点蝇头小利。对事情有些计较，但没干伤天害理的事。一直都挺善良，必要时耍点油滑，却也无伤大雅。过着一份小日子，想过要更好一点，却总是差那么一口气。

我们是他们的前尘往事，而他们不一定是我们的明天会更好。他们人也不多，在适当的时候，拥有天时地利，掌握了谋略对策，腾飞到云里雾里。而我们拼死拼活三百年，也越不过那山高水长。可我想他们也是俗人，正因为俗到家俗到底，才能俗到所谓的高度深度——却也累得够呛。他们俗得险峻蹊跷，俗得风吹草动；没有俗到一定境界，俗到一定灵界，爬不到这一层。到了这里，说话终于可以头头是道，喷气都是彩虹色的香喷喷的。其实也不容易，别只顾着嫉妒野百合的春天，忘了欣赏梅花开在苦寒。

你会说这靠的是本事，本事的定义就是善于谋划俗事。并非仓廪厚实脸就更大，登峰立顶声音就高。大是由小拼凑的，高是由低垒起的。你大了注定更多人小，你高了更多人在基层托底，所谓一将功成万骨枯。是人都一般齐，不齐的是那颗心。三岁看不了老，却能看见端倪，往后是浪荡轻浮，还是老成持重。十二岁之前，就是个竹马绕青梅，两小更无猜，没看出过多苗头，至多更像爹更像妈。十八岁之前，就是个叛逆少年，眉宇间露出桀骜不驯，世界没因他更糟，也还没因他更好。十八岁之后，进入造化弄人，你的前程误入百花丛中，乱花渐欲迷人眼。三十岁之后，浅草开始没马蹄，阴阳八卦五行八素，你的世界将写入诡异档案，没人看得清看得懂。

俗人的路，目力所及是道阻且长，远望不清是来日方长。作为俗人，居贫衣单薄，肠中长苦饥。只有与命运同行，时而微弱地抗争一下，寻图安身立命，然后温驯地顺从命运，再心安理得地认命从事。高人依然不甘不休，急于求成，或等待皇天不负。而俗人抗争这么些年，早已接受自己俗成了哀家。行行复行行，白日薄西山，离高人隔着九曲十八弯，顺水推舟随大流，逆水行舟知进退。并非所有人都有慧根抵达彼岸，总有部分人落水溺水。还有多数人在此岸送客上船，目送远行，等待他们回来。但大部分人逝者如斯，黄鹤一去不复返，白云千载空悠悠。

高人的思想走得愈来愈深，路途行得愈来愈远；而俗人的日子过得愈来愈单薄。俗人偏安一隅，高人指点江山，攻城略地。俗人的路越走越窄，挤挤挨挨，路上行人欲断魂。俗人虽众，却茕茕白兔，东走西顾，时有不可长饱、聊可止饥之虞。俗人的命运罗盘如何运转，犹如急弦促柱，希望明灭不定，结果不可预知。“秋风萧萧愁杀人，出亦愁，入亦愁。座中何人，谁不怀忧。令我白头。”

温饱过后，自尊是最低保全，是俗人连绵不断的在乎。他们期盼并不多并不高，却不容易成全。费尽心力，只为量入为出，余粮略备。他们管不了天下大事，也巴望不得更多前程，能够顾及的是手头那份活，心头那点事。勤勉耕耘，换来微薄收成。一事妥帖，更新一事劳作。朴素的内心思维，照旧是自力更生，天道酬勤。其余思想，留高人去琢磨。俗人没有这份闲心闲情，思考超过生活更高深的事。各负其责，各谋其事，这个世界冥冥中自有安排，既然名曰俗人，犯不着越界多管闲事。

俗人脚下的路，俗人清楚也糊涂。不时东瞅瞅西瞧瞧，缺少定见，没有准星，又必须脚踏实地。幸亏还能自想自解，这路路均非坦途，这道道也非通道，往前走总有一条活路，是为绝处逢生。皇帝也有日夜三急，乞丐也懂天地逍遥。各人有各命，大道通天，上苍安排自然心里有数。即便生辰八字合了，命好命歹认了，还得日升日落而作而息。算命先生说你好命，你还得勤勉劳作。巫婆仙娘判你阳关三叠，求神拜佛之后，继续生活里的琐碎稀碎，接着日子里的山高水长。

循环往复日复日，周而复始夜继夜。在百态世网中品尝百味生活，时有松手时有坚守，总有顺从与不从。日子总得过下去，生活可以苟且但不可偷安，可以看开但不能放弃。日子如多米诺骨牌，必须今日复明日，一寸光阴一寸心，实打实地推过去。明日忧愁不走，后天琐碎不来。几十年如一日，一百年比今朝。没有太多的花样可翻，却注定有意外潜入。

高人有高见，俗人有远见。老老实实活着，这一世长长短短、磕磕绊绊，必得兜兜转转、起起伏伏推导过去。很难有四平八稳的日子，只有高低动荡的生活。可以预见常规下的人情世故，无法预见天降奇祸的意外之灾。世事不明朗，人事不芬芳。俗人放不开手脚，也不能停止步履维艰。

俗人给俗人提建议，出不了什么真知灼见。无非是认可这个俗世，安顿好这份生活，把日子如书籍一样，一页一页翻过去。最好也读点书，别着急读多少，一本本往下看。当然，别耽误了活命的劳作，别忽略了三五好友，珍惜家人体惜自己，尽量慈眉善目地活长一点。白骨不覆，千载墓平。行行复行行，白日薄西山。这世界不差你，却已经不缺你。既然有了你，好好把这一百年，如阴阳八卦一样推导完。

2022 年 5 月 12 日

# 好皮好囊

我很遗憾，不能做个容貌清朗、身材修长的人。这辈子只能五短三粗、皮糙肉厚了，而且愈来愈丑陋。以前没那么在乎皮囊，可能是还有一口朝气在吞吐。而今日渐衰败，缺的缺少的少，倒对相貌在乎起来，开始留恋往昔，慨叹起细皮嫩肉的流逝。

话说的本意是，我们喜闻乐见好看的皮囊，看着赏心悦目，自然就多看两眼。顺眼的人容易顺心，让人产生亲近感，先是因为这个人耐看，然后再推延到其他。好看是入眼入心的，迎面过来，有一副形象，也有一股气息，可以感觉得到，又似乎不可言表。看上去舒服，愿意多看两眼，然后产生亲近的意愿。这是人的自然反应。

我们到底是喜欢美人的，好男好女都喜欢。看到他们看着她们，就觉得这世界多了一份美好。他们心地善良与否，我暂时不知道。我只是遇见了他们，可以不认识他们，也不一定要结交。看见是一份美好，而结交是一种破坏。这世界都是绿叶红花，多些好看的人好看的景，该有多好。

没有人因为长得好看，就善恶不分。也没人因为刻薄恶毒，就脸面扭曲，那只会出现在老电影和旧小说里。相由心生，只有眼睛里的黑白，透露了一点颠倒。孟夫子说："存乎人者，莫良于眸子。眸子不能掩其恶。胸中正，则眸子瞭焉，胸中不正，则眸子眊焉。

听其言也，观其眸子，人焉廋哉。”

即便如此，这个人心眼到底如何，也很难只透过眸子，就一目了然。内心忧伤忧郁，身体不适，昨夜西风凋碧树，都可能影响眸子的明暗。即便自己照镜子，也看不透自己的内心。假若如此简便，就能透露内中乾坤，他或许就隐藏起来，不让迎面而来看穿看透了。好看就是好看，没那么多花椒胡椒。

如果长得好看又心地善良，满腹才华又低调内敛，混合一人那自然是绝配。他的容颜，藏不住地呈示人前，他的才华，无疑被容颜加了分，偏偏他又引而不发，不像我貌相平常才能平庸，还要时不时嘚吧一根烟，嘚瑟一杯酒。他方正贤良也没恃才傲物，有点傲骨又能才貌兼备。他的美，散发得恰到好处，而他的才，让你心悦诚服。可能这就是内外兼顾，表里契合的美。

简单地论说皮囊，听上去有些轻浮浅薄。好看的皮囊千篇一律，这句话也带着一丝不屑。谁都有爱美之心，为什么爱美呢？因为美让人心情大好。自己可以孤芳自赏，他人看着也赏心悦目。你看他穿着得体，没过分喧哗夺目，从身边经过，飘起一阵朗月清风，坐你身边则如沐春风。是你的孩子，你脸上有光。是你的朋友，一道有面子。小小的虚荣心，潜意识里得到了满足。

单论内心里的纯真和善，那是另一层面的论述。如果对美人天生一份警惕，或天然产生一份隔阂，拿美人心高气傲说事，以美人犯罪美女犯错做文章，难免失之偏颇。所有事物统计到一定数据，均有特例，构不成普遍性的通例。有美女蛇美人计美色毒，也有丑人多作怪丑人多奸诈。正因为德行和美是两回事，可以并行不悖，也可反其道而行，单论这份美色，才显得有意思。

爱美是天性，是上天让这个世界不至于过分沉闷，特意让自然界美不胜收，于天地间充盈着灵性的美，直观的美。鸡鸭鹅鹤，花花草草，好像都有一颗天然爱美之心。我们形容人，也以动植物来比喻，好比玉树临风亭亭玉立，沉鱼落雁闭月羞花。你看花儿朵朵多美，杨柳依依也美。孔雀开屏美得像一朵盛开的花儿，云山雾罩彩虹挂天上，也是一份朦胧的美。

动植物在进化的过程中，非要把自己弄丑弄成刺头，那是一种不得已的自卫。而人生下来假如形色简陋，则会长出另一层无形的躯壳，把自己包裹严实以作自御。要么羞于见人以避免自卑，要么在才能上独辟蹊径，站出一份高远以让人仰慕。自卑的人，向来都躲得远远的。而班上自惭形秽的同学，学习往往名列前茅——争取另一层美的包裹，以获得让人敬佩的姿态。

孩子生下来，被恭维长得俊俏长得水灵。打一开始就有了美的期待和美的教育，就希望孩子是漂亮的，是招人喜欢的。长开了则夸玉树临风风流倜傥，临老了还要被称作风采依旧风韵犹存。假如一个老头子鹤发童颜，还能精神饱满，穿着得体清爽，讲话通透开明，脸上洋溢着神采，没萎缩成一具枯材，却也能招人待见，年轻人也愿意亲近。

美是外在长相，是初打眼的印象。没人一见面，就能看透你的德行情操，那是相处后的感知。而形色在一段时期内，没有突变，保养得法，是可以延续到老的。而所谓的内在，是需要修养身心，是需要克制与修炼的。当然，形色和内心，是可以互相影响互相成全的。

在一众人里，最先映入眼帘的，往往是最美的与最丑的。你不知道如何与最丑的相处，因为他们内心敏感也多疑，自卑又自重。你多有留意多有接触的，注定是那好看些的。你会多看几眼多说几句，彼此更快熟络起来，甚至建立关系加强联系。而貌丑的人儿更吃亏，躲在角落没说几句话，直到人群散去，也没留下更多印象留下联络方式。除非这个人不卑不亢，幽默风趣，从另一条道直通人们的内心。

在相同的条件下,好看肯定是方便的通行证。你去相亲去面试，你去托人办事和交朋结友，都将带来一定的便捷。即便是父母，更担心的也是那个丑一点的，更称心的当然是那可人儿。舅舅姨妈也更喜欢那个漂亮的外甥，人家夸起来也说有自己三分基因哪。外婆更同情那个丑外孙，可好吃好穿的，偷偷给了更多的，还是那个漂亮崽崽。

艺术家更爱美，爱美的事物爱美的人，自己也时刻在意美，对美更敏感更留心，于美着意更多着心更重。无论是戏剧演员，还是画家作家，无论是歌唱家还是作曲家，艺术家对美都有要求有讲究，已提炼到一定高度。我所看到的他们，穿着都很得体，并有相似的风格在。他们追求美创造美，欣赏美守持美。

在他们心里，内容美故事美，立意美内核美，曲调美音韵美，已是基本前提。而形色美更是要直面眼光，才能形式内容统一到作品中，色美心美相映成趣。你去看艺术家自己，都很美都爱美，也懂得美创造美。衣着也很考究，夏天的衬衫是圆领的，冬天的毛衣是开领的。麻衣布衫，马褂短袍，布鞋背包，都是别致的精致的。最是一番别具一格呈示人间，给他人给自己留存了一份美好。

头发能长则长，掉光了也得后脑勺一撮拖尾。皮鞋波鞋能不穿则不穿，有千层底何必劳驾其余。出席正式场合，不与时下流行苟同，费一番心思，也要一场特立独行。即便蜗居独处，也得自在出一份慵懒随意的舒服美。爱美的人，时刻在意美，不能丢了美的内核与形式。一个艺术家，一旦放弃对美的追随，他的艺术生命则下落不明。就像一个中年人，放纵口腹之欲，不注重肚腩体重的突变，也就基本放弃了形体的维护。

昆汀·塔伦蒂诺和吴宇森，还创造了暴力美学。杀手都是风衣飘扬，双枪出鞘，都是美人相伴，亡命天涯。暴力美学最后也是悲剧美学，让你感同身受，懂得了美的热烈与短暂，懂得了昙花一现与逝去不再。艺术作品让你欣赏美，艺术家则是创造美的使者。美从来不缺乏，只是缺乏表达与欣赏，缺乏创造与留驻。

一个人的皮囊美与内在美，或许如一幅画的涂鸦表达和内涵隐喻。大奸大诈已不是特工时代，每个人的善恶两端好坏双面，并非那么非黑即白。画图里的暗藏玄机，千人千面的哈姆雷特。而《千里江山图》《清明上河图》《韩熙载夜宴图》，首先映入眼帘的是山色水色形色。对面那个人，你并不知道他内心的秘密，但你知道他好看与否。眼下这幅画，你并不知道是真品赝品。

古人就有梅花妆、桃花妆，有绫罗绸缎，有金钗玉簪，有小檀口，有小柳腰。云髻罢梳还对镜，罗衣欲换更添香。容颜美形体美是最直面的，一见钟情一见如故，都由美色做媒。即便心灵再美，也得由外在导引作媒介，同时由内而外推送出去。

美是让人欣赏的，现在人说，仪容仪表端庄优雅，穿着大方得体，是尊重对面尊重他人。同时这也是悦己的，也很重要。女孩儿束新发，男孩儿穿新衣，别人开着眼你得着美，这一日日一天天的，是好过的，是美滋滋的，这比什么都好。开门第一件事，是进盥洗室捯饬，是天然美加修饰美，然后出门见人。带着素净容颜和轻松心情出去，所见是美好，别人见着你也觉得美，何乐而不为，这是件最轻易可得的美事。

美人讨喜也讨巧，这是实在的现实人事。三岛的《金阁寺》和毛姆的《人性的枷锁》，里头主人公都是身有残而心有疾，他们与人相处都自卑心作祟，心思亦变得敏感脆弱。他们的爱情与人生，更多晦暗时刻。余秀华在摇晃人间里，看人看事，处理人情世故，也多了不少起伏。她自己也说灵魂与躯体不配，如果躯壳美一点，人生会少一些颠簸。

美人丑人，都不是罪人，都是常人，都得好好活下去。美人之行更通畅更便捷，是眼见为实，其实也不尽然。丑人之行更别扭更艰难，是耳听为虚，或许也不全符。这篇浅薄文字，只是浅层论述了这副皮囊，在相同条件下更具优势的可能性，这是途中不可忽略的境遇。初期相逢，从人群中摘分，难免会有吸引力法则。一路往下走，好看的皮囊，还得依附有趣的灵魂，这也是亘古不变的规律。

2022 年 7 月 7 日

# 故人难离

# 侥幸活着

童年没有生理，唯有生长。少年没有生死，唯有生气。青年没有生活，唯有生涯。中年没有生态，唯有生存。老年没有生产，唯有生病。而生老病死，向死而生，贯穿着始终。世人皆知我活着，谁知死后去何方。只因人只活一次,无人回头道来路。今人看前人，死了；大人看婴儿，来了；成人看自己，难了；好人看病人，苦了；活人看逝者，走了；生人看尘世，难了难了，不了不了。

我们在侥幸地活着，只是活得久了，侥幸成了预设好的上天宠幸。被宠幸久了，自恃而骄，活出了一股骄横之气，以为活得理所当然。久而久之，便活出了一股理直气壮，甚至豪气冲天。时而生出有恃无恐的气息，不知天高地厚了。

殊不知，天地不仁，以万物为刍狗。得意忘形久了，便容易被打狗棍打成丧家之犬，渗出一股骚味来。可是人不长记性，一时之痛击，只换来一时之沮丧，耳畔不闻丧钟长鸣。遭受重创后，也只是一程疼痛，伤疤愈合好，看到的又是一块上等好肉。

如何在仅此一次的生命中，敬天畏地，心生悲天悯人？如何在有去无回的旅程里，忍辱负重，忘记在翻山越岭？如何在向死而生的单行道，义无反顾，眉目清秀地跋山涉水？

在只开一季的花朵里，卖力去盛开，然后含笑枯萎。生命里的诗意，不全是狗屁玩意儿，生活里的失意，也并非全是臭屎疙瘩。

观照生而为人的困境与突围者，无法全身踏进光明，也不至于始终被置于黑暗。在困惑与明朗的夹缝中，也可喘息着以自说自话，求得苟延残喘之生存。这并非上策下策之分，而是不得已的选择。时而喜欢时而憎恨，是人之常情。时而祝福时而诅咒，是生之无常。并非偶尔接受与否，而是理应面对的日常承受。

时而宽宏大量，时而睚眦必报。时而清醒确定，时而迷惘彷徨。这就是人性本色，是感情与理智的交织，是善良与邪恶的角逐。讨伐他人和检讨自身，是日常的功课。审视他人和反省自身，是时刻的鞭策。知其然知其所以然，而后知其必然。

没有真正上天入地的神仙鬼怪，只有不可上升也不愿下沉的菩萨心肠。神仙菩萨，魑魅魍魉，是人间生搬硬造，是假定超越人间的正义与邪恶，及相伴而来的馈赠与报应。这份超越人间的力量，杳然神游于云幢羽衣之间，可游禁御，可历钧天，如梦前生，如泛重溟；是蜉蝣人生之外的超然，假定为生前的追溯与死后的归属。

人力所限，导致人类巴望超人的本事。人心不足，致使人类设法取得胜天的能耐。人类生发过的无数幻想，逐步实现的不少，渐趋成功的也多，尚未证实的不计其数。发现愈多奥秘，愈觉人类渺小。无止境地探索，在不知不觉中，又觉得自身伟大得过了头。

人类升天入地，已是小菜一碟。微妙如脑回路，微小如小心脏，却至今无力深入。脑回路九曲十八弯，小心脏两座心房，到底有多少能量，人类知之甚少。这块大地之城的开发，这片天空之镜的开启，人类对此无能为力，却用尽心机。小心脏里的小心眼儿，难以穿针引线，更奢谈看透看穿。

器官可再生，意识存云端。人类正在长生且将要不老，趋于不死。留下来的到底是躯壳，还是意识？是否为本人，是否有本能？疑窦丛生的感情，是伪是真，是存是废？都不老了，还要新生吗？都不老了，停留在几岁最好？都不老了，不是就都不年轻了吗？如果都是无间道，那谁是卧底？留下都是爱因斯坦，那谁是笨蛋？

以前是读心术，是猜心思，琢磨你到底想什么。以后是一堆机器人，看谁掌握更多数据，经验越来越丰富，下手越来越老到，睥睨天下。一堆老不死，一窝人精，愈来愈逼真，愈来愈聪明，吵天呼地的，然后鹿死谁手呢？难不成能和平相处吗？怕是又回到另一个水准上，继续曹孟德、刘玄德、孙仲谋的斗智斗能吧。

趁那全面智能将至未至，这世代先干净点活着，即便艰难，先好生面对离合悲欢，面对生老病死。尽管活着仍然不易，人心叵测不可遏制，人事复杂在所难免，权且活着活下去，苟且偷生，时而偷点乐，偷点孤独和欢喜，甚好。

既然侥幸活着，就回到隔岸观火的心态。只有不幸临头，才慨叹起人世无常，谁也绕不过苦难深重。平日里经过医院，你熟视无睹。唯有亲人或本人住进去，才觉得这地儿不该来，不该常来，又迟早要来，祈求尽量少来。出了这个门，离开这个困境，又陷入侥幸心理，直到下次病倒。

民国年代战火纷飞，是相隔最近的乱世流离。我们这世人，未曾经历那满目疮痍，岂能感受那触目惊心的旦夕祸福。我们只看到民国大师和名媛的故事，没看到流离失所的世事维艰，没看到动荡不安的民间窘迫，没看到硝烟弥漫的断壁残垣，没看到山河破碎的焦土纵横，没看到妻离子散，没看到寸土难安。

长时期和平世道，国家几十年经济向上，百姓跟着闷声发财，过上了好生活，人间太平，日子美习惯了。这是何其幸运，幸运到失去了痛感。习惯了就觉得一切理所当然，本应如此。日子沉下去，便生出了疲倦，产生了另外的不甘不美。

苦恼不能断，是人心不可足。五湖漂着是非，四海闲杂人等。向往着几时能幸福，巴望着何时能富贵。最后没有人过上清净的太平日子，反而自发地搬弄是非，自觉地自讨苦吃。一再超出本来的想象，却是在在日常；惹是生非事无止境，原是群体反应。

只有到人生边缘，清心寡欲了，如果没病没灾，可获一时清净。但走在人生边缘，还有许多放不开。好比自身病痛，生前身后事，还有多活几年的想法。一堆有钱的半老不老人，富可敌国后，不知是谁在花钱，这辈子眼看到头了，他们稍事停下其他折腾，开始研究长生不老，同步同频古代的皇帝。只不过他们不吃汞和铅，而是研究更细致的基因和细胞，期待智能长活。

人老了也难得消停，甚至出现一堆活得下去，却让人看不下去的老人。还没到那个年纪，这样说老人有失公道，是大为不敬。不幸的是，真看见不少为老不尊。他们是苦过来的人，而今生活好了，却还为一根葱一颗蒜在计较。他们住上了高楼大房，与年轻人占地盘时却还是寸土不让，甚至孔武有力。

极少数人，甚至行事讹诈，少许怠慢，便破口大骂，耍赖撒泼。极少部分人，就要闯红灯，就不排队，无视规则。见过大堂里的优雅老人，可曾见过街边的张牙舞爪？旧时过来的老人，与当下的新人两相对比，不知是时代造就的阴影，还是老人们得抓紧时间为自己活一把，弥补过往不堪的烟云岁月。

苍天不老人得老，不想老成渣，就得老成精。省钱的时候，老人想我赚不到钱。花钱的时候，老人想生不带来死不带去。趁着有口气，给健康花几个子儿，何尝不可。老人抠搜到家，吝啬得离谱，又照着自己的逻辑，乖乖掏钱受骗上当。老人甚至为儿女买一堆枕头、榛子床垫，求来一堆佛珠、貔貅吊挂之类。儿女们哭笑不得，试图劝止而不得，只能默认收下。老人想，你们健康是福。儿女退而求其次想，你们高兴就好。谁能奈谁何，谁都无可奈何。

回到童年，带着父母禀赋，也流着五千年基因。远古一样蛮荒，小兽一样纯粹，他们犯的不是错，是对世界的好奇。孩子无知无畏的举动，是父母的惊喜。瞳仁清澈如纳木错，内心纯净如月牙泉。在成人的哄骗呵护中，他们无邪地成长为天高地厚的少年。

回到少年，小兽长出了野性，内心丛生着荆棘和野花。野性跟未泯的纯粹干仗，水火不容，充满别扭和叛逆，看世界不顺心，看父母不顺意，看什么都不顺眼不得劲。少年不回忆童年，不留恋童年，他们巴不得快点长大，像父母那样自主，拥有一份没人约束没人管制的假自由。

没有比年轻更值得留恋的。没有比怀春少年、怀情少女，更让人心慕的。长大与困惑同步，变老与苦难并重，过程里美好与丑陋裹挟前行。少年何其美好哪。唯独少年自己，为赋新词强说愁，不知自己有多美。而今识尽愁滋味，中年人欲说还休，看着少年就觉得美，想着就美，回味更美。

回味童年少年，那是中年以后的事。时光在少年停摆不了多久，在寒窗里读了点书，懵懂了部分生理和地理，没搞懂尘世间的事理和道理。一头扎进中年，踏破千层浪，才开始回味童年少年里的纯净，感知白发苍苍的迫近。原来一生何其仓促倏忽，未来经不起憧憬。觉知到时不我待，已经心有余而力不足。

童年没有生理，唯有生长。少年没有生死，唯有生气。青年没有生活，唯有生涯。中年没有生态，唯有生存。老年没有生产，唯有生病。而生老病死，向死而生，贯穿着始终。世人皆知我活着，谁知死后去何方。只因人只活一次，无人回头道来路。今人看前人，死了；大人看婴儿，来了；成人看自己，难了；好人看病人，苦了；活人看逝者，走了；生人看尘世，难了难了，不了不了。

相传波斯王即位时，要史官为他编写一部完整的世界史。几年过后，史书终于编成了，多达六千卷。年纪不轻的皇帝，日夜操劳国事，没时间看，只好让史官加以缩写。几年刻苦劳作，缩编的史书终于完成了。而皇帝已经老迈不堪，阅读缩写本的精力也没了，便要史官做进一步的压缩。可是，没等编成，他就已经生命垂危了。史官赶到御榻前，对波斯王说，过去我们把世界史看得太复杂了，其实，说来十分简单，不过是一句话：他们生了，受了苦，死了。

有位打铁师傅，带了个徒弟，天天烧好炉子，烧好铁，你一锤子我一锤子，哐当哐当，把日子敲成了镰刀镢头。光阴的故事，尘世的道理，师徒二人从没说起，岁月却在火烧火燎中，滚滚散落。师傅临终前，徒弟跪床前，问师傅可有嘱托，实则是想问还有无秘诀。师傅嗫嚅着嘴，气若游丝声如蚊蝇，却斩钉截铁：别摸烧红的铁。

2022 年 1 月 5 日

# 又是一节

对着所有节日，添加不了额外欢喜。而母亲节，也从未过多注重。尤其当下，三百六十五天，没几天空下，全被安置了节日名头。在我的偏见里，节日生搬硬造的多，节气倒经得起推敲。今年这个母亲节，呼吸刺痛到心肺，平添了一丝惆怅。母亲在的母亲节，可以无关紧要。母亲走了的所有节日，透着空空的凄凉。

以前母亲节，哥哥姐姐会给母亲买鞋子，买衣服。给母亲一个仪式感，多了一次孝敬老人的由头，也是挺好一件事。而我在外，只如平常去个电话，也是聊闲天。最后跟母亲开句玩笑，要不要祝母亲节快乐啊。哎呀，你们都有孝心，在乎什么节。好比每次回去，我都不事先告诉她。有次恰好检票进火车站，母亲来电问你在干吗啊，我说回你家呢，去你那儿。电话里传来母亲爽朗的笑声，如少女般清脆。

这个母亲节，平添了一份情绪。母亲去世两个月。母亲会挑日子，三月六日七日，我被封着。八日紧急回家，我还在半道，母亲走了，没让我送她，也再无人接我。早前母亲不止一次跟我说，我要有什么事，你别怕也别赶，慢慢来，从从容容回来。怎么算也算不到这么周全，母亲竟如诸葛孔明般神机妙算，定要把我截在半道，实现她的预言，留下我的遗憾。我觉得，老母不该如此决绝。

一切好似在母亲的预料之内、掌握之中。她好像掐好了日子，谁都照顾到了，谁也不偏心。即便是送终，四个儿子一概不给。谁送她走呢？是两个孙子，一个媳妇，一个女儿。两个女人在哭，一个孙子在看心电图，一个孙子在看着医生做心肺复苏。三儿子去拿寿衣，战栗。大儿子在赶过来的路上，发抖。二儿子在看守所，心跳耳热。我还在中途半道，着急忙慌。一切不能把握，却尽在掌握，老太太终于封神。

老母走得不算急。算瘫着的时间，二〇二〇年八月二十九日。算进入中医院时间，同年十月十二日。算第一次入院时间，二〇二〇年四月三十日开始。截至母亲逝世，已是二〇二二年三月八日，十点三十三分。横跨三年，有足够的时间，让我们去医疗救治，去守候相伴，去陪护料理，去尽心尽力。毋庸置疑，老母是一天衰弱一天，如日薄西山。这个漫长过程，老母遭尽心罪受够身苦。我们也在这日子里，备受煎熬。按理说，我们有足够的时间，送她最后一程。可她没给这个机会，因为她知道你们到不齐。

老母本有不解之心、不释之疑，为什么老天爷如此待我，最后还得如此折磨？按理说，我这一生苦与难、罪与罚、该与不该都给了，都受了，都还了，老天可以放过了。只想体面一点，从容一点，保个全身而退。临头了还要来这么一出，老母没足够心理准备，也甚是不理解这茬。病后不久，她以方言里的粗口秽语，恶狠狠地骂了两声，为什么还要给我来这么一出？随后陷入长久的沉默，日夜兼程的沉默。

老母苦累一生。经讨饭婆姨介绍，八岁成童养媳。十一岁过门当女儿带。十八岁成婚生女。其父早逝，其母改嫁。婆婆当家，媳妇挨骂。早年幸得父亲疼爱，且生一女四男，算是传宗接代了。公婆有手艺，夫君有工作，其间有过别人眼中的幸福。四十五岁被老父所弃，晴天霹雳。除大姐成家立室，其余四只魔兽，尚在野蛮成长。

五十多岁左耳失聪，六十多岁骨质增生。但依旧锅头灶脑，洗衣晾衫，强撑行事。只要抽得了空，累得直不起腰，都要下去走几步，公园里坐着，看跳舞听唱歌，或者去横杆上拉拉。从家到公园没几步路，手上得捏着塑料袋，花圃围栏上歇歇脚。曾经过斑马线，快下雨了，双脚相绊摔倒了，鼻青脸肿满脸是血。幸亏没高血压，好心人用她的老人机呼救了儿子。

她觉得儿女都有孝心，相比四乡八村的所见所闻，算差强人意吧。用她自己的话，比上不足比下有余。大半辈子苦尽甘来，也算老有所养。在晚年老母的心里，会有零碎的幸福感。虽然一家子时有不消停，老二酒鬼加折腾，老三酒鬼加闹腾，龙孙无能加无奈。老母下半生有个本事，想不开也得想开，这是她上半生所经所历、所听所闻，从而要想通变通的宗旨。

唯独临头这么一记重击，让她始料不及。母亲迷信，信天信命。她觉得这一生，作为人，作为妇道人家，该与不该遭的罪受的苦，她都经受了。我挡住的风雨，莫让后代当着就好。她只求自己不要中风，她看到过太多得风疾的人。她已经拄着拐，跟骨质增生和腰椎突出做了二十年斗争，苦苦支撑着身子，千万别坐上轮椅。倒下去就是另一份日子，那个世界她一点把握都没了。这二十年，她每晚洗个热水澡，生津活血。每天去锻炼胳膊腿，打开筋脉。隔一阵被带去中医按摩一下，获得短暂缓解。老母一直没放弃，拄着拐也要行走，要能自理地生活。

她甚至还要让人觉着，她还有用还有价值。前面那么多年，一直在锅头灶脑前忙活，包括洗衣晾衫。最后两年，她实在支撑不起了，也还是左手撑着灶脑，右手握着锅铲，为一家人的吃喝操劳。实在站不起来了，她也要给我们摘菜，尽余力让我们觉得，她还能劳动她不是废物。当然，最重要的是，她想凑热闹，跟我们待在一块，聊点闲天。

全家人洗完澡，她已经睡下，次日凌晨她收拾停当，就一件一件塞进洗衣机，因为人多，时而还得分几次。然后一桶一桶拎着，挪到阳台。衣架穿好，再用叉子钩起，扶着阳台栏杆，朝上举朝上举。再简单的动作，于老母已是费尽全力。竹篙是根线，估摸着往上递，往上试探。摸索着挂上去，再挂一下，唉，听到咔哒一声，手上的叉子分量轻了,就算挂上去了。有时候会挂在另外的衣架上，或者衣服上。我们一分钟的事，老母得要个十分八分。

老人没有其他，有的是时间。母亲做这些事的时候，孩子们在呼呼睡。窸窸窣窣忙完了事，她再给自己做点吃的。还是慢慢来，有的是时间。她孤独吗？或也自在。没人打扰，能享受一个人的时间流水。晚上了，都没回来，她也担心，就一个个打电话。不过，她基本只打儿子的，这是她的管辖范围。儿媳是儿子范围，孙子孙媳妇更是越界。她得拿捏分寸，名曰会做老，不多管闲事不惹恼儿孙。偶尔也打，那是逢着紧要事，不打也得打。

有时她到东山去住，就完全自在了，眼不见为净。不用做那么多饭菜，不考虑其他口味和感受。她想几时吃、吃什么，自己做主。也不用爬七楼，一手撑拐一手抓紧扶手，爬得气喘吁吁，爬得脸色发白，得歇好几次脚。好比她年轻时进深山老林砍柴，带着扁担竹水桶，跋山涉水，天蒙蒙出发，天黑黑到家，柴草卸下肩，身子散架了。

东山上下三楼，精神好每天可以去两次公园。自己踢踢腿，欣赏老人家唱歌跳舞。时间好打发，去东山小住好比是度假。此间也有个老少年，常住在那里。老母托词过去东山，也为了给他做点吃的，有个陪伴。时而牢骚两句，再贴补点烟钱开销。还有个醉鬼儿子，偶尔也可来来，见见老母亲，带点鸡鸭鱼呀，因为乱花钱，常挨母亲责备。老儿子喝醉了，也气势汹汹，摔碗丢筷骂老母。最溜口的话是，你这家常便饭，哪里吃不到。其实他每天以酒果腹，难得吃几口饭，一个人懒得做，做了亦吃不下。最辣嘴的话是，你这么老了，也没几年活了，你还不是要我们送终啊。结果是困守不明之地，终究是没送成。

老母为什么两地跑呢？七楼是完整家，有老有少的地方。其他儿女散落各地，唯有这里子孙齐全，且几十年如一日。对老人来说，这里是更接近子孙满堂的完整之家。这里有作为一个家无休无止的烦恼，可这里也有天伦之乐。外面的回来，在这里归整。逢时过节，来人来客，以这里为集聚地。这符合乡规村俗，也符合内心归属，是一个家完整的状态。

东山是老母的清净地，也是老二父子俩的避风港。他们来七楼比较困难，尤其老二一副醉鬼模样，不招待见。作为母亲，哪个都是亲骨血，总得见见。双方会想念，哪怕见了也没好言好语，可总得见见。老母有她的退让，也有她的争取。无奈是因为日渐衰老，话语权式微，把控的人事愈见微薄。可活在人世一天，名下这些人都是她的后代。她会想念会担心，会想见见。她就借口东山有公园，好散步，可看跳舞。两边住住，其实是顾及两头。

住东山，多数一个人在屋里。这里摸摸，那里擦擦，来来回回，摸摸索索。寂寞了她就打开电视听歌，屋里有个声响。或者扶着沙发踢踢腿，或者给儿女们打一通电话。什么时候跟谁打，得算好时间。跟哪个儿子说什么，心里有数。老母跟我们都有得聊，每次通话前就有了大概提纲。无非是家里发生的事，左邻右舍听来的新闻八卦。她是说故事的高手，模仿能力极强，学来惟妙惟肖，经她说来绘声绘色。每次我俩通完话，我就记录下来，成文一篇。

老母尽量周全。没生那么多孩子，无以理解一位母亲的心思。没有更偏心，只有更担心。希望你们都好，可总有些枝杈横生出来。老母也想不通，或许总结过，但没说出来，就是五子登科，各有性格，却同有一副暴脾气。我有亲父兄，性情暴如雷，恐不任我意，逆以煎我怀。每个都不好对付，苦煞了这个做婆做奶做老母的角色。似乎都有孝心，却也各有脸色。而老人要的是你们各自安生，有个家有份生活，然后团结凝聚。这简单心愿，是最大的期盼，也是最大心结。因为这帮家伙，太难伺候了，费了好大劲，效果不佳，还有愈演愈烈的势头。老母只能自想自解，和以往很多事一样，说服自己想通，不然会气死。

而老母愈来愈老，心力交瘁。明明力不从心，还得保持一份威严，实情却是日渐式微，甚而到了谨小慎微的地步。子大娘难当，何况一窝子。每当老三发酒疯，老二醉醺醺，或家人窝里横，老母想临危不惧，却很难一声令下，镇住这帮野蛮混账的家伙。老母可能念想过老父，但她从没提起。当初老父霸王式的教育，吼住了一时半会，却助推了遗传基因，留下了后遗症。而今一个拄拐的日渐衰弱的老太太，岂是这帮龟儿子的对手。

即便没办法，还得想办法。她就强势出击，吼不住也吼一嗓子，假装母仪天下。吼完了气呼呼的，她也没地儿告状诉苦去。她除了这些后代，没了最亲近的人，可以依靠的人。舅舅们是小外婆生的，自己的父母没了，丈夫离去了，就留下这帮青龙白虎，只指望我们了，却从未让她消停过。老母就一个个打长途电话，她不能说谁不好，只说这件事的来龙去脉，然后她当机立断处理了。很多话点到了，更多话省略了。言下之意是，你们别喝醉了，别乱套了，别窝里斗了，都让一让，没好到谁，都是一门一胞的家人。夫妻要和气，兄弟要团结，子孙要互助。只有今生的兄弟，没有来世的公婆、夫妻。别露出屁股让人笑话，就是别丢人现眼了。

这些道理和说法，爷爷奶奶说过。我父说过与否呢？他只抡鞭甩手掌，后来这些也没了，直接抛弃了这帮阿弥陀佛。老父自己就是个被宠爱过度的公子，一直没长大，成了我奶奶的巨婴，醒来已迟。奶奶过世以后，父亲陷入八年迷糊，直至离世。老母是受他们仨的影响，家风家训的精华她传承了不少，活学活用了很多。爷爷奶奶的声望，我们至今还在吃着红利，走到十里八村，还可以受到两位老祖高德厚望的照护。老父只接受了恩宠，一生贪图了享乐，后来境况也甚为凄惨。教育后代的重担，落在了没文化的农妇老母身上。我们也顺带遗传学习了一些，却不足以支撑起堂堂正正做人做事的楷模。

五子登科，各执一端，没有一个人，全面继承了优良家风。这是不幸的一件事，导致没人风生水起，只有不同程度的水深火热，且互相纠缠，相爱相克。非要言而统之，当属老三霸蛮，老二窝囊；老大自私自顾，老幺顾全不全；而老姐嫁出去了，有眼力脑力，无心力能力；老幺尽心尽力，还是微薄之力，心有余而力不足。老幺一直配合老母，裹全这个家。无奈老三霸蛮的强盗逻辑，挟天子以令诸侯，我们只能一再忍让着，明面为了和平，实则却惯坏了他。如果明火执仗，徒添了老母的烦恼。我早已料见，唯有老母走了，他才知道珍惜老母在乎兄弟。可老母活着，他听不进去谨告自己的真言。

而其他兄弟姊妹，亦大抵如此。当时只道是寻常，而今心明已惘然。老母在，是我们共同的母亲。老母走了，是我们个人的母亲。各自怀念，各自愧疚，各自后悔，各自惋惜，各自纪念，各自安生。

活着的时候，可以说我买了一双鞋子，你买了一件衣裳。我送了月饼和脐橙，你送了豆腐乳和腌菜。孝心不是比附的，也不是三两猪肉一斤糖。孝心是藏着掖着的，是自生自发的，不需要他人知道。从心所愿的孝顺，老人家自有感知。孝心又是孝行，实实际际去做就好。孝心是孝顺，你让她高兴没？你的孝心孝行，不单是逢时过节，也非应时应景；而是点点滴滴见真心，时时处处表真意。

孝心要考虑是否合适，要适合老人心境，符合实际所需。诸多孝心是一种强迫给予，老人勉强接受。是摆拍，是作秀，是给别人产生看法，要个说法，给自己心安理得的。关于孝心，得另起一章。我爱我的兄弟姊妹，可他们固执己见，在孝心这面旗帜下，要么倒戈要么投降。老母和我费尽口舌，希望凝聚一根绳，可他们知之甚少，变化极微，甚至一再反其道而行之。这么说，我已站在道德制高点，甚为不妥。老母在，我委曲求全，力求改变，但收效甚微，却从未死心。老母不在，我得尊重兄弟，我不再奢求改变他们。老母的命已经没了，唯有祈祷老母安息。我那自不量力的言行举止，他们不变，我得改改。兄弟们还得继续活着，好好活着，这样我才心安。我得扭转方向，祈祷他们安生。我们最亲的人、最爱的老母走了，只剩彼此，还有彼此。我以前也没恨之入骨，只是喘不过气。而今更不会有恨，只是恨铁不成钢，恨哥儿们不懂母心，不知小弟的良苦用心。

老母真不想遭遇此劫，她内心一再祈祷，也曾表达此愿。她自己和我们都没料到，最后还是没躲过这阵妖风，没避过她苦苦抗拒的重击；并在不久过后，因为泻药过量，排泄虚脱，三更起夜摔倒在地，致使髋骨骨折。这号称人生的最后一次骨折，导致积重难返。由于不能麻醉手术，在医院卧床一年半载，受尽折磨，再没能回到东山那个家。第一次测出脑梗，并不严重。决定去住院，她坐在车上，还和我们有说有笑，好比每次带她出远门，有一种新鲜感，好比去谁家做客，可以见到久违的亲戚，或者带她去往难得一见的热闹地儿。

她并未料到死亡已如此逼近，却预见到这是劫数难逃。几次入院出院，是因为医院不让久住。脑梗中风并不严重，假若可以在医院多住一段时间，既能治疗更及时更全面，亦能照料更周全更妥帖；也就不会发生泻药过量，半夜摔倒的劫难。当然，这一切按老母自己的解释，是命躲不过。抛开久病床前，她自己也余力不足。一生磨难积累至今，再添重疾，老母没多少心力去抵抗了。而所有病的治愈，外力是辅助，意志才是主力。那一跤摔下去，可能已是防不胜防不可避免。

农人母亲，起早摸黑都是苦累活。那时她最放松时刻，就是吃饭时间。一张竹椅子，端坐门前晒坪。左手握着团碗，右手执着筷子。只见她端坐下来，右脚拐过左脚，一口饭一口菜往嘴里送。间杂跟左邻右舍聊一句，一边咀嚼着那口饭菜，一边聊着闲天。看老母吃饭，像是品山珍海味。有时一句话，让她笑得咯咯咯的，生怕她噎着。后来上了楼，我们一起吃饭聊天，听到乐呵的八卦，她也笑得合不拢嘴。我们就提醒她，唉，姨啊，注意点，别呛着啦。她就收敛些，却也得把这口气笑完。吃饭，是老母最放松的时刻，是她停下劳作，歇歇身子骨，能彻底不顾虑那些没完没了的活儿，最是放松的一段时间。一生被农活家务活催促，形成了一种条件反射。唯有吃饭时间，全身松弛下来。

老母曾说，农人不抵（不合算），一生没有退休。所以能手脚不劳作，是农妇一生最大的奢望。有国家养老送终，不担心没有劳保。随时随地唠几句闲嗑，也心安理得，不会被人指点，被责骂好吃懒做——这是那代人的打小教育，是农人的宿命，烙进了骨子里。老母至死未休，这小愿望没有实现。有体力时干田地重活，年老了干家务活比农活还累。力壮那会儿跟季节追赶，临老了跟老胳膊老腿较劲。年轻时可以再苦再累扛过去，到老了谁都不想服老，却又不得不败下阵来。不可言说地跟衰老做斗争，想要维持一份体力，残余一份价值，也是维持一份老人的体面。

这篇文字，从母亲节写到小满。无止无休的思念，心头眉头。早知道有今时今日，可到了今日今时，还是眉头心头。天底下最爱你的人，任何时候都心疼你的人，没底线原谅你的人，对你无欲无求、唯愿你过得比她好比谁都好的人，心甘情愿、无须表功、不应等价交换的人，这次真的走了，再也不回来。我身世里的所有秘密，自此掩埋，再也死无对证，因为只有母亲说了算。人世间的所有真情假意，带着回报带着等量代换。她走了，她不想放弃，而我更是不舍。可我还是止不住地内疚忏悔，还不了地自愧自责。总想在老母有病的时候，可以做得更好。可真回到老母病重之时，还是会做得不周不全，因为久病床前无孝子。所以不舍和内疚是注定的。等到自己老去而儿女面对我们病入膏肓时，最好别如此繁复，最好干净利落点。

母亲乳号睡莲，一个无与伦比的名字。三月八日，全天下女人为自己过节的时候，这朵花瓣悄悄合上了眼，睡莲睡着了。下半生，父亲母亲是分开过的，死后两人再次相聚，终于住在一起。这是生前经过他们同意的，此生未了情缘，在那边延续。父亲名叫明亮，一个无与伦比的名字。但愿这两颗星星，互相照亮对方，温暖彼此，再也不分开。

“花未全开月未圆，寻花待月思依然。明知花月无情物，若使多情更可怜。”

“花未全开月未圆，半山微醉尽余欢。何须多虑盈亏事，终归小满胜万全。”

2022 年 5 月 8 日

# 愧从心起

平生憾事不多，生女太迟，侍母太远，读书太少。这两年老得太快，突然就成了半大老头，觉得爷儿俩好似爷孙俩。接孩子放学的时候，离得远远的，怎么看父女身份，都不太登对不太匹配。没让她看见我年轻时的帅气与风流，却让她目睹我的神衰与体弱，内心有愧。

可笑的是，卧谈会时，她竟然一度觉得而今的我，比照片里的我更有味道，或更有意思。或许是因为那时的我于她而言，是一段空白叙事，一段未曾参与的历史。历史面相过于不真实，当下更活灵活现。

我唱歌跟不上她的调，跳舞跟不上她的拍。她的话我听不懂用词，她的笑我甚至不明所以。她的心思已进入低眉浅嗅之含蓄，言行举止亦已探进并被这个日新月异的时代所光照。我俩相隔的万水千山无影无形，却难以逾越。

我早已识相，不敢狗皮膏药似的黏之近之。我和她的关系，犹如书和我的关系，招之即来，挥之即去。决不能废话过多，提醒也不能多嘴多舌。只好远远躲着，背后望着，禁言沉默；至多出门时，说声注意安全。但凡机器遇上故障，我只能找她调配；但凡我理解不了的新玩意儿，只能找她求救。她还是我的女儿，我却不配做她爸了。她还在我身边，却与我渐行渐远。

面对拙荆与小女，回顾起来，竟然缺席笔端良久、缺席天伦时长，抱歉有失夫责与父职。与小女亲近少之，与拙荆拌嘴少之。亲近多，则记述文字生产多，好比幼时记趣。拌嘴少，则控诉之辞章没了来处，好比年轻斗气。这代表一年多来，关心她们趋少，关注她们趋微。我的思考竟然是生死，忧虑全然是老母。天下虚而不实，思考无以言表。老母瘫痪不起，忧虑不可救药。

这一年以来，身心俱疲。辗转奔波于本城与老家，心游离于病房与心房。整个身心，似乎失重于天地之间，飘忽于不定之中。找不到依托之人，也寻不着信赖之事。似断雁离群，如隐士索居。郁郁寡欢不知所止，恹恹昏沉不知所终。人心惶惶不知所去何从，人事坍塌不知所为何求。一度要崩溃。

每次在家，只能以做家务做些弥补。于床铺码叠枕被，于卫室拈发擦地，于厨房做饭炒菜，于阳台洗衣晾衣。她俩回到家，则俯首甘为孺子牛，听从召唤，服从吩咐，力所能及为奴仆，竭尽能事做丫头。早晨是拙荆送，晚上我去接。小女嫌我老气横秋，只能在风雨中遥望，不可站门口让人知某是其父，以免丢人现眼。轮到下雨天，一堆挤挤挨挨的混乱雨伞中，则责备我没能抢身靠前，及时为她遮风挡雨。

接上以后一路无话。低着头默默玩手机，那里面是综艺。妈妈给她设置半小时，她得趁妈妈不知情，多玩会儿。至于突破半小时设限，或许就像她玩密室大逃脱，易如反掌。我们从来不是孩子对手，这点我有把握。我并不制约她，由她高兴。她其实会管理自己，虽然略显毛糙；亦会计划好时间，虽然略显松散。上学期给我写了封信，通过老师的践诺，我得以看到，让我明白她最大的愿望，是不限制她的自由，不影响她的计划。知错就改，我做到了。

很明显，这学期转学过来，除了学业稳步上升，最重要的是，她和我们都更开心更踏实。家中气氛亦惠风和畅不少，阴影少了，屋檐下没挂冰凌，吃喝拉撒睡跟着就通畅起来。这是可喜的改变，我心稍安，奴仆也做得更带劲。尤其是拙荆，在更年期到来之际，驱散了自己内心不少乌云，即便啰唆两句，亦知适可而止。我就怕家中气氛紧张，无论大家小家。至今如此，一生如此。因为小时候阴影过重，费尽一生在消解。

这两年回家次数，超过以往任何年份。所待天数，胜过二十年居家总和。就此，拙荆责我多了，老母怨我少了。可见，拙荆当下寓意不详，并非完全赞同。老母以前总说有事别回，也证明是心口不一。而今老母瘫痪在床，遭罪受苦，再也顾不得许多。内心的原声是回来回来，回来最好别走。前所未有地需要我陪在她身边，最好寸步不离，最好无时不在。她老了病了，成了孩子，需要我揩屎倒尿，需要我翻身擦身，打流食挠痒痒。听她呻吟哀叹，看她摇头拍手，目睹她形同槁木神似死灰，眼看她日渐腐朽难以回阳。

去年以今，尤其年前年后，我日夜侍奉在侧，仍显失孝。从死神中把老母拉回来，抢救于危急之时；却无力回天，让老母重新拄拐行走，即便坐上轮椅。更妄论带老母回家，让她再次坐在她的藤椅上，发号施令，听我们扯淡聊天。更勿论再吃上她的饭菜，听她讲左邻右舍的故事，看她和那些婶婶海聊神侃，听她那声震屋瓦的爽朗笑声。这一切，该不会是母之一生清点，我之余生回忆吧。

而自己的身体，亦一再发出警告。提醒我，改变坏习惯的时候到了。按拙荆所说，我该过正常人的日子了。何谓正常，即按时吃饭睡觉，烟酒不过量，读书写字也不求数量不为难自己；顺其自然，过一份有吃有喝、身心俱安的日子。前半生耗命损命，追身外之物而忘安顿内心；后半生惜命保命，避无妄之灾而念有涯肉身。头发秃了，腿脚折了。脸皮糙了，眼睛花了。胸口闷了，牙齿疼了。神情恍惚了，心思暗淡了。

我早前不以为意，顶得过去；而今以为必然，再不痛改前非，则难以为继了。身体提出警告，神情亦郁郁然，不知心之所至了。我务必做出改变，不忮不求，寡淡清静过份日子。仅剩的物欲还得再简素，苟求文字也得以适心为要。万不可胡来瞎闹，如晚熟的人，像从未长大的巨婴。

多年以来，我活得单薄，从不苟求入群；也过得淡薄，从不奢求厚重。早早从江湖退下来，蜷缩一隅，这本非常人可忍受之孤寂，而我却乐乎其中。人生待足何时足，未老得闲始是闲。若时光无声，我甚至有份不可告人的窃喜。可以看书写字，操持些家务，在一亩三分地里，孤身撒野。这是我想要的日子，但不能分享。

六岁知生死，开始觉知时不我待。握不住的是时间，易逝不回的是时间。美好从来短暂，快乐则太快，幸福永远可望不可即。最倏忽且最易疏忽的是时间，生而为人所得即所失的唯有时间。吴宫花草埋幽径，晋代衣冠成古丘。凤去台空江自流，人世沧桑如电如影，是非成败如梦如幻。

我像个天生哲学家，思考生何碍死何惜之谜题，思索一些虚无缥缈，却又切身切实、生命攸关的体系问题。我老早便开始摒弃俗世尘务，见亲戚朋友不失礼貌，见左邻右舍点头微笑，不失诚恳诚实，但从不交从过密。恩爱心之仇，富贵身之累。亲密关系，让时间和精神都觉得紧张。亲人已足够侍弄，朋友已足够侍候。不愿再节外生枝，瞎耽误工夫。

虽说我并未就此安生，内心风波从未停，但躲过了一时一事，阻挡了额外的人情世故。没为五斗米折腰，也没为功成名就殚心竭虑。清贫乃读书人顺境，节俭即种田人丰年。看上去我过得清净无为，貌似取适琴将酒，忘名牧与樵；不在乎平生有游旧，一一在烟霄。事实上，开门七件事，扪心七情六欲，一样也没少，每样亦颇费周章。但自始至终，本心还留着。

我对官职更是无欲无求，至今不清楚官衔官阶的高低区别。从不羡嫉谁人高官厚禄，向不妒忌某人腰缠万贯。我觉得那很可能是累赘，亦将生出更多事端，让人不消停，占用更多时间心思，消耗更多体力精力。时间最贵，不忍被横夺，是我生存之主旨。

我坚持过的不劳而获妄想，是买彩票。后来我看到李清照喜欢博弈，民国大师们也买博彩，李白杜甫高适在洛阳也参与博戏。古时文士权宜之计是做幕僚，混口饭吃，顺带写诗作文。看来文人大抵都不想费时间赚钱，但生活上难免拮据，也要应付日常开销和意外花费，时常捉襟见肘。蝇营狗苟之事，徒生烦恼，影响情绪，也侵占时间。所以文人宁有随世之庸愚，勿为欺世之豪杰，倒有了个买彩票的习惯，看能否天降好运，换取一份属于自己的时间。名曰偷运买时，怕也是种无伤大雅的非分之想。

这个梦一直在做，也就没成实现。梦怎么做的呢？譬如天外飞仙，凭空来物，猝降横财。我只要有间透明敞亮的书房，此生足矣。我四十岁之前，还喜欢黑灯瞎火，怕见光，睡觉得拉满窗帘；最好是宾馆式的，双层无余光无死角。拉开台灯，一个人霓裳羽衣，可以舞之蹈之，可以歌之哭之。

而今我金蝉脱壳，似乎变了，竟然适应一个人的明亮。我甚至拉开一条缝隙，让夜色投进阑珊，让夜风吹来声响，在这沉醉的夜晚，我与世界为伍，世界与我为伴。如果是和风细雨夜，更是难得的良宵。这份活着的窃喜，带着不为人知的安然。我有睡下去的迟缓，也有明天醒来的企盼。唯有这夜色温柔，万籁与我最近，我与万籁静安。

有了书房，我人生将圆满大半。要说仅存不多的欲望，书房是我最大念想。最好是落地玻璃开阔敞亮，抬头可瞻望巫山云雨，低头可观看世间波澜。此乃我思绪缥渺蓬莱瀛洲之仙地，此乃我不着边际海天一色之福地。我在里面随心所欲为所欲为，歌之哭之舞之蹈之。文墨挥毫如泼，诗情挥洒如泄。恣意妄为如入空漠之域，痴傻疯癫如遇嵇康刘伶。这是我的主场，我的法外之地，情理不论，尘雾不沾。岂不悠哉乐哉。

书房安置妥当，天外之财，其余都交给拙荆掌管，也不用藏私房钱。我有了这么大笔钱财，都做出这么大贡献，这么诚实地如数上交，这个老实的男人注定本分，肯定信用不荒。往后要点乱花乱用、随花随用的钱，还不乖乖地给。何况这男人，从来也没瞎闹胡来过，要花就给他吧，无非一杯酒一本书，他犯不了天条。

2021 年 11 月 8 日

# 猫捉老鼠

如伸手摘星，天路无梯岂可登月，买彩票无非指望祖坟冒烟，让世间资财重新分配，流星落你头上就叫中了。梦可以一回回做，再一场场落空，结果还得假装安于现状，亦不再认定大器晚成。更无高人重金礼聘，入府做门客幕僚，让你书写表奏公文。即便是把门守仓库，亦得找胆肥力壮的，谁给一糙面书生白交社保公积金，使其挨到退休空取无功之禄。

基于现实处境，我依然跟拙荆在玩猫捉老鼠的游戏。偶尔听她提到下半生拉拉长，岂能就此得过且过时，后脊梁就一阵寒凉。我只能低头横眉冷对，抬头默不作声。偶尔微弱狡辩，当初也曾间杂说起，那老夫鸡立鹤群貌似不群；亦曾一时脑热说过，这痴人与众不同不愿苟同呢，岂能随时变卦，比我翻书还快；能穿凿附会几回篇章不容易，能爬梳料理几个跳动文字不简单。拙荆再次反驳，区区雕虫小技，又何足挂齿。那些个有的无的没皮没骨的，几时能换来一斗三升糙米呢。我顿时哑然，羞愧难当。

我只能宽慰自己，若无大病大灾横祸飞来，即便捉襟见肘，进山挖一束荠菜，入园摘一捆蓬蒿，亦能温饱无虞了。艺多不压身，财多必分心。你得想着这么多钱，是拿去存银行选定期活期，挪着炒股票买保险基金，还是像某大善人那样天女散花，雇几十个用人，只为陪吃陪聊逗自己玩。临老拉回一少媳生出一小儿，随后就老年痴呆甩手不管了。这母子俩和众多仆人们，立马为财产对簿公堂，闹得烽烟四起，眼睁睁看着这兵荒马乱只能目瞪口呆。桃实之肉暴于外，人取而食之，种其核，犹饶生气，此可见积善者有余庆也。栗实之肉秘于内，人剖而食之，弃其壳，绝无生理，此可知多藏者必厚亡也。他行了善，按理有余庆，为何临老还被如此菲薄呢？

昧着良心想想，一堆闲钱涌进来，吃喝都不愁了，总得兴风作浪，人和钱最是闲不住。该干吗呢？亦未必想好，未必想充分了，势必波涛汹涌或潜流暗涌。一筐资财躺账上，就会动心思，让它们起来舞动。袈裟包钱，六根未净。金缕玉衣，殉葬陪葬。活活的人，霍霍的钱，总得起个炉灶点火升焰，让其腾腾燃烧火光四射。药能救人也能杀人，不可不慎。钱能福人也能祸人，不可不知。人可以身在曹营心在汉，钱也是，名誉上存在私人账户，实际流动在其他人手上。人一直在折腾，钱一直在流窜。一场运势你俩在风口浪尖上碰了个面，一阵妖风你俩在风起云涌中失之交臂。萍水之间，别说拥抱，别说拥有，不过客舍青青暂请留。青蘋之末，莫言天长，莫言地久，无非烟尘陌陌即作别。

哀吾生之无乐兮，幽独处乎山中。吾不能变心以从俗兮，故将愁苦而终穷。屈原在憋屈中浪漫，宋玉在悲愤中愁苦。我咀嚼着一碗粗茶淡饭，貌似五味杂陈，唯觉守望相助，自是一份功德。男人也可以侍弄家务，更不能歧视女性。世面上也要平视居家男性，无论谁在家在外，均为同舟共济。我们的世情世俗，信仰太多神，而所有神都是人的化身。你需要什么，就信仰什么神。祈祷的是你怎样我亦得怎样，未曾想他为什么是那样，而你为什么不得不如此。倾尽一生，活着终究活了个雷同，死去终究死了个一样。至死没实现想要的活法，至死不渝。至死没明白活着的道理，至死方休。一生从未看清他人和自己，至死未曾瞑目。

人的眉毛是一横，额头和鼻梁像一副十字架，嘴巴是张口——这副嘴脸，粗略看上去像个“苦”字。对镜揽照，果真几分形似。可你抿嘴一笑，眉眼一弯，嘴角一敛，苦乐就参半了。若是嘴巴大张，眼睛一眯，颌额一挤，就人畜无害，弥勒佛一座，如漫画一幅讳莫如深。对这个世界可以挤眉弄眼，似远似近；亦可龇牙咧嘴，若即若离。你对世界邀功行赏，世界唯你是问。你对世界敬而远之，世界能奈你何。苦是自找没趣，乐是自得其中。

万事皆走圆，一身犹学方。常恐众毁至，春叶成秋黄。我喜欢蜗居在家，不喜抛头露面。混杂江湖中，不愿伤害卑贱，亦不想被豪强中伤。我乐得居家，享受其中，不喜违心塞进体制体系，从而落入桎梏樊笼。如孩子不喜钢琴，非要其兢兢苦练，从而闷闷不乐，折损身心呢。我开销不多，欲望降至低洼，亦不能有钱，有钱兜不住。烟酒茶时而有友朋接济，他们慷慨解囊，我低头笑纳。我自己备着零钱，买一包纸烟，不费多少银子。至于开门关门隐形硬性之开销，确实亦费周章。多年来节衣缩食，却也有惊无险过来了。要紧的是我们量入为出，不事奢侈。

有守虽无所展布，而其节不挠，故与有猷有为而并重。立言即未经起行，而于人有益，故与立功立德而并传。人间皆是文人墨客，世界运转怕是要停滞。世人均在图财谋利，文化传承必定得断档。假若人一味谋外，则忽略其内心安顿，忽视其内室稳定。全体阳春白雪，都将成了下里巴人。物质为生计之基础，保障过后再谋求幸福，所谓物质转为精神。假若一家之内，所谋所事，所计较所交流全为锱铢必较，营且苟且，这屋檐下好像天天都要开张，这日子则缺了一份生趣。

作为半吊子文人，确实不擅经营自己。本望文字达，今因文字穷。终究没把自己推送出去，没能耐让自己卖个好价钱，甚至分文不值。倚诗为活计，从古多无肥。面对生活细节，亦时有不安。面对重大关节，亦时生愧疚。虽言贫者士之常，士不安贫，乃反其常；可也不能否认，人情世故每有节外生枝，开门关门时有额外事端。不能转危为安时，常让你食不安寝，夜不能寐。究其原因，原来就出在经济不宽，世路则狭。人心不宽，情路则窄。时已至今，事已至此，大器不可晚成明摆是现实，横财若能就手依旧是白梦。彩票还得买，最起码睡梦难进时，可做安眠药使用。我都是第二天查看结果，当晚睡个好觉。所以开奖的二四日，每周有三个夜晚，我鼾声如雷。

忽驰骛以追逐兮，非余心之所急。老冉冉其将至兮，恐修名之不立。不求人前誉，但求身后名。不可逾越之底线，是人后无人诋毁唾骂，身后落得一世清名。生在人世间，你我皆凡人，我并非一味抵触人情世故，事实亦一直身在其中。面对老母病患及小女转学，我诚恳托人相助、求人救济，并陈情送礼，以至感激涕零，甚而低三下四，时而委屈忍辱，只为此事耽搁不起，耽误不得。我把老脸拉长，弓身作揖，笑饮于樽前，泪湿于枕上。

未曾深想过，若持续漂浮江湖起舞弄清影，是否能翩翩何似在人间。若我在庙堂持笏上朝堂，是否可持节至终老。这不可定论的假设，恰如谁都难以持恒地慎始慎终。也曾死水微澜，几欲晚节不保，为三升五斗，再次随行就市，待价而沽。殊不知发稀鬓白，未曾料花黄色衰。新人早已开张，老夫那一摊，早可以打烊了。即便好心人，给一块手牌，赐一套工服，行走于茶楼酒肆中，怕也是格格不入。那叠叠关山，这重重剑门，你腿脚抖索，穿越不进去了。弃我去者昨日之日不可留，乱我心者今日之日多烦忧。

还是回到文字前，垂头作文，抬头读书。孔子晚年删述《春秋》，绝笔在鲁哀公获麟。鲁哀公十四年春天，猎到一只四不像，龙头马身牛尾，背上五彩花纹，无人识得这头怪物。孔子一看，立马哭了出来，这不是传说中的麒麟吗，竟然被如此对待。李白年轻时写过一首《古风》，“我志在删述，垂辉映千春”。也说“屈平辞赋悬日月，楚王台榭空山丘。兴酣落笔摇五岳，诗成笑傲凌沧洲”。我志不在此，德能更是不足抵达，只是文字与我并行，才觉得生未荒废，死亦不足惜。

年寿有时而尽，荣乐止乎其身。二者必至之常期，未若文章之无穷。道家传统里，文章是圣人的糟粕。但于感情细腻的儒家，于文章传世，还是在乎的。李白绝笔诗《临终歌》：“大鹏飞兮振八裔，中天摧兮力不济。余风激兮万世,游扶桑兮挂石袂。后人得之传此,仲尼亡兮谁为出涕。”李白穷困死在当涂，北依偶像谢公山而葬，诗稿由粉丝魏颢整理成《李翰林集》，族叔李阳冰整理成《草堂集》。虽然十之八九已经遗失，也还有九千多首诗文留存于世，得以四散传播。虽然各有抵牾，总算流传下来，播之四海而流传千载，惠及于后世。

中路因循我所长，古来才命两相妨。美国诗人弗罗斯特在《未选择的路》里，有句话或可印证：“黄色树林里分出两条路，而我选择了人迹罕至的那条。”这么说多少有点义无反顾的意味，但我好像没那么深想，或顾虑那么多，或抉择那么难。因为这是心底里由来已久的声音，迟早走到这条路上来。之所以没更早或更迟，一是恰逢其时，二是时不我待。

2021 年 11 月 23 日

# 进退无据

心里装不下事，是遗传吾母。但凡有件事必躬亲，内心则纠缠不休，直到此事完毕，方才一口大气呼出，庆幸终于完结，可以睡个好觉。早先农活为重，务必双抢。那些天吾母三更睡五更起，一夜没怎么合眼。诸多盘根错节事，必须往前走，又没人商量该如何规划如何推进，内心就塞满了焦虑。

其余大大小小事，也不少。明天赶集，后天做客，逢时过节去舅家，亲戚朋友来上门，都是农人大事，都是人情世故。吾母就着急皱眉头，甚而唉声叹气。为儿尽力不添乱，不敢过多打扰，以免招惹到急脾气。年岁大一点，就能出主意了，并且能请来同学做劳力，虽然笨拙，可好手不如杂手帮，也算解了不少燃眉之急，替吾母分担了些。

可能是耳濡目染，或许是直接遗传，我心里也容不下事，但逢事临，则心气不定，提前就诚惶诚恐。事还不知走向，不晓得结果，已经患得患失。恨不得此时就出结果，别让我揪心不已，心总是悬着掉不下来。这造就我此生誓作清淡人，尽量远离尘嚣杂事。

可是居不易行不简，当然不可摘身事外。你必然进入具体事务之中，一些决不可推脱的人伦情境，务必亲力亲为。佛门深山一钵一瓢，也不见得那么清净，生活中遇见小事儿斟酌，遇见大事儿琢磨，高山低谷地走过去，实属必然。

年纪上去，慢慢蜷缩，尘世俗务唯恐避之不及，不得已为之，那也得硬着头皮上。唯盼事态可控，事情可理，化繁为简早做了断，清清静静过一份日子，即便无闲情逸致，也不致有风波浪潮。

预订这月底，回老家一趟。引子是小学同学娶儿媳妇，这原因说来并不铿锵。中因是我和立哥，能一道同归，因为同学对立哥母亲多有照顾。立哥领这份情，必得有所表示。我俩向来以此类情分作为契机，商量着一道回家，也实属不易。

于我而言，自吾母三月过世，半年以来尚未踏足故土。有俗事之干扰，也有归去无名之实。这几个月，想着能沉静下来。过往两年，因吾母病患，长期奔波两地，身体疲累尚在其次，心力交瘁是为实因。吾母已去，大后方崩塌，回去已失却天地支撑。我的身份在重新定位，心还没落定，不知如何安置。

年岁渐悟，世界的远地近处，所有失去，均已有感应，好似身心一侧，被横刀削剁，是同时空的一方天地被抽离。好似密林深处的蝴蝶扇动，好似隔山眺水的山崩地裂，我只是侥幸尚存，而身世有那么一块，已经塌陷不复。

我夜不能寐。吾母已去向何方，我将去向何处，这是余生尚存的追问。即便踏上故土，可吾母已在山上，不在家里。她知道我要回去吗？她知道我回来了吗？我去坟头坐会儿陪陪她，唠唠嗑说说话。我说什么呢？我不知道说什么。我根本没习惯她已不在家，她已在那头，她住在山上。

如果没有那头，吾母已不复存在，回归来生之前。如果那头存在，她是什么身份？见着了爷爷奶奶吗？与外公外婆会面了吗？她们常见吗？如何过日子？会聊些什么？还记得这边的事吗？记得多少？是惦记这边担心这头，还是彻底遗忘，进入美丽新世界？

还是和这边一样，也有一堆糟心事，甚至只剩下担心后人，只剩下保佑这边？还是争取着，如人间一样修炼作善，好早日回归人间，投胎为人呢？

我就想着吾母，也别操心了，那边的日子，按你的性格去顺应吧。勤劳你有，善良不缺，好自为之吧。在这边活着，已辛劳一世，苦难一生，该遭的罪遭逢了，该受的苦一样没少。既然如此，那边肯定不会让你太为难。那边肯定也有心好的、良善的，何况还有早去的先辈们罩着，不至于太难堪。这样想着，我也就放心些。

至于人世间，留下这些阿弥陀佛，得看他们自己造化。该说的已经说过了，该交代的也交代好了。劝诫与警告，是说者的苦口婆心，并非听者的照单全收。领悟多少，是经历多少感悟多少，而非满口唠叨即可改变多少。自身不悟，说太多不但无效，反而招致嫌弃。向来如此。

哲学只让哲学家去琢磨，明白了去扬弃，误解了则放弃，甚至抛弃。儒家倒打发了一些人的思想，却也是仁者智者的领教，见山见水的感悟而已。

吾母完成这一生，已经不易。最后那两年，实在没想到，着实不应该。可是上天还是给了这两年，吾母无言无奈，我们也无能无力。可这过去了，过去了，一切终将过去。谁也无法预料，更无法阻挡。历史的规律，是因果是偶然，并非史官一厢情愿的总结。

所有人的母亲，并非伟大而单薄，而是这个给你生命的人，你没有嫌弃。只要没嫌弃穷和丑，那么作为母亲，都该是以她的方式和心力，以她的本能反应，为你担心忧心了一生，为你尽心操心了一世。这世界上，舍母亲并无他人如此待你容你。

人这一生，最大的失去，莫过于母亲逝去。这个兜你一生的人，因为自然规律，必须先你而去。她的离去，是你天地的翻覆、心灵的翻转，是你灵魂的渡劫。所有人间关系的对接，均有等量代换的嫌疑。唯有母亲那份不要命的恩赐给予，是来自上天。只想看着你更好，不愿你受半点委屈。

上帝你看不见，永生永世见不着，只在心里祈祷时，自设上帝来替你做主。阎王你看不见，今生今世不可见，只有你快死去时，假设逝去以后可能会见。上帝和阎王、天上和阴间，皆因恐惧与未知，成为一份人间假设。来这一世人间，像是一场梦，却又着着实实走了这么一遭，提出这么些假论，是方便自己活下去。

仅此一遭，就此一遭。遭逢了罪孽，遭逢了美。遭逢了苦难，遭逢了善。是母亲引领你，经历苦难善恶的同时，历经了风雨沧桑，磨炼了性情，也击穿了意志，再满身污泥爬起来，继续往下走。当一切若有若无之时，母亲也到了不得不走的时候。她不能笃定，也只能以为，你可以面对这一切。因为她不得不走了，再也无法为你周全。

好在这个时候，你也为人父母。你得学着她的模样，去承接她所交给你的一切。并非全盘接受，可你也在边做边学。她的沮丧你得学着，她的无奈你得担着。她都在日常里，刻意或无意，给你交代过演示过，言传身教过。你当初接受了多少，她无法估量。而今她走了，你得好好领会，她再也帮不了你了，她早就告诉你了。

吾母常言，有样没样看世上。这句话是她的口头禅，是前人教育，是经验总结，也是文化人所谓的历史观。而吾母读书仅三年。这是民间智慧，四书五经听了几句，所学不深，最关键来源，是世代流传。这些总结偏向实惠，意在处世管用，为人不差。道理并不高深，但决不可害人害己。

吾母所经所历，着实深沉，我以前的文字也有所呈示。她被惊到过，甚至沉沦过，被重重击倒过，一度走不出来。她整宿整宿睡不着，只凭她吃苦耐劳的秉性，无法应付这些突如其来的变故，无法接受这命运的撞击。她的父母没教过，长辈没提醒过，生活的辛酸里，没见过这一死扣。

这位起早摸黑，侍弄田园菜园、服侍长幼老少的农妇，没有长出这份深沉的心思，不具备这份缜密的心理建设。可是吾母都经历了，有些是一步步过来，却也措手不及；有些是突如其来，肯定猝不及防。

最重要没人倾诉，更别说和谁商量。她只能蹲在池塘边，等待腿脚麻痹，心思麻痹，时间麻痹。人没跳下去，就得回家，还有一堆破事等着她完成，还有人在等着她做饭。唯一出口，不外去找仙婆仙娘，花上十块二十块，听她说些有的没的。没的是神仙鬼怪的胡说，借助那个神秘巫语，得一份虚幻的宽慰。有的是仙娘以个人身份，当吾母为老亲戚老姐妹，进行一番开导劝说。

那口卖鱼摊的池塘边，吾母蹲过无数次。那些占卜问卦的仙娘家里，吾母是常客，最后都不好意思收她钱了。给她泡杯茶，让她坐边上，她就看着进进出出的苦命人，原来络绎不绝。这两个地方，成了她打发时间、疏解郁闷的重要场所。那里有同道中人与她同病相怜，她的心在此进入平行宇宙，得到暂时缓解，回去的路上，又复归沉重。

这样的过程不乏年头，谁也没法探寻吾母经历过怎样的挣扎，即便她自己也没真正缓过神来。只是那些年，她凭着不舍与难弃，凭着麻木与隐忍，一步步过来。她死去活来过很多回，最终她爬上岸来了，还阳回魂过来，她没有跳下去，舍别孩子作别人世。

比击垮更大的力量，来自不舍。从而更加坚韧，以至豁达。吾母在晚年变了一个人，大声说话大声朗笑。她的话脱口而出，又似乎深思熟虑——不管是劝说他人，还是跟儿孙辈交流。她早年分身乏术，也没心情，与孩子们无从交谈，只有家里家外无休止的活。

后来多起来的对话，她很沉着。很明显，吾母有了沉淀。这一生的内心积蓄，终于有所表达，只要你们洗耳恭听。她建立了一份淡淡权威，自然而然，没有说教也无逼迫。她集成了爷奶和父亲早年间的传导，以及由她自身参悟的道理。没有孔孟之道，只是大白话——有样没样看世上。

这世上的事道，由她的所见所闻、她的亲身经历，浓缩成她的感悟，在她的晚年，梳理了一份自己的处世之道，树立了她作为长辈的威信。而她并未使劲，也没咄咄逼人式的说教。她创建了有自己风格的言传身教，儿孙们并不排斥，并多了份由衷的敬重。

作为老太太，这份威信不容易。她由童养媳而来这个家，做女儿也做媳妇，由农妇而至弃妇，在当年的封建氛围下，没被击垮，反而立身处世，带大孩子站稳脚跟。这步履及心路历程，充满未知宿命，着实不易。儿女争相对她的孝敬，邻里乡人对她的尊敬，足于表明吾母作为妇道人家，如一棵弱柳，在风雨中稳住了根。

在吾母面前，我向来不多话，吾母见我，自有诸多闲话。早年流浪，最多说说路上趣闻，所遇人事，化繁重为轻巧，以故事新编，讲述二三。我的嘴里，并无过多波折，以免去她的担忧。五子登科，属姐姐和我，更少让吾母操心。老二老三至今不消停，如何终老，看他们自己修为。大哥单纯，继续自乐就好，无病无灾是庆幸。

姐姐出嫁早，实现时代农转非。因为是长女，多少要承担少许家务，适当照顾小弟们，还要读书，难免嘟囔嘴，有些少女脾气。本是奶奶掌上明珠长大，而奶奶实际上重男轻女，急需吾母生出一男半儿，以延续香火。姐姐名字里安一“香”字，可表家中祈望。

那时代的母女之间，凭空生出一种说不上来的情愫。是母女情分，却似乎少了份贴心的亲近，甚至藏着隐性对立。那时的婆媳关系向来微妙，婆婆是王霸，媳妇是卑微。姐姐是首个孩子，是奶奶的明珠，奶奶却偏偏对吾母不满，因为男丁未出。可想而知，这样的处境，没有机会建立母女情深。假如奶奶视孙女如敝屣，则又另当别论，母女之间或许建立一种同病相怜，相依为命的情境。

作为女人，吾母和姐姐，均不可超脱时代，超越她俩在这个家庭氛围中构造的心结。在我看来，一直到老，母女之间，并未完全消除那种变异的隔阂，说不清道不明的疑难心绪。即便姐姐付出了孝心，吾母也并未对女儿有所轻待。只是那份由老人传导而来，由时代传递的重男轻女思想，不可能让母女俩完整去跨越。

我就要回去了，不知去谁家。去姐姐家不踏实，去三哥家很凌乱。去大哥家稍许单纯，但也不能无拘无束。去二哥那里最心安理得，也没更多话可以说。而不管去了哪里，其他家也得去，不去要被怪罪的。我的回去，他们也期待，正如我内心也有根，可这根盘曲着，不在一个地方安生。

吾母曾说，一个家得有龙头引领前进。犹如一匹马得有笼头，不然就是脱缰的野马，不晓得狂奔到哪里去。吾母已去，即便她老到拄着拐，老得坐在轮椅上，那个影子还有威信还有余力。吾母在哪里，家就在哪里。我回去那里，你们都来这里，我们就聚在她身边，以吾母为中心为重心。

吾母已去。她住到了山上。我回去得先到山上去，先到吾母处报到。我甚至想谁也别说，谁家也别去，就去吾母那里坐会儿，唠会儿，然后该去哪去哪，想去哪去哪。情愿去见见同学，谁也别得罪，哪里也莫去，免得生出那么些乌七八糟。就爱清静，已经受不起四面夹击的亲情，对我来说，这过于沉重。

小时候就说我是吾母的闺女，长大后我更像个嫁出去的女儿。每次回去，有亲情围拢，也有浓情牵绊。我不能不顾亲情，看淡亲情，我内心也需要，也不会忘本。我们一母同胞，一起长大，我们有太多经历不可抹杀，太多回忆不能消灭。这一生这一世，从吾母那儿来，只能从吾母那儿回去。

只是我的那份纠结，在我启程的头些天，开始在内心作祟。我夜不能寐。当初我要回去，跟吾母说一声，就妥当了。有她给我做主，有她在家等着我，回去的路途再长，都有盼头。我不应考虑去哪里，住哪儿，谁给我铺被子，给我做好吃的。

吾母在家，吾母等着我。我想几时回就几时回，我说不回，吾母说，别回别回，你根据你自己的时间，根据自己的情况，你安排好自己那个小家，安排好孩子，安排好她们娘俩，安排好自己。我说我还是回吧，吾母说，那就回来，啥也别带，几时到告诉我，路上注意安全。

吾母在，怎么样都可以，你怎么选择她都支持，不是唯你是问，而是取你方便。你每次回来，是能见到你的幸福，是又要见到你的开心。我回到家，推开门，叫一声吾母。哎呀嘞，儿啊，你回来啦。赶紧去洗把脸，累坏了吧。路上坐车坐了多久？哎呀，要这么长时间啊！车上人多不，都顺利吧？去泡杯茶，坐下歇会儿。饿了吧？饿了我去给你做饭，吃完饭就去休息一会儿。床单床套都给你换好了，头几天趁着有太阳，我就洗好晒出去了。这幅画面，这样对话，这个情境，不复再来。母子之间的那份不由分说，那份无须解释，消除了瞻前顾后，避免了左思右想。

我想回去，因为我从那儿来，那是我出生成长的故土。我的根在那里，吾母在那里，即便而今住在山上。我能见的人很多，唯独没了吾母。我回去的依据变得轻飘，我的意愿变得虚无。似乎还有必要，又似乎无足轻重。我的毛病就犯了，犯得还不轻。我夜不能寐，这点遗传吾母。我进退无据，不知如何是好了。

2022 年 11 月 24 日

# 老二病了

老二病了，颅内大出血，呈现中风先兆。发现后打120，先送县中医院，CT诊断需要立即手术，考虑到设备条件，转移至市人民医院。三个半小时，手术基本顺利。吉人天相。

转移过程中，各种交涉，还是耽搁了时辰。颠簸煎熬里，加速了血液流淌，也加重了病情。人民医院医资好，但肉体扛不住流血的脑袋。老二遭罪了，阿弥陀佛。

我胆小，不敢想象这种手术，要把颅打开清血，还得取出一块头骨，想想心就抽搐。ICU门外，凳上地下，都是家属。夜很漫长，两位哥哥守在门外，逡巡来去，没着没落，只能祈祷一切顺利。

世上最短是时间，最长也是。黑夜尽头，是生死两端。命是回来了，还在重症监护室。瘀血还须清理，积液也有所余存。生命体征在，却还是昏迷不醒。家属不能探望，一切拜托医生。

报告单却可以查询，各项指标还是不稳定，上上下下，不在正常值的框里。数字高到几倍的，数值低至几无的。身体的指数上蹿下跳，让人心惊肉跳。人身是一副皮囊，也是一堆数字。

跟着来的是费用，医院不时地催促，让我们心急如焚。一门两光棍，父子皆穷鬼。老二本有精神毛病，常年酗酒，基础病一堆。向无工作收入，靠家人救济艰难度日。侄子没当过令，没成家，更没立过业。呜呼哀哉几十年，说不得也唤不醒。

老二前几年办下低保，只是低保政策变化，眼下搞不清，到底是个什么情况。而费用飙升，日以数千计，这个赤贫家庭，何以应对。亲属的资助可以应急，但不可持续。

情急之下，想到水滴筹。这种不得已的办法，微信朋友圈不时会看到。因为痛在他处，没烧到自己眉毛，并没过多留意。落到自己骨肉痛处，慌不择路，方知夹缝中求生的境遇，何其艰难，极其相似。

龙哥咨询好具体流程，委托我写一份告白，陈述事实，以博得天下同情，生熟不忌，多少不计。我们做好了心理准备，一是卑微求告，在生命面前，低头诉苦赎罪。二是丰俭由人，不抱奢望。看见的人聊表心意，受惠的人弓身致谢。

虽说不忌，还是稍犯了迟疑。平生最怕是求人，尤其钱财。这下虽假借了平台，无须当面一套陈情，觍着一张薄面厚脸，去当面对质。内心还是诚惶诚恐，顾了卑微的自尊与虚荣。

当然，我没顾及那许多，行于所当行，止于不可不止。这是我第二次发朋友圈，由孩子协助。我写了七个字，“打扰了和谢谢了”。然后托付天意和心意，稽首拜谢。虽说多少随意，却也有所指望，既然发起此念，但愿多多益善，以度此劫。

这是一场无声风波，风波乍起，风波即息。三日时辰过去，望穿秋水，而秋水共长天一色，继而仰叹长天。天下事，皆可道不可道，是预料之内，亦为意料之外。施者聊表心意，受者感其恩德。就算杯水车薪，也能救其危急。

数据时代，没有秘密。这闪烁的人名，轮番弹出窗口，说是添了星号，亦能窥其端貌，现其真身。竟有多年失联人儿，巧手布施，想起音容形色，笑貌宛如昨，心肠一阵翻涌，鼻子一抽，竟有些气紧。

每日的报告单，让人心惊肉跳。所有指标如猿猴般上蹿下跳，而老二正是属相为猴。童少当时，尚未犯病，属猴老二可是明眸善睐，敏捷灵动，活泛得很。上树捉蝉，下河抓鱼，入渠拈鳅，可谓样样得手。

少年辍学，得祖传手艺，颇受爷爷器重，当面与背后，皆夸老二得其真传，甚是欣慰。未曾想到的是，没过几年，这小子竟把十里八村的东道，得罪个底朝天，也不知他施了什么魔法。后来竟被再传徒弟老三，一一收拾干净，而老三属猪，按说笨拙，却嘴巴了得，吃下了四方顾客。

虽说是病，或许是命。老二步入少年关头，时而清醒，时而迷糊。犯病的时候，如着了魔怔，得抱着我们睡，害怕夜里的风声雨声脚步声。半夜起来烧纸，满屋子烟雾缭绕，呛得一家人大气不敢喘。

他对所有人事抱持怀疑，诚惶诚恐，像是被鬼魔拍了一巴掌，满腔敌对。说话颠三倒四，语无伦次，牛头不对马嘴，无法捕捉他的胡拉乱扯。他心思迷离，眼神游离，母亲问仙求神拜佛，都没能把他的魂魄拉回来。也说不出究竟，也占卜不出气象。入了几回院，吃了几箩筐药，依旧时好时坏。

这半生没出几次远门，却一心流离失所。好端端一个大家，却找不着北。家人以为他犯花痴，给他娶了媳妇，好久没圆房，令他媳妇哭啼连连。后来好了，竟又一副单干单过的模样，因为做买卖成了万元户，竟有了不可一世的派头。

真单过了，竟又不长久。疑神疑鬼的劲，转移到了媳妇头上。这是个老实女子，竟被他怀疑到关禁闭，抽打得伤痕累累。谁受得了这般虐待？不多时，离了。跟着他的儿子，完全由奶奶带大。没想到的是，没成为早当家的穷人孩子，竟学会骗钱赌博，大花大用的恶习。

没少跟他讨气，至今没出个息。零敲碎打，不名一文，倒欠出一屁股横债。老二后来，除了一两年捡破烂，勉为度日，大部分靠了我们救济。而龙哥同样如此。母亲最担心的事，就是这爷儿俩的一生，如何度过，如何结局。如何了得，如何得了。

因为受人指使，偷盗电瓶车，老二被看守所收留半年。这半年，恰巧是母亲病重期间。而被抓进去的时候，老二恰巧被送进三院，在物质依赖科强行戒酒，稍微好转。这之前，足足有三年，左右手互敬，两杯二两半，一边洒一边嘬，天地摇晃，日夜悬浮。

住在廉价公租房，却欠下巨额房租。靠酒顶饱，难进几颗米。他的内脏器官，他的身体，早已被摧毁。强行戒酒与看守所收留，恰巧给了身体一段缓和时间，大家认为行将更好。但是从暴饮猛抽，猝然转到形同辟谷，过山车的大起大落，不见得是好事。

去年大年初八他进去，母亲三月八日过世。待他八月份出来，相处半世的母亲没了。我们无法探知，这一年来，他在医院的无聊，在看守所的无助，以及出来后，失去母亲的落寞心酸，到底给了他多少打击。他没了表达，除了鼻涕眼泪大哭一场，他没有更多的心思外露。

之前是靠着酒精麻醉，让天地摇晃，逃离了生活现实。待酒戒好，天地塌了，犹如一记重拳，给了他致命一击。距离这病发生，从入院算起，一年半。从入囚算起，一年。从酗酒算起，三年五载或更长。从少年恍惚算起，已然半生。

这脑溢血出来，像是前面的积压超载。如一座水库，历经暴风骤雨、经年累载的灌注，再遭逢山洪暴发，成了堰塞湖，终于溢出来了。他羸弱的身子骨，无法抗拒。他早就病了，病得不轻。而今只是病入膏肓，顺势倒下了，不再忌讳眼光，不再理会指摘。

我们无数次的警告，只是耳边风。大部分时间，没人管他没人理他。那份看上去的无法无天，早就是天地笼统，成了命运囚徒。缺了女人，则没有家。有酒顶饱，就不做饭。没人抢筷，则饭不香。唯有酒打发度日，一醉消灭千孽万罪。

老二的今时今日，是迟早的事。眼下留下一条命，是为万幸。就像老三肝癌早期，也是命大福大。这两条浊龙，成了一条泥虫。酒精好比麻醉剂，掩盖他们在世间的爬行。一个闹腾太大，一个动静无声。而今，到了静默的时节。

万幸的是，老二逐渐醒过来了，除了医生的尽力，更有龙哥的相守照顾。龙哥刚从奶奶的照护中出来，即将一年，转头又到了父亲的病床前。除了有经验的延续，更有耐心的留存。到了这里，医生和气，病人喘气，家属叹气，所有人似乎气息相通，那就是保留病人那口气，继续呼吸。

但不为外人探究的是，相比上班，龙哥更愿意在病房。他不是世道劳作上的能人，却是病房中的好手。他并不惧怕什么，那些药水针头，那些愁容病态。他也不跟医生护士过多地交流，却懂得如何跟病人打交道。因为在这里，大家平等，包括家属。

这是白色笼罩下的自由，龙哥似乎游刃有余。因为面对上级，他的自尊心高举。但面对病人，他说了算。那些脏活累活，可以定时定量，也可打马虎眼。他并非全是好脾气，因为所有病人，都成了孩子。而他在这里，终于找到了掌控的感觉。

在这里，变得理所当然。从奶奶到父亲，除了照护，其余的他不应操心。尘世中，他没遭逢过风生水起，也就没有建立过自美其美。而这里，他收获了陌生人难得的恭维，以及十里八村的夸赞。而这份孝德，放之古今四海，均难能可贵。

老二半生以来，除了病与酒及病酒与酒病，几乎没有可以书写的起伏。眼下终于抵达他的下半生，变得更加确定。而龙哥烟酒熬夜，也是前三十几年的主题，虽然北上南下跑了些地方，却并无起色，甚至欠下不少债，至今不清不楚。而今面对这份纯白的日子，倒似乎纯净起来。

2023 年 2 月 6 日

# 盆瓢三叠

世事的转折，往往在不起眼处，在不经意时，完成了峰回路转。人身的变化也如是。这一阵我竟然胖了，费了很长时间，去接受这份沉重。原先以为这身子骨，可以匀称到老，不胖亦不瘦。着衣穿裳，不花里胡哨，亦自然得体，让人看着体面，也不失礼节。

人到中年后，能尽量不渗出油腻，是一份自制。爱美之人，注重仪表是一种责任，于己是克制，于人是尊重。没想到的是，去年上半年躲在家里胡吃海喝，名曰增强免疫力；下半年照料老母，不吃怕体力扛不住，惯成一坏习，饮食不节制。时间不长，竟吃出一份气象万千，肚皮隆起一座小山丘，头皮蔓延到地中海，整个身架也宽了不少，到底是恬不知耻地腻歪了。

爱美之人变丑，肯定事出有因。中年人放弃自己，从饮食穿着开始。前半生我把自己的嘴管理得服服帖帖，不瞎说闲话，亦不乱吃尤物。本身不属食客，粗茶淡饭吃饱为上。所谓珍馐盛宴，行走江湖时亦见过几次场面，每每只喝一杯酒，不往杯盘鼎馔里深耕强探。粉丝鱼翅至今分不清楚，遇上了亦浅尝辄止，即便浪费亦不敢恣意吞咽，怕养叼这张嘴，生出口角是非。

老母常说我吃猫食，半碗白米饭，一碟小青菜，充饥顶饿而已。如果有份心头好，比如辣椒炒苦瓜，或者西北凉皮、江西拌粉，那就稍许放开肚皮，轻微放纵一回。至于平时自给自足，则一碗面条，炒个鸡蛋加几片青菜，添一筷酒泡辣椒，外带一角豆腐乳，已是人间至味。

平生快意恩仇，只钓过青蛙喂鸡下蛋，拍死过蚊子，从没杀过牲畜。但是做过帮凶，逢时过节杀大鱼时，我用棒槌助力。为赚五块零花钱，高考落榜后，替屠夫亲哥拎过猪尾巴，溅得我灰头土脸。欺负完牲口，念阿弥陀佛，为我的罪行超度。后来对生灵们一概敬而远之，却亦没做斋公全吃素，夹两筷子而已。为父以后，为了喂大女儿，让她营养充分，亦为了做好后勤，让家庭后方稳定，我慢慢亲近厨房，并学着五花八门做菜煲汤，煞有介事的老师傅模样。

孩子吃得少且挑食，就得想着法儿变花样，不然影响孩子长身体，为父则有罪过。为孩子俯首甘为马牛，就得多动脑筋。不会要学，学了还得有进步，那就得费心思。营养要全面，就得尽量不重样。不过再怎么变，我亦只学会排骨和牛肉两个荤菜。至于鸡鸭鱼鹅、海鲜珍贝，还留着时间去做更多尝试。眼下先把猪和牛伺候好，这已是我的最大进步。菜要做，时间还得偷，所以我没敢过多尝试工序太复杂的菜谱。做任何事还得兼顾统筹，心思放了，营养够了，时间也顺带要偷得着。

排骨交给砂锅煲，注意添水而已。煲烂了捞出来，和土豆红烧。小女得妈妈真味，同喜欢土豆，但妈妈不吃猪肉，也非回民。幸亏小女亦得我真传，可以不爱，但无忌口。加老抽盖上盖子，放上香料，估摸着时辰，多焖会儿罢了。感觉时辰和火候到了，味道进去了，就估摸着出锅。入盘后，上面放点绿叶，郑重其事摆上桌，就孤芳自赏出一份色香味。或者不出煲，直接加盐，放几片芹菜叶子、香菜叶子，或者不切碎的葱叶，加点莲子木耳之类，就成了排骨汤。这是懒人方法，费时但并不费事。

牛肉亦如法炮制，煲烂了捞出来，加土豆萝卜红烧，放点桂皮八角葱姜蒜，这盘菜就算有料了。亦可以不捞出来，那么就得掌握时间，什么先放什么后放。牛肉煲到一定火候时，萝卜土豆过下油，放进去再煲。快上桌了，加盐再放点绿叶——我比较喜欢芹菜叶子，其次香菜叶子，再是葱花。因为孩子怕吃到葱花，所以排到末位。

会买的菜不多，会做的菜更少。可这两块肉亦不能多做，今日复明日，谁都得腻歪，就要在蔬菜上下功夫。好在拙荆和女儿，同好绿叶子菜。拙荆在大学宿舍雅称素女，我也有斋公一说，孩子看下来，亦更好清淡饮食。相比大鱼大肉，做蔬菜省点工夫，是懒人最喜。青菜白菜，萝卜土豆，好洗好切，省了许多工夫，省下时间可做其他，好比看书写字。洗洗切切，都是在间隙当中完成，当作休息。一般在中午时分即已完成，这样也有足够时间晾干水分。等接好孩子回家，即可下锅出炉，赶在孩子吃零食之前上桌开饭。

握铲多年，得好评的机会很少，自责用心不够。看着横鼻竖眼的挑拣嘴脸，感到甚为气馁。难得一回的鼓励，是以空盘行动表示。老师不好做，厨师更难为。味蕾里藏着一百个哈姆雷特，谁能成为厨房里的莎士比亚呢。而今添了腰肌劳损，能站立的时间缩短，面对两位女人，心怀愧疚，却不敢过于声张。这份工还得好好去做，还得做出一份心甘情愿，赔着笑脸，希望她们吃得越多所剩越少，才算给足了脸面。我也就围裙上抹着手，藤椅上息着老腰，生出一份难得的成就感。

每天在厨房所待时间长，却并非全为锅碗瓢盆。厨房成了我的主场，是这里放着茶壶和烟缸。除了叠被子，我很少进卧室，基本端坐于藤椅，徘徊于阳台，更多沦落于厨房。无论是抽烟写字或洗菜炒菜，烧开水泡茶喝茶，甚至打电话喝酒，厨房无疑是我的生活重地。在这里，我完成了物质食粮的穿肠过肚，亦完成了精神食粮的滋心润肺。

我不单在这里煮了粗茶淡饭，煲了肉汤骨汤，还在这里翻了诗经楚辞和唐诗宋词，阅览了论语孟子史记汉书。炒菜煲汤，我在这里翻滚了半桶水苦辣。看书写字，我在这里悬挂了半吊子酸腐。整个厨房，大概八平方米。锅头灶脑、冰箱水槽、平台橱柜，占据了大部分面积，我的容身之地屈指可量。而方寸之间的腾挪转移，不单烹炒了上下五千年，还煎炸了天地大乾坤，不愧是我的风水宝地。如果当下她娘俩喜欢我的饭菜，我将荣幸之至乐此在此。假若后来有人喜欢我的文字，我将不负流年，对得住这烟熏火燎。

我每天的时间有三个比重，一是不得不睡眠以养精蓄锐，一是坐藤椅上翻书读字，还有就是鞠居厨房为所欲为了。这里的盆盆罐罐，与我朝夕相处，闻其有气息，感其有情绪。它们见过我劳作的模样，看过我喝醉的德性，亦目睹我在此大汗淋漓，通话超时及愁肠百结。我释放情绪的地址，多数寄托在此尺寸之间，换人难以理解。而让我久久逗留的最主要因素，是此处可以抽烟。

烟草是我的狐朋狗友，随叫随到。几十年如一日，陪着我与生俱来的孤独，消解我底里根深的寂寞。没这根烟，将难以想象，这过去的岁月，将如何翻越至今。时间一寸寸，是因为有烟为旗，在下一站默然等待，才有了慢慢往下挪移的盼头，剪短这尺寸时光。不管苦乐哀愁，有这烟在，遇见再大难题，就还有解，即便无解，也还有其作陪，一道走过去。

困居厨房时久，亦有打不开的心结，偶尔还得出去，与草木共呼吸。出门对我来说，是个不大不小的工程，得考虑是不是带水杯，带水杯就得带包，平添了累赘。拖延症和强迫症，让每次出行，都愁肠百结。穿好衣服换了，穿上鞋子脱了，开了门又关上，出了门又进来，觉得这拖延症严重了，也觉得出趟门如此麻烦；何必起意，起意了又何必动身，不如守着这尺寸斗室，怎么自在怎么来。

可刘禹锡住陋室，亦得回洛阳城，跟白居易裴度他们喝酒唱酬，图个热闹。陶渊明隐居山林，还得采菊东篱下，种花除草，再出门悠然见南山，遐思冥想。我困居斗室久了，亦得出门会友喝酒，到人群流动的超市和菜场转转，到游人密集的商场逛逛，走进人间烟火，寻找活着的证据。然后折返厨房，在这里继续煎炒烹炸，接着烟熏火燎。

2021 年 12 月 15 日

# 手足情深

情同手足，手足无措。中年旅途的友人，像天门的头发，容易逐根逐根往下掉。原因未明，根源待查。先掉成大脑门，后来掉成地中海。掉到地上的，捡不起来，按不回去，没了就真绝了。地中海区域，这么近也那么远，晃晃闪闪的，看似顶着云天日月、光明正大，却照洒不了苍天大地。朋友或许还在，但没心思频繁见面了。

眼看着一个个，各自安身立命，你不便打扰他们，想他们应该也如是。联系作甚呢，见面为何呢，多为作局温酒，大抵重复些废话。少了慷慨悲歌的意气，便没了寻欢作乐的由头。忙活的顾自忙活，无聊的兀自无聊，自身难保也在筹谋自保。已到了保命的时候，定时检查，适时锻炼，随时提醒注意，能坚持的多多坚持，没定性的打鱼晒网。

都在省悟过来，不能在坏习惯里胡作非为，放肆就是跟身体叫板，跟健康结冤家。那一时一事的快活，会带来后果自负；当时纵情没觉得不妥，时候到了才醒悟过来，覆水就收不进葫芦瓢了。所谓冤家宜结不宜解，健康亦如此。于是决心收敛。回想狐朋狗友一窝蜂，多数是凑了个虚假热闹。让人欢喜了当然有，自寻了烦恼却也有，时而落一地狼藉，回头还没法收拾。

有寻找肝胆相照的念头，正是那说一不二的朋友。也有得到惺惺相惜的冀望，说的是心领神会的朋友。不见而历久弥新，老酒愈陈愈香，见了则会心会意，相通相知。这境界很高了，取决于自己捧出诚心一粒，也取决于对方掏出真心一枚；还得臭味相投，意气同款。说难也难，只怕双方忙而盲。说易也易，就怕单方嫉与忌。

到了中年，尘土飞扬，视线上就有些迷糊。沟沟壑壑的，路途上就有些摇晃。人灾事灾病灾，灾难重重。情债心债孽债，债务茫茫。这鸡毛蒜皮又不容忽视的事啊，一桩接一桩。这没完没了又不可逃避的情啊，一环套一环。一件件一起起，掰扯找谁去。一点点一滴滴，说理逮谁去。纷纷扰扰，一波未平一浪又起。层层叠叠，一砖未垒一瓦又碎。消弭不了的，如牙缝里的韭菜馅，难以剔除干净。

就想着储存有三五好友，如盖世珍宝，设有密码，换谁也取不走。愁烦来了，可以说说，肝肠断了，可以续续。这友朋啊，可是亲人亲戚之外，另一种亲近关系。没那血缘牵系，却有一份情谊担待。血缘流在血管里，易汇聚也易碰撞，激起稀碎浪花，分流再合并，合并再分流。舀不干净亦摘不清楚。同宗同门同胞下来，有些感情比较黏稠，齁住了无法解腻，粘住了没法自拔。有些感情比较含蓄，欲拒还迎而欲言又止，说不明白道不清楚，正应了那抽刀断水水更流的愁烦，意味而深长。

朋友则不然。虽然也在仁义礼智信范畴，但不在血浓于水的桎梏里。不是鼓励背叛友情，随意恩断义绝，那是让人羞耻的道义；而是断续之间，自由度更宽泛。以个人成长印证，所见同胞兄弟，山包海容的较少；所见同谊朋友，情深义重的较多。当然，友情一刀两断的，抑或没在更深的记忆范畴。恰如股票市场，记住的都是凤毛麟角的神话佳话，那些跳楼止损的，没人愿意多记多提。友情里怕也是如此，留下来的是旧情老义，分开的已是陌路生人。而这些分分合合的友情戏份，时刻在上演下架，虽不主张却也不奇怪。

在我出生的那个年代，窝在山沟沟里，成长经验中的兄弟姊妹，情义较为虚弱隐晦。同行隔丈远，不识为手足，是常事。相谈亦少言，相对亦寡语，则为常态。我之经验不能以偏概全，却是见闻里的事实。幼时倒相安无事，无非多块肉、少件新衣裳的争闹。长大后龃龉加大，争抢升级，也还是箩筐里的颗粒稻谷，茅屋里的方桌板凳。即便而今认为的鸡毛蒜皮之类，可在兄弟阋墙的因素里，就是这么些锱铢必较。后来是树大分枝的各自为政，孝敬老人的各自推脱，那已是成人后的鄙陋，成熟后的愚昧。老鼠药和麻绳，依旧是孤苦无依老人的最后选择。拳脚和棍棒，还是兄弟之间利益不均的最后手段。

相比较而言，吾辈兄弟的情分，倒因了祖父辈遗训的庇荫，相对更丰盛。但别家兄弟的龌龊，我们并没错过。他们之间的情分倒早早定妥了，变成一种邻里关系，或者老死不相往来。我家的庭院深深里，由老母掌舵，维持着一份体面。暗地里，却也风波四起。因子是一众人等，总有不安分的、自顾自的，维持大家顾全大局的少。这注定斩不断理还乱的情分，让人期待一时让人气恼一生，却掰不开扯不断，纠缠至今而不清不休。

情缘如梦里头，同胞情总是最后一份内心依赖。祖辈凋零父辈老去，相托相顾最长情的，还是吾辈兄弟。幼齿的龃龉是一颗糖一件衣服，大了的计较是一百文一千贯，统称起来，还是那三分五毫利是。身强体壮之后，糖吃上了，衣服也穿上了。只是那钱，几多算多。只是那利，几时算完。一生情分的维持，在茫茫旅途上风尘仆仆，沙暴侵犯，雾霾笼罩，难免污了真身，浊了本心，很是干净不了的。

兄弟们，自从母亲子宫里分道扬镳，就各奔东西，是为独自个体。孪生兄弟各有媳妇，同体姐妹各有夫婿，有了各自思想谋划。血缘相同而流在各自体内，于是有了各自安好的分流。面对外界，造族谱时会寻根溯源，遭遇紧急会激流暗涌。面对个体，大难临头各自飞，庸常生活独自过。苏轼苏辙式的兄弟情，千古风范。永好永行式的互惠生，现世楷模。着实羡慕，但在在难寻。

而我所设想的也无非是口角是非少，相亲相助多。看上去和实际上，都是个亲兄弟的模样，而非相爱日浅薄，相杀夜深沉。偏偏内心深处影存的，更多是这种人世不堪。心理学家萨洛维所著《家庭的叛逆者》，对兄弟姊妹关系间的持久与隔离，基础且复杂多有论述。从长子和幼子、数量和性别、年龄差距、家庭经济能力等角度，阐释兄弟姊妹之间的亲密感和紧张感、竞争感和共生感。四海之内的兄弟，均有五湖水量的烦恼。

悲观如我，不因固有观念击败，却常被自己心念（执念）打倒。希望世间人事以乐观美好作结，这是以偏概全，却是行文必然。诸多好兄好弟，一辈子互助合作，称道于世。原是完美想象中的样子，更多是所见所闻中的不可明说，殊也得默然接受这份缺憾。转身就得在友谊里寻找一份感情弥补，以做心灵内援。人是向群的又是独孤着的，在群里把守孤独，在孤独中乔装入群。单打独斗，怕是过不好这一生。闹中取欢，假装承受得住那份最后的寂寞。

有了酒樽，可解暂时忧；有了朋友，可图一时乐。忧愁绕不过去，杜康须点滴涓流；欢畅随时结束，朋友要高山流水。亲兄弟流在血缘里，醪糟置于几案前，而朋友安放心怀中。这日子看到头却也有盼头，这一生很难过却也有的过。亲兄弟无法选择，涉及前世因果；好朋友昆仑肝胆，是今生因缘际会。扯筋连骨，是子宫里的密码，费尽一生难以破解；灵犀相通，是情谊里的锁钥，方圆枘凿由心开启。

虽持怀疑主义，我还得相信一切。即便不想捅穿自己这一切的真诚所为，却恨不得拆穿他人这一切的虚假所在。我们所经历的热闹均为落寞前的前奏，所设定的幸福均为破碎后的权宜。司马迁因李陵受刑，殊非相善也，却冒死相救。但是他遇难时，交游莫救，左右亲近不为一言。这是多么痛的领悟。他除了述往事，思来者，垂空文以自见，又有什么可说。

管仲说鲍叔，生我者父母，知我者鲍子也。鲍叔一再容忍他，成全他，着实难得。张耳和陈余，开始是刎颈之交，后来由相慕而成相背。利益之后反目，是为常事。翟公为廷尉，宾客盈门。及废，门可罗雀。复为廷尉，宾客欲往，翟公乃大署其门曰：“一死一生，乃知交情。一贱一富，乃知交态。一贵一贱，交情乃见。”富贵多士，贫贱寡友，事固然也。

不能因同胞阋墙而不顾门墙，亦不可因载情翻船而不造友谊之舟。兄弟是与生俱来,友朋是相伴而行。寂寞终生还得有句话念叨，孤独终老总得有个人惦念。夜深了才舍得安睡,天亮了才甘心开眼。扶持兄弟和抱持朋友，皆因了母亲有交代：头一句是在家靠兄弟，后一句是出门靠朋友。

旧时的友情佳话，古今永流传：元白相合，刘柳相知。还有伯牙子期，高山流水，尚有金石之交，如胶似漆。务必有灵犀相通的向往，不必有琴瑟和鸣的果然。亲兄弟明算账的丑话说在前头，天下庶民样本量很大。好朋友暗相助的佳话连篇，泱泱大众，岂能无抽样样本。我是信了胞兄的，从百越到江南。我亦信了诤友的，从手足到肝胆。是谁遇见谁，信则信疑则疑，但信不移，但疑不易。

2021 年 12 月 14 日

# 安土重迁

三哥和族叔九林，去给先人迁坟。先前三哥说由他办理，你们放心。他说一座坟墓，补偿多少，重置多少。他说头天去扫墓了，爷爷奶奶父亲，还有祖坟。他说你们别管了，我会搞定。就说了这么多，我没多问。

后来听闻少许他述，实情跟三哥说法有所出入，无非是补偿和细节。有出入没关系，三哥去办事，也是边办边了解。事关我们的先人着落，此事大意不得，也不该有更多异议和歧义。几年前，刚刚惊动上人，从一座山独门独户，转移到另一座山群居。再次迁移，好比搬家，还没安居乐业几年，又要转山挪窝。这么折腾先人，甚觉不妥。可群体出山，这事与欠妥已经无关。

这两天，三哥在进行办理。他给我来了几个电话，详细陈述他亲自了解的情况。细节很复杂，他说了半天，我依旧一头雾水。总结通篇，就是政府或承包山头的人，设置的条款非常精细，一步步关山叠叠，犹如通往那座坟山的阶梯，稍微不注意，可能踏空崴脚。

这里面重重关隘，无非位置好坏，正所谓占山为王（亡）。大半个山头，被有能耐的活人，为他们的先人所占据。活着这回事，死后还有没了的遗事。死后这点事，去办的不还是能耐大的活人。

为什么占据好位置？名义上为死人安好穴，实则是为活人谋划算。打小清明去挂纸，就听爷爷说，这块地四水合一，这块地德昌永生。客家人，无处是家处处家，迁徙流转中，背山面水而居。生人的屋，坐北朝南；死人的穴，都在半山腰，也得通纳和畅，这样风水才好。

为什么墓穴不置顶不下沉，多在半山腰？因为虚空悬浮，高处不胜寒。到顶了，只有一个方向，下去。高居就是高拘，风大雨大，兜不住，吹散了，运气和财气聚不起来，后人们当然不愿意要。低处则受困，因受压制，流通滞塞。好比个窝囊废，被人踩在脚底下，受着窝囊气，向上爬不起来，再往下就是十八层地狱了。活人不想要，不敢要。

说到底，选择墓地，是活人的一场能耐较量，名头却是为死人择一块好地。活人活人，就是忙活的人。忙着为活人活得更好，还得为死人死得其所，罗盘背后的指向，是祖神荫庇，还是为了后人千秋鼎盛万载兴隆。

以前农村坟墓，有私家山头，实行的是土葬。花甲之年，便罗盘择好山头，提前挖坑，做好寿坟，安好墓穴。后来改为火葬，因为乡村拆迁，坟墓也要规整到一个山头。这次可能没什么经验，受传统文化影响大，看电影也不多，墓园见识少，规划没想到太长远，活人都以为自己不会死，至少在拍板时，忽略了前仆后继。

先前是没统一管理，后来是疲乏管理。人死总得上山，后来满山满谷占满了，余地就没了，基本为人死下来了，才开始钻山挖坑，走向就脱离了轨道。山冈上东一块西一块，像一幅画被泼了墨，成了乱坟岗。清明时节雨纷纷，路上行人欲断魂，泥水低洼，汽车和行人，堵塞在狭窄山道上，进出都苦不堪言。

一条主路上山，却无岔路和分路来编号分层，也无阶梯，连步道都没有。年久失修，杂草丛生覆盖，满山满谷的坟墓，分不清赵钱孙李、周吴郑王。一座连着一座，挤挤挨挨，扒开密布荆棘，蹲身滑下去，得抹开墓碑上的积土和新草，仔细辨认碑文，才能确认这是自己的先人。认祖归宗完，再行烧香跪拜。

很多坟墓，成了孤魂野鬼，没人挂纸祭奠。世界上没人记得纪念了，这个人就彻底消失了，好似没来过。很多人认为三代以上，时间久长，祖先不管事了，并不虔诚祭拜，坟墓包上，只有疯长的草，风雨吹走了石子儿压着的陈年纸屑。挨得太紧太近，坟包由荒草隐没，一座坟套着一座坟，好比骑在肩膀上。那幅画面，犹如俄罗斯套娃，生者哭笑不得，死者无言以对。

有大户人家，一扇地门堂，排排五六块墓碑，估计是几代同堂，死后也实现了阖家团圆。这是早期攻城略地的活人，办下的大事，亦为后来埋下了祸患。再次迁移时，据说设置的条款，于他们诸多烦琐不利。改革后的坟墓，没那么气派，墓碑是平铺而非竖立。

好几个山包，埋葬了几代魂魄。经年累月，没有统一规划，修葺较少。后来者居上不了，居下不得，而是寻找缝隙，仓促挖坑，草率埋葬。这时节，岂顾得了风水宝地。远远望去，像是往墙壁上摔淤泥，一个一个粘上去的。密密麻麻，混乱不堪。早已辨认不清，谁是谁非。

人间过客难免着急，这活着不易，死后还是如此难堪，不得清净。活着身不由己，死后魂灵不定。十里八村，四姓五氏，不知道他们在那边如何来往，如何人情世故。活着拘谨，死后还那么憋屈。任他前债后孽，笼进一座坟冢，未竟未了的前尘尘事，该如何做个了结。

这次转移，到成熟地方取了经，规划设计周全些。整个山头如梯田一样，一层层一排排，自下而上铺陈。横竖坐标形成一个点，认祖归宗就有的放矢（死）了。如果不信邪，妥妥安置好先人住所，以便日后祭拜，这已是功德无量的事。可惜的是，信则有不信则无，谁又能不信呢。没能力信则不信，有机会信照样得信。

三哥又来了几次电话，讲述着过程的蹊跷与艰难，每次来电都是一次转折，堪比剧情。这次的占山为王，得先机的人手上，早已拿着最佳最多号码牌。留下边边角角，再拿出来供人挑选，风水早已流转了一遍，宝地已被割去大半，好比殖民地的瓜分。

政府限定时间转移，安置地有两块。先落实的这个山头所剩无几，再不定下，就得等另一个山头。所以这一阵，众人都急着完成事宜，工人们忙活不开。骨灰转移后，暂厝于一个指定地点。随后就得选位置，再进行安置。

事已至此，三哥也不懂更多门道，没更大选择余地，只能跟风选了两块地方。就在他现场巡视的时候，碰到一位同房兄弟，告知他认识话事人，或可商榷。于是由其引荐，三哥见之谈之，并付出少许代价，进行风水更换。

三哥晚上来电，陈述事实的辗转，觉得这个巧遇属于庆幸。我也感叹是幸运眷顾，并以此鼓励一番。完事后，他给两个风水先生去了电话，都是熟人，就开门见山道出实情。先生们这一阵，几乎每天都在山头端罗盘，对山间形势地图，可谓了如指掌。他们分析了一下山水龙脉，诚恳表示位置并不好，还得修正。

其中一位先生这么说的：高则散，气难聚；低则困，气不通。皆不宜，望慎之。两位先生意见大致相同，三哥觉得这事确实没到位。恰巧这时，朋友紧急来电，告知三哥相似的经历相同的困惑，更加确定了疑问，他们找的先生，其中一位相同。于是，他俩急电过去，力行争取，讨价还价一番，总算调整到更好位置。

最后祖父母落定在 40 号，父亲（母寿）在 7 号，都在 23 排。次日要入葬了，先生正好也在，他架了一下罗盘，说还好，并告知今天不要落葬，明天凌晨 4 点动土，今天把所有的准备好，明天早上入土即可。这事曲折了一番，总算尘埃落定。

按理说，这可以从镇到村，例行登记，统计多少席，再增加相应数量，这事在早前就得有先见之明。建设停当，花名册村部有，按村到户，实行抽签即可。至于风水，大家一视同仁，也就没争议没话说，活着都要认命，死后难道还得挣扎。

一个人，出生了，这就不再是一个可以辩论的问题，而只是上帝交给他的一个事实。上帝在交给我们这个事实的时候，已经顺便保证了它的结果，所以死是一件不必急于求成的事，死是一个必然会降临的节日。这是史铁生的话，放在这里，有点前言不搭后语，权当作结。

2022年2月16日

# 故人难离

天地氤氲，百物化生。曾子曰：慎终追远，民德归厚矣。中元节是道教命名，民间俗称七月半，佛教则称其为盂兰盆节。它的诞生可追溯到上古时代的祖灵崇拜及相关时祭。后来民间流传七月十五地府开门放鬼魂的传说，于是中元节渐渐具有了鬼节的意味。

小时候逢此节日，母亲会准备好祭食尚飨，嘱我们去祠堂祭祖。竹篮里摆着猪鸭鱼三牲（中元节是鸭子，多数节日是鸡），还有纸烟、茶叶和米酒。头天得裁好刀纸，然后用半圆形铁钎，以榔头敲击戳孔，正反两次戳成圆形，行数为单。黄昏敬神之前，把纸排放于祠堂地下，然后杀鸭子滴血，让纸钱沾满血滴。敬神的时候，点烛燃香，烧一部分纸钱，随风过去。

中元节让我们知道自己来处，明白自己的家族历史、祖宗渊源，了解迁徙路线，也看清未来走向，不致数典忘祖，不失伦理良善，不负家风家训。孩子们入世不深，面对人间规矩和轮序，需要长辈在日常生活中，尤其逢时过节的时候，通过叙述脉络来历，正本清源。这是费孝通说的，横暴权力和同意权力之外的说教权力，是地缘情缘之外的血缘关系。

中元节与上巳节、清明节、寒食节，并称中国的四大鬼节，也是汉字文化圈诸国的传统节日。中元节处在小秋，作物开始收获，人们开始尝到丰收的喜悦。按照惯例，此时民间要开始供奉新米，祭祀祖先，汇报这一年的收成。地府则会在中元节这一天放出阴灵，让他们回家团圆。人们备好供桌，按照长幼顺序依次祭拜，边烧纸钱边祷告，汇报家庭近况，祈求祖先保佑平安。

逢时过节的三餐，临上桌前，孩儿们都会被交代，不能急吼吼爬上桌去，得由最高长辈请我们的列祖列宗回来就座停当，满堂一室才能轮序上座。我家的记忆是，所有菜肴碗筷摆设妥当，由奶奶提着温热的米酒，一边念念有词，一边倒酒入碗。后来这事就由母亲接钵，厨房忙活好，再出来厅堂敬酒。请示完毕，所有酒归并一个碗中，给其他会饮酒的人。随后开始这顿节日的丰盛晚餐，先人和今人团圆过节。

除了祭祀之外，还要上坟，用纸做灯，焚在先人灵前，寓意亡人前程光明。我们客家人的传统，是到作坊里订制各色纸器。早前只有纸房纸衣纸马，在衣食住行范围。最先进的属当下流行电器，好比旧三样新三样，给先人们备一份。活着时无钱使用，过去了有权拥有。最低级别是安排个丫头，供阴人使唤，在世含辛茹苦，到那边享享清福，是活人给死者最朴实的祈祷。

荀子说：君子以为文，小人以为神。以为文则吉，以为神则凶。文化也好，迷信也罢，民间的习惯习俗，靠着代代相传下来，是为前赴后继不忘先祖。谨慎对待老者的去世，追念久远的祖先，是民间自然朴实的敦厚民风。没有这些祭典的传统形式，无以表达后人对先人的铭心怀念。

时移世易，代进物发。伴随科技进步，人类把控的器物已今非昔比。阴阳两界与时俱进，纸器样式也纷繁叠加。活人享用的，那边也跟着水涨船高。但凡世面上有的家什用具、器皿器物，甚至科技时尚，能工巧匠们都能为冥界制造。作坊里一人多面，各种高手在民间，各样把式都能折叠出来。

好比飞机轮船、火车高铁、手表手机，可谓放眼世界，囊括全球。活人没法光顾的，也能光临冥舍。人世的一部分未竟事业，死者替活人实现。人类未完成的心愿，后来者让先行者如愿以偿。这比落地时的一纸悼词来得更风光,比祭典时的一句祷文来得更实际。

传说释迦牟尼的弟子目连，其母因为生前作恶，变成了饿鬼，他心中不忍,求佛祖超度。佛祖同意了。于是目连就连同一众高僧，举行大型的祭拜仪式，超度亡魂。中元节这天，很多寺院依然保留着超度亡魂的习惯，这是一种普世大爱。而在中国民间，也保留着同样的习俗。七月十五午夜，地府放出鬼魂，大部分都有香火去处，但是一部分鬼魂却无处可去，只能在外面游荡。于是人们在这天杀鸡宰鸭，焚香烧衣，在河里放河灯，希望化解怨气，祝其早入轮回。

我从小胆小如鼠，遇时节敬神时，内心有敬畏，也有所害怕。祠堂上端有一神桌，照墙上有一纸墨书写，是为吴兴堂列祖牌历。祭桌上端坐一神龛，安插一副神牌，前头摆着铜香炉，一排水泥浇筑的烛台。祭桌下面也有线香蜡烛台，一直没懂为什么上下都要点烛燃香，唯懂了大蜡烛插在上面，小蜡烛点在下面。祭祀细节的区别，却还是懵懂。

若就我一人焚香烧纸，后脊梁还是有丝寒意。祠堂是村里最高建筑，穹庐高空到顶，中置天井，晴时借光，雨时漏声。左右两边是厢房，置放公共用具，包括红白喜事的桌椅条凳、花轿龙灯。还有老者的寿棺，安放在横梁高阁。老人临终前，会被抬到右厢房过渡，里头有一架檀木老床，行将就木的老者，就躺在上面气若游丝，等着先人的召唤。世代延续下来，开枝散叶，客家围屋已有三圈人家，一条大道穿过重重围墙，形成三进三出的过房，直通村前的一座水井，这是全村的命脉。虽然两边都住着人，但祠堂平时少有人进出，一份空旷高远的回声，荡起村庄正午特有的寥索。除非村里开会聚会，包括喜事丧事和新生儿做酒，这里才会全村出动，场面热闹非凡。

但凡村里老了人，我也在人群里看热闹，但晚上得以被子蒙头，大气不敢喘。听着哀乐穿过黑夜，飘荡在上空久久不散，内心恐惧又惆怅。这个人再也见不着了，他将要去向何方？奶奶过世时，有一阵留我一人在祠堂，风起经幡，我闭眼不是睁眼不敢，失去亲人的悲痛，掩盖不住寒栗的心脏。

母亲于今年三月八日去世，我却没了丝毫害怕。陪侍母亲走完人生最后旅程，她走了她应该幸福，没了病痛折磨。只留下以往我们相处的健康日子，够一生去回忆与怀念。母亲是我生命中最爱的人，相伴最久也最亲。她只是远去，于心里并未离开。有一句话是这么写的，以前怕坟堆，觉得里面有鬼，现在看到坟堆会忍不住多看两眼。自从最爱我的母亲躺在那里，我才明白，原来小时候所害

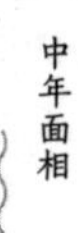

怕的鬼，是别人日思夜想再也见不到的亲人。

这个中元节本应给母亲烧衣。二哥也从看守所刚回来，母亲去世时他不在家，是为终生遗憾。为此二事我本来要回去，却被告知有道手续没走，俗名拦沙。做完这道手续，墓穴里才不会生虫蛀穴，也才能上坟烧衣。这事不得已被推到明年。好在姐姐哥哥们，一道把老二接了回来，并一起去看了母亲。老二哭得老泪纵横，但应该和母亲一样会觉得欣慰，看见这些兄弟姊妹，在面对家族里的公共事务时，要比以往更加同心同气。而我，也觉得更加释怀。

举头三尺有神明。对鬼神的敬畏，对先人的纪念，让我们知晓生命来路有依据，内心守护有原则。民间向来信奉生前尽力为孝，身后尽心为念。尽力是事在人为的安家安生，尽心是苍天在上的安灵安魂。祠堂是村人话事的集聚区，是村里最高的正门，是祖宗牌位供奉的地方，也是魂灵和生灵归位一堂的中间地界。可见举族念祖之公心，可使后世追溯祖先祖灵，永垂不朽，祖德流芳。

我们在此敬奉吴兴堂的列祖列宗，到墓地祭祀上溯三代四代，基本见过听过的高祖曾祖及一位同堂共祖。农人有自己的田地山头，早年实行土葬，背山面水紫气东来。客家人在迁徙路上的立此存照，唯有建下祠堂和新旧坟墓。而今是火化，并集中在公共墓地。齐刷刷一排排依山而立，却没了氏族佳诚的气派。虽编排设号，也有点泯然众灵的感觉。好在十里八村集聚山头，倒不寂寞，偏又怕灵多魂杂，在这境域没法清净。

村中族长乡贤，是为白发数百茎、休叹老而传的长者。大事奏裁，小事立断，即由年高德劭的里长甲首们主持。“宗传一本发世家”，作为“家”字辈的我出生时，“本”字辈只留三两老妪，是“发”字辈爷爷们当道当龄。每有婚丧嫁娶，事发龌龊纠纷，总由爷爷们叼着烟斗话事，在祠堂里做公断了结。村事鸡毛蒜皮多，永远不可完结，老人们却慢慢凋零。多数人顺位，少数人插队，有位堂爷活到九十八，尊称百岁老人，隆重谢世，是为村庄里最老的长者，其长子还先他而去。

未曾想到的是，活得最长寿的，竟是那些没地位且遭罪最深受苦最多的老妪，虽说凤毛麟角，数据也在增多。母亲享年八十四岁，已算高年。“发”字辈“世”字辈，竟有几位奶奶婶婶，已经米寿高龄，依然在田埂地头劳作，依然住着茅屋。她们坚韧而惯性地活着，子孙们要么绝情而弃，要么绝世而去。母亲法事那夜游棺，有位奶奶一瘸一拐，拿着纸点着香，随十里八村人转圈。我事后听说，泪奔如涌，为我亲爱的老母，为天下女人母亲。

这位奶奶额门黑痣，一生悲苦。初婚丧夫，改嫁左邻堂爷，生下三男一女。长子顶替父职，是为工人阶级。次男为村里首位大专生，母以子贵，多年备享尊荣。小儿到高三，又折返高一重读，拼命要上大学，大二查出脑瘤，医治无效。据说奶奶在内室地下打滚，喑哑着滴滴咽泪，没让哭声震天彻地。咬着牙和一生无话的大媳妇，侍弄田地和厨房家务，虽居一村，竟很少见到她，见了也是贴着墙根快快走路。没过几年老头子谢世，紧接着大儿子癌症离去，几载又过，独女恶病往生。那一头白发，全送了黑发人。唯独留下二儿子，工作成家在外，好在苍天在上，孝心在下。只是定居异地，老奶奶还是和大媳妇，无言以对地留居在长孙家里，摸索着做饭洗衣。那夜她来送别母亲，我很意外，也百味杂陈。

故里的老屋已倾，老人已萎，山田覆没，河水改道，我跟故土的脐带逐渐松脆。而母亲的过世，让我丰盈的挂念之心，也成了贫瘠故道。故土的水土已流失不服，故乡的故事已陈旧掩埋，故里的故人已作古流散。思念之情深处的镜像，还在内心摇晃闪烁。那份常回去看看的由头，却已慢慢式微。这是时空的苍茫，是年岁的茫然。我已不便擅自思念，也不敢轻易怀念，生怕长夜难眠，故梦不再重现。

倒是逝者遗骨，已归到一个山头，也就是说活着难以随时相逢及时相见，死去后或许可鸡犬相闻随时串门了。这事是好是坏，人间不好评判。如果也有物理距离的阻碍，那集中于此增添了热闹。如果阴间也有是非，那么密密匝匝的排列，要想相安无事倒也是不小的考验。连着的几座山，一排排一层层圈圈点点，像是剧院里的座位，俯视着山下空阔的平地，眺望着远方的山水城镇。往出走是群山环绕，一条小河绵延流长，零星的村庄依山傍水。

每次进公墓园林，必得行经国道，折返入曲里拐弯的山道。以前没来过，才发现还有这么浓密的山林，这样一块风水宝地。活着的人五湖四海闯码头，死去的人归结到一个山头。人间掀起再大的风浪，终究被时间平息。哥哥姐姐的寿坟，趁此机会也置办好了。我觉得这事做得开明，内心也很开通。虽然知道迟早有这么一日，人间玩闹得再隆重，不过螺蛳壳里做道场。天边一只孤雁，终将穿云而去。

看着那一排排一层层一座座，原来他们也来过人间。最好的风水位置，还是给了活着有显赫地位，后人依旧有考究关系的主儿。那些边缘位置也没空着，被其他后人不得已地自认了风水。来墓地看望先人的，多数是上点岁数的人。爬上去走下来，夏天喘不过气，冬天迈不开腿。假如一人来此，除了一份肃穆庄严，会觉得天特别高，地特别厚。阴阳并非两隔，而是天地浑然一体。山头如一个超大型小区，每块墓穴就是一室两室户，你来了并没见到亲人，只是内心那条路靠近了一些。这次来了，又不知几时再来，但你知道，迟早会来始终要来。

我小时候听惯了佛家果报轮回的教训，最怕来世变猪变狗。看见范缜不信因果的譬喻，我心里非常高兴，胆子就大多了。他和司马光的神灭论，教我不怕地狱。他的无因果论，教我不怕轮回。我喜欢他们的话，因为教我不怕。我信服他们的话，因为教我不怕。以上这些话，是胡适在《从拜神到无神》中说的。

我至今却还是怕，和小时候一样。时间推移，明知无神无怪，也不信因果轮回，毕竟是怕了未知的黑暗，内心不免犯了忌惮。即便没有地狱，也还是地下，至于是否升天，谁又能确凿无疑。

2022 年 8 月 12 日

# 故土难迁

满地碎瓦，漫天粉尘。客居几百年的围屋，于二〇〇九年起陆续拆除。我家的两间偏房，是在我襁褓时所建。数代人耕耘生活其间，见证了田土盈缩，民生消长。拉长时空视角，这里曾注视着村庄的垄田起伏围屋扩展，见证了每个家庭的生老病死。

而今世代农家已经地覆，世交情谊有待重估，十里八村已让位于高铁凌驾、海港横陈及群楼密布。村人散居，老人凋零，如一根凝结千年的麻绳，再次松散为单线，失散凌乱。吴兴堂的祖牌丢了，祖坟移了，活着与死去，均已成杂居形态。

个体死亡分三步，心脏不跳，社会不名，后人不记。人类的记性只有三代，三代以后已是云天渺茫。祖辈和父辈遗像，在正厅供奉，这是人出生以后，大抵所见的老人和长辈。人已远去，却还在看着后代们，在琐碎的生活日常中而作而息，也正视着家风遗训以正门楣。历史的细节和生活的细节，就在细水长流中蒙灰经尘或随风隐没。三代以上得在清明冬至，于荒草荆棘中寻找生命源头。人间的繁衍生息，就在这头那头代际替换着。

祖辈迁徙而至的集聚地，由时代大潮冲散流变，早已不见历时的模样。很少人回望祖先的中原，从何而来因何而至。百年内移动范围集中在东南亚，四十年内在东南沿海，更多流变在岭南一带，穿过唐朝岭南第一宰相张九龄修出的大庾岭路，在南海诸城寻找谋生之地。我也曾在深圳珠海辗转，在珠江三角洲漂流。不期然得一机会，让我转移到江南，跌进梦里水乡，从此有了后面的流浪足迹。

上一代打工人，和我们这一代，相继去了又回，部分成为客中客，在异地他乡安营扎寨。我的多数同学和乡人，无论考学工作，基本流连寓居在珠三角。移居迁居的距离，在提速的时代，已不出车程五时高铁三时。他们在那里安家落户，多数是回不来了。什么时候正式不回，是父母老去以后。第二代在那里出生上学，成长成家，慢慢模糊父辈的来路。指不定他们又考学到另外的城市，完成另一份迁徙。代代就是这么替变与转向、传承与遗忘的。

如今的故里不复存在，代之而起的是另一幅天下大同。有的自建七层，或统一规划五层半，顶楼自住，其余转租以维持生活。闲暇时间多了起来，喝酒打牌是生活常象。少部分二代继承家业，或就近务工，农田无收了，总得有活下去的生计。少部分年轻人五迷三道，吃喝嫖赌抽样样齐全，不消时日挥霍殆尽的也时有耳闻。

更多的年轻人，无论是外地回乡的，还是就地工作的，选择了购买商品房，举家迁进去，虽然还是农民身份，手头已无半亩良田。多少代人没实现的农转非，在这一代轻而易举从形式上完成了洗脚上田。我是本世纪初，县转市不够人头需要扩充人数，花七百元买了个户口，户籍挂在民政所的办公地址。直至去年旅居城市松懈入户，三年考取中级职称，花银子补缴养老金，终于勉强满足落户条件，在寓居了二十多年的大都市，实现验明正身。什么都没变，只是身份证上的地址完成更换。就这一行字的更改，费了半生心力。

去街道办好所有手续的当天，没有任何的欢喜悲愁，也没有任何的庆祝。我只是顶着大太阳完成了一件任务，和去菜场买菜的日常行走一样。但对于孩子的读书升学，却有不同寻常的意义。对于出走半生的我，人到半百的中年人，早已没了得意忘形的资格，也没了大喜大悲的心态。

人在这世上的身份确定，一直是活着苦苦追寻的凭据。我们小时候的农民身份是羞于启齿的，满身黑乌满甲污垢是羞于示人的。我们羡慕城镇人无须辛苦劳作就有饭吃，无须暑假酷热双抢就拥有闲荡的两个月时间。我们的教育，最重要的一条就是不能好吃懒做，就是要做好劳力好把式，就是分担劳动不怕脏不怕累。

那时候考大学，是过独木桥，是万里挑一，相比隋唐以至明清朝的科举应试，虽已公平很多，难度却有过之而无不及，没有几人实现鲤鱼跳龙门，走进那高不可攀的象牙塔。考不上大学的是恒河沙数，考上了的是人中龙凤，十里八村全镇全城都有名有分的大事件，犹如范进中举，那是光宗耀祖、不分村庄不分姓氏的同喜同贺。虽然没有而今的信息发达，却通过口耳相传，迅速传遍阡陌交错的十里八村。

母以子贵，整个家族不单门楣闪光，更得是祖坟冒了青烟，好像积了几辈子的阴德明德，才在这代实现天地人间大反转。黄土和青天，是农人一辈子的正面与背面。五谷丰登和粮食歉收，是农人年年月月的祈祷与忌惮。除此之外，剩有余心余力，再来巴望老少平安，无灾无难。来个走街串巷的，是最大的见识。赶个集赴个圩，是最远的出门。占个卜问个卦，是最虔诚的祈祷。一家子交完赋税徭役，还能勉强度日，是今年最大的风调雨顺。

假若家有儿女读上高中又能缴得起，那是父母老命还能扛得住。三年之后名落孙山，家里添了一个劳力，别家男丁兴旺的也更不敢欺负，因为我家也多了一个壮丁。假如祖坟年久失修，偏偏明火执仗袅袅冒了青烟，又犹如得皇家恩赐，给了同进士出身的名额，那可得三叩五跪九拜，感恩各路大神的护佑。

乡镇里的同学考不上大学，还有个供销社的工作。最不抵家里有个摊位，卖咸鱼卖霉豆腐，卖文具卖衣服，开理发店杂货店，总之有口饭吃，但永远无须弓身种田，不用看天的脸色换取微薄收成。这是我们作为世袭农人憋着的一口气，一口只有通过考大学服兵役才能改变命运的粗气。可这口气没几个人吐得出来，多数咽气吞声回农家世袭罔替。

客家人千年迁徙史，在这百年内起了翻天覆地的变化。当初先祖们择一依山傍水处落脚，建一座村落驻扎下来开枝散叶。千年农民身份，而今进驻城镇成为楼房居民，并挺进大都市，成了国家规划课题和个体深思的命题。古早一村落一姓氏、一宗门一家族的安居思想，在百年大变迁里，逐渐被飓风吹散。每个城镇都涌进外地人，和本地人杂居多年后，本外两地人统称为城镇居民，再也不按宗族祠堂分别，而是按几幢几号的门牌单元计算。

百家姓进百家，百家人百姓氏，鸡犬和菜味难闻，酱油和镰刀不借。习俗在嬗变，方言在消失，民风在转向，我们在重新迁徙。西晋东晋北宋南宋以降，大批天下寒士贤良、官吏庶民、匹夫匠人，因朝廷贬谪或战争驱赶，携家带口，拖着包裹家当，经受着瘴气湿气侵染、蚊蝇毒虫叮咬，长途跋山涉水。实在走不动了，就找块有水有山的冲积平原或丘陵地带，搭一茅屋为家，安顿好一家老小，开荒种地，以此相依为命。这也许就是客家称呼的由来，无处是家处处家。

一棵藤上慢慢结满瓜，瓜又结满籽儿，一位高祖名下，在四服五服之后，渐渐成了小村落。万千祖先开枝散叶，便有了十里八村、三乡五镇，得以并入县城。秦皇汉武郡县制以来，就这样山河湖海，涟漪般扩散开来。人口在战争年代骤减，在承平年代递增，在乱世里流离，在治世里安居。狼奔豕突辗转迁徙，通婚联姻繁衍生息，中华民族内多了一种并非族类的客家人。

而今谈起客家人，有人知道有人惘然。作为客家人，稍费一番口舌，也大致解释得清楚，听者却还有一丝迷糊。自认这种身份，只是不忘来历。衣冠南渡政权更迭，东晋十六国，南朝北朝，北宋南宋以降，民族在流离中杂居，在失散中融合，客家的迁徙路没有停止。无处是家处处家，青山何处不埋骨。朝代更替是历史宿命，人类迁徙是人间命途。村落是流离失所的人搭建起来的，城市是离家在外的人建设起来的，心血的付出者，永远是同一种人同一群人。

母亲走了，内心没了归依，回家少了主题。以前再长的路，我在路上有人惦记，也有人牵挂，有人担心我的安全。而今失去了依据，心里空落落的。落脚故土，要么是借宿，不然就旅馆，醒来不知何地，好比出差。这让人沮丧，失去了这块地理的血缘依存。踏上这块土地，第一想去的地方是墓地，还是想去看看母亲，说两句话，默默站会儿，坐会儿，抽根烟。孑然一身离去，再无目光远送那位游子的背影。

我在异地安家落户再久，心里的根也扎不深透。行遍天涯海角，挂记你的人在哪，你念着的人在哪，哪里就是你安宁的心地。原来在外倾尽全力所走的每步路，不及童年摇晃的足印深厚，因为那里有母亲的心怀做底托，有殷殷的目光，浓浓的嘱托，厚厚的深情。那里能托起你的高远，也能承载你的低沉，忍耐你的愚昧无知，纵容你的任性妄为。无条件的支持，甚至无底线的宽恕，并非希望你一无是处，总是允许你一再沉浮。

再高再飘，还是故土深埋的足迹牢固。儿行千里，母不在，而今谁惦记。唯有身边一妇，膝下一女。我已长期落身此城，不再动荡迁徙，没了万丈豪情，只剩一副残躯，守护这个小家。这也是母亲心念，你们过得好，她便安心。仅剩余力，只够照护母女二人，并尽可能关照好自己那日渐衰微的明心静气，日渐衰败的身子心思。母亲升了天，已住在我的心里。就像她活着时腿脚不便，去不了远处，只能窝在家里等我们回来。我去向何方，都住在她心里。而今那座小小的墓冢，就是母亲的家，她可能云游在天地，却飞不出我的心里。我和母亲，共同在这个人间四十八年，无论我游走到何时，母亲埋骨于何地，均逃不过母子俩灵犀相通的心心念念。

四十八年前的今天，母亲生下我。一只胆怯懦弱的鸟儿，降临到世间，羽翼丰满后，扑扇着翅膀起飞。飞得不远却回家不多，飞得不高却难再着落故土。每年回去再多回，也次数有限时日有限，陪伴母亲的时间，唠唠嗑聊聊天的时间更有限。好在母亲声音嘹亮，还是故事高手，没为她留下更多影像，却记录了不少她和我说过的话。假以时日，我将为她整理成册，作为纪念。

我深知子欲养而亲不待，更先期懂得母亲先我而去的自然事实。母亲对子女只有两种心理，一种是稍许放心，一种是放心不下。而我们对母亲也是两种心理，那就是尽可能多做陪伴，少留遗憾。如果子女都家庭美满，那么母亲走得安然。如果我们都尽心孝敬，尽力陪侍，那么母亲离去，我们则少留悔憾。这世间啊，两者都圆满的并不多，而这也就是人世间的脆弱与忌惮。

人间行走再远，得掌声再多，握鲜花再美，得承认再高，不及你自己心安理得，让念你的人放心，想你的人安心，让母亲不再担心。我没有掌声鲜花，但基本做到不让母亲担心，却也觉得远远不够。夜深人静的时候，常怀愧疚。愧疚的深层指向，是没留住母亲更长时间，更清净平静的健康生活，让她在人间念着我们，我们也想着她。

世间所有承认，不过心同此理。所有掌声，不过情同此心。唯有母亲一声笑，一句话，一盘菜，一次点头，一次开门迎接，一次倚门送别，是为天下最大的肯定。不完全是没有白生育你，不完全是你争了口气出人头地，而是你没有为害社会为祸人间，还能自食其力。母亲觉得这值得，她生下来的人，没有大作为而有小成绩，能在这世间安身立命，还没娶了媳妇忘了娘。这就够她叨咕一辈子而减少遗憾了，甚至露出一份不着痕迹的骄傲。

2022 年 8 月 28 日

# 06

# 纸上苍生

# 疯魔成活

我的文字，大抵是缺乏意思、更无意义的，跟文学也很难扯上关系。但人总得有个寄托。性格使然，我喜欢文字作陪，打小就对其暗生情愫，知道长大后迟早要黏上。排解寂寞抽了烟，消解孤独饮了酒，化解长生寂寞及新生孤独，则伴上了文字。

过早对生死产生冥想,从而对时间极度敏感。这一生说长不短，总要有点虚幻不实的事务，从生命的缝隙中注入，让即得即去的线性时间分成一截一截，貌似有了份鸿泥爪印的痕迹，让回忆有份依凭，梦境有份追光，让消逝的生命，似曾来过。你的是为什么？我的是为文字。

生命就是时间，生活就是消耗时间。时间好比水，是一点一滴的，又是江河湖海的，抓着就溜走了，攥取就消逝了，汇流入海就算作总归还了。这让人觉得兴奋，跟着就是感伤。可这就是造物主所安排好的，各人所悟几何，所明如何，如何把时间安排妥当，倒显得重要了。

说大了归为道，胡说也说不明白，因为虚实难分。只好用看得见摸得着的实物和事情，去填充时间，回溯起来能有个说道，不至于空口无凭。这里头包罗万象，有吃饭喝茶、劳作运作、散步跑步、热恋失恋、结婚离婚、怀孕生子、养老送终。就这么些事，又不止于此。总之以一种行动印证一种更替往复，以一份劳作来合理休养生息，以一种获取来对抗流失，以一种活法来拆解时间，以一种暂时的呈堂证供，来证明仓促活过。

时间折叠，却从未消停，亦绝无反转。这生命很费事，这时间很费神。反之亦然。费神是因为费事，费事必定需要费神，而费神费事都得费时。山顶洞天昏地暗，有日月有昼夜，但没明确的时间概念。以石刀叉不着，以石箭刺不着，时间不好界定。人就好像浸泡在其中，浮起来沉下去，但没边没界。你拥有它的同时，失去它。你失去它的同时，又获取了它。你会生出一种幻觉，一直取之不尽，一直逝去不待。时间的无情无义，伴随无声无息，终将让你无影无踪。这不是常人思考的，只因思考太费时。

多想时间，是最大的浪费。不理会时间，却是更加无意识的耗费。那想还是不想呢？想，不得不面对；不想，有意无意都得想。时间无形，可给你的紧迫感，比老板还压榨，比媳妇还局促，比美女还拘谨。你只好逃避到一个空间里，以一件事的忙活来填充——只有这样，好似逃离了时间的窘迫和催促，暂且缓解人生苦短的自我提醒。

沙漏滴时的古早，就慨叹人生苦短譬如朝露了，就知道了明日复明日，明日何其多。秦皇汉武临老了，到蓬莱求仙。文景之治不长，暗地里也求长生不老。唐朝后期，一堆皇帝因为求仙丹灵药，而死于非命。明朝有过之而无不及。可见朝代无所谓，朝向有同好。可能人一开始都先贪图了名利，因为还有的是时间。后面老了，时间所剩不多，名利也贪图过了，就留下一份贪念。贪念最后只剩一个主题——长生不老。长生不老的套路，而今继续在玩，不过花样更多了，玩法更高级了，加入更多的高科技。好比精子库、卵子库、冷冻库、基因库，意识注入芯片，芯片植入大脑。人类就快要意识永存了，但最后鹿死谁手，谁留下来，留下来的人与人、人与机器如何相处，高科技还没完善下文。

有了钟表以后，时间滴答如心跳了，人类进入快速跑道，分秒必争，从此再没慢下来。时间就是效率，效率就是生命，都以生命去追求高速，在效率里认可生命高度。在这难舍难分的时代里，时间被碾压成碎片，人被压榨成碎渣，时间却过得愈加仓促。充分利用和躺平内卷，时间不偏不倚，一样地白驹过隙。概叹时间的平等，又让人沮丧它的无情。可又找不到任何理由去怪罪时间，也找不到更多方法去对抗时间。分离是杨柳依依，拥抱是柳絮绵绵。时间好比一团棉花，怎样用力使劲，打过去都是有气无力。

时间需要转移，从内心里认可价值，然后寻找转移的附着物。文明在时间里进步，文化在时间里提升，文字在时间里传承。时间看着生离死别，面对任何个体主体，好似一样地公平。时间不在生命维度中拉长，只在哲学宗教里拓宽。人生难百年，常怀千岁忧。在肝肠寸断的忧愁里，时间才多少有了一丝颜色。

人类来自非洲，来自猿猴猩猩，这一路演变只代表了源远流长。逝去的生命，你不知何许何氏人，可他们来过存在过，却无声无响。白垩纪，中世纪，旱灾水灾，冰灾火灾，风雨飘摇着，也风雨无阻地来来去去。怎么划分阴历阳历，怎么界分历史朝代，怎么分纪时代世代，文字出来以后，前面标注的少不了时间。

上升到一定维度，时空成了黑黑的长长的隧道。那不是常人生命里的维度，也非常人思维里的意识。虚幻的生命，虚妄的生活，必得蹚过这虚行的时间。你怎么来，将怎么去，是时刻的面对，分秒的铺陈。虚虚实实，老庄往虚头巴脑里逍遥穿越，孔孟往务行其实里辗转前行。

谁更有意义呢？谈不上。无用乃大用，大用亦无用。谁虚耗了光阴，谁结实了年华，那也并非谁说了算。你觉得这样行事有价值，他觉得这样作结没虚度。两说，也都说得过去，只要说服自己就好。你的时间，注定被别人强行占去很多。我的时间，必定被他人硬性偷去大把。留下一些，你自己做了主，做主以后，也未必能惊世骇俗，或者奔着功成名就去了。稀里糊涂过去的占大头，合拍合调的占少数。但时间不迷路不岔道，总是那样严丝合缝地稍纵即逝。

水满则溢，势高则降，自有春夏消长，所以不得嚣张。时间永恒，万物都不会太长。时间没有丝毫力气，却打遍天下无敌手，到高维才折叠。好比水没个定形，方圆规矩、凹凸坑洼、横横直直、歪歪扭扭，可以随形就势，也可以高开低走，但万变不离其宗。时间变无形为有形，换有形为无形，甚为老到，纯为老手。其实，时间啥也没干，覆盖又抽离所有，裹挟又抛舍万物，就那么兀自流逝。

即便是老子、屈原、司马迁、陶潜，即便悟空悟道，即便纵浪大化中，不喜也不惧，天若有情天亦老，道是无情却有情。其实，还是在和时间对抗。因为什么呢？因为来了，成了万物，于人间万世得有所交代。因为要去，要离开世间，于世间留了一份念想。时间应说了点什么，告诉你一声，这万事万物是什么，这人间大概什么模样；这道可道是什么，这非常道怎么解释；这时间空间是什么，这万家灯火是什么。不同时间说的不一样，宗旨应相通。时间什么都说了，你听闻了多少是造化。

能担当重任，去说的人很少。能慧眼明心，去听的人不多。说完的人，幸亏有文字记载，历经千年万载沧桑，历尽千辛万苦磨难，人不在了，文字还在，那道就在，心和理也在。能做甚呢？好似也不能做甚。上一代说给这一代听，这一代不听。老了又说给下一代听，代代相传复又怠怠，子孙无穷匮也。时光无心，留住了道，留不住奔波的身影。

文以载道。作文写字的人，是你不想的他去想，你想的他多想了。你不说的、想说说不出来的，他来说，说到你心里去。至于结构编排、行文风格，已是层楼层梯。能剑走偏锋，还行云流水，可谓名作名篇。而点到为止，欲说还休，已进级别了。奇峭险峻的，猜也猜不透，已是不易触碰的标新立异。

苏洵对俩儿子说，文字是内以修身、外以治人。这话很大也很小。文字得在深深浅浅里，见着诚心实意，诚有味其言之也。堆堆砌砌里，一唱三叹中，也要有一份韵致，既从容也有余味。有春风荡漾，风吟水上，好似诗意飘然。又古意盎然，含蓄高绝，宛如钟鼎彝器、晋人书法。说出点门道，能大行其道，可谓名作。不能当惊世界殊，或能万世永流传，也不是你的庆幸，而是文字的幸运；也非文字庆幸，而是时间的庆幸。

我笔下的文字，时而当机立断，时而牢骚满腹，时而一针见血，时而含混不清。看上去并不美，自己回看时更觉得一塌糊涂。本来以为珍惜了时间，总归留下了几个文字。后来觉得这文字没有任何担当，那么多时间耗费在这里，原来一文不值。一度怀疑生命做了无谓的虚耗，免不得沮丧起来。

2022 年 1 月 8 日

# 文字路上

我在文字路上，走得轻飘而沉重。有些喋喋不休，说了很多牢骚废话。一面想就这样不管不顾、自娱自乐下去，一面也想多少闹出点动静，让自己心安理得一点。人这一生，总得干点事，但也干不了过多事；而能自始至终坚持如一，于自己而言是一件幸事，也是苦乐自知、本心自足的事。

这一生怎么来去，于他人看来或有高低卑贱之分，于己可能终将堕入无意义的深渊。微薄的意义,或许只存在你起念选择的时候,以及过程中强加出来的一份巴望。这里头包括名利获取，和你坚持下去的其他理由。不然无以为继，你还得换个方向，继续去寻求理所当然的依据。听过人说这一生了无遗憾了，那这是凤毛麟角的幸运儿，是自我实现自欺欺人的高手。

我这一生，好似把自己当成了试验品，总要逆他流而上，却未曾顺心而下。因缘有时代的赋予，有家庭的影响，最重要是个性形成后的自我调适。我没完成跟着人流走的那份心理建设，也就没走成那条众生拥挤的路，那条想被他人认同也被自己承认、最后很难被人认可、认可也无多大趣味，而终究不可能成全自己的路。

其实哪条路都荆棘密布，也各有辛酸，你只是选择哪份苦乐去面对而已。所有人都跳进同一根试管的时候，我选择了一根更窄的管子。那根所有人都浸泡其中的管道，有一种自然而然的魔力，也是无须思考无须多虑的选择。只管一跃而起跳进去，你和人群中大多数一样，就有一种法不责众的安全感。而投身小径，没有习以为常的风景，只有摸索着直面前行；貌似需要更大的勇气，实则是自己的割舍成全，吻合了自我重塑的革命之路。

是过早意识到生死本质，造就了一份颓废的气质，从而对生命有了更多思考。从一开始，就决定不在实务中寻求刺激，不在徒劳中追寻层层附庸。那些明面上的光鲜荣耀，于我了无意义，追寻的过程必定是痛苦万分。我是个怕事而负责任的人，一件事浇到我头上，或者我不得不面对这件事，我会拼老命去完成，并追求不能达至的完美。我得对委托者和自己负责，不然我睡不好，也不能对人对己有个交代。为此，我很遭罪。

我很早就知道，怕事的毛病改不了，追求完美的本质也无法改变。那么只有躲避事，尽力别招惹事。无事一身轻，有事一心沉。而必须去面对的、无法推脱的事，其实与生俱来的已经有很多，已经够你受的了。我就想我去面对这些事就好了，其他的额外分量，太耗心力，太耗费时间，太浪费生命，敬而远之吧。

我是个胆小怕事的人，不愿节外生枝的人。我就想把一家老少尽量妥帖，把自己弄简洁明了，然后选择一份自己心甘情愿为其坚持的事，如一匹隙中驹穿过时间河流，如一块火中石燃烧心底能量，不为三斗米出卖自己的时间，更不为龌龊事出卖灵魂。为家人安心，为自己安顿，而非为无聊的人、无趣的事，最终与谁都无关的尘世纷乱，无谓地虚耗生命。

过早有了对死亡的困惑，使我对生命和时间多了份思考。向死而生的事实，让我对时间格外吝啬，对生命分外尊重。我钟情天下苍生，同情人间悲苦，共情万物生长。我接受不了世事的无常，生命的仓促，以及美的短暂。可我又必须接受这个现实，传递这份事实，告知天下苍生这个真实。没人听我唠叨，我就像一个失智的痴人，对着自己喋喋不休。

生命落到实处即是生活。生活是烟火人间，是要看得见摸得着的，实实在在让人落地生根、安居乐业的。而生命是焰火凌空，是炸裂绚烂、稍纵即逝的。可是个体生命毕竟一百年，你得落到实处去。天天思考生命无常，念着有意思无意义，是破坏生活质地的，是另一层虚妄，注定是没法活下去活得更好的。

思考生活的人，为数不少。而思考生命的人，为数不多。有那么几个饿其体肤，还要空乏其身，硬要行拂乱其所为，去思考这没用的玩意，去琢磨这虚妄无着所谓无用之用的人，就已够了。扎扎实实生活，踏踏实实思考，时间在飞逝，生命在流逝，这一点是相同的。不相同的是，生活可以落地，而生命在时空中飘忽；生活经得起考验，而生命经不起推敲。

关于生活的话有很多。你快乐吗？你幸福吗？你来日方长，你明天会更好。日子很美，生活不错。而人们对于生命，并不过多讨论，慨叹的几句话，是笼统的虚浮的，甚至还是为生活悲喜找借口，为自己心安理得找托辞。一句无常，没让生活更加乏味。一句仓促，没让生活更加虚耗。讨论生活，没让生命更丰盛。说道生命，也没让生活更美好。

生活和生命是一对融合体，又是一对矛盾体。我们不得不接受，生活充实了，生命看上去就丰盈了。我们不得不承认，生活过好了，生命或许就无憾了。可生活完美的几乎没有，而生命完整的更是绝迹。我们的文化是忧伤又和而不同的，信仰是不能独善而要兼济的。我们务必在忧伤中完成精神的构建，在兼济中寻求周边的成全。

我们不可能独辟蹊径，一个人走进深林。终南山不止一屋一人，也靠近皇宫，终究巴望有双眼睛能看到自己。寺庙里和尚也是成群结队的，是等级分明的。你选择走哪条路，都已经有人踏过经过，你模仿着再来一遍罢了。虽然少有行迹，却早已有人来了去了，走了没了。

你的路是什么呢？凯鲁亚克说："圣徒之路，疯子的路，虚无缥缈的路，淡泊悠闲的路，还有什么路。"他曾经跟朋友说："我要再和生活死磕几年。要么我就毁灭，要么我就辉煌。如果你发现我在平庸面前低头，请向我开炮。"令人惋惜的是，短暂的辉煌之后，他被疾病毁灭了，去世的时候，只有 47 岁。还有什么路，或许也无过多新意，均为前人走过的路，多一个少一个模糊的身影罢了。而你，只不过想在这条路上，踏出点声响而已。

晚年被采访时，博尔赫斯说："我从不在声名上费脑筋。对于声名的向往，与我青年时代在布宜诺斯艾利斯的生活格格不入。比如莱奥波尔多·卢贡内斯，可以被称作阿根廷的首席诗人。我猜他作品的发行量只有五百册，而他从不考虑销售情况。我记得艾米莉·狄金森说过，发表并非一个作家的命运，或生涯中的一部分。她从未发表过，那时我们也都这样想。”

“我们写作，既不为少数人，也不为多数人，也不为公众。我们以写作自娱，也是为了让朋友们愉快。或者我们写作，是需要打发掉某些想法。墨西哥作家阿方索对我说过，我们出版是为了不再继续校订手稿。我知道他说得对。我们出版一本书是为了摆脱它，忘掉它。它一旦出版，我们对它的所有兴趣也就随之结束。很抱歉人们写了五六十本关于我的书，我却没有读过其中任何一本，因为我对书的主题知之甚多，而我对这主题又感到厌倦。”

凯鲁亚克在路上，终究还是走过去了，不然他的话我们也看不见。博尔赫斯到底是声名显赫了，所以这些话是他晚年说的。但是他们的话，我还是得认同的。路是自己选择的，辉煌和平庸也是。写作是自娱自乐，有更多人看到还是愿意的。出版是为了摆脱手稿不再校订，也是作家心理。而狄金森所言，发表并非一个作家的命运，或许已成宿命。

这几个作家的文字，我读之甚少。引用这么多，无非寻找心理依据。作家笔下的文字，即便意识流，还是一种有所表达。给人看到最好，或只是给自己内心听。进入文字里，你会忘记你是谁和你说了什么，而你又是如此笃定写下了那些文字。文字落下之后随之遗忘，可后来的文字，往往投射着如前的影子，或者无休止的重复。颠三倒四地喋喋不休，厚颜无耻地重复自己，难以颠覆自身。这都是你，亦并非全是你。

文字最终回到通俗易懂，最好风趣幽默，还要有点意思，才有可能进入更多人的视线。但文字不能化浓妆，从心而落，才更靠近本真。既然是个人产物，怎么妥帖怎么来，过多技巧与修饰，总归露出马脚，不如顺从本心，遵从本意，让文字如风吹雨落，潇潇而来，唰唰而去。我写了什么，并不知其然。你读到什么，并不知其所以然。你没索取，我也没亏欠。各安所好，各负其责。

2022 年 6 月 21 日

# 四九之非

过去这些年，内心偶起微澜，却自认愈来愈有定力，那就是没声没响地写着。我没职场工位，一文不名，也就免了牢骚；亦没社会身份，一文不值，却有口饭吃。好在还有三五好友，偶然一场酒，在日夜的缝隙里，说几分醉话。

每天轮番登场，接孩子和做饭，读书和写字。没多想接下来干什么，往后何处去。与痛苦不挂，与幸福亦无碍。没有纲目提挈，笃定的事就是烟火文字，这是我当下可以拿捏的事。至于可预见的来日方长，无非是意料外的人事变化。而这是自然规律，是我力所不能及的事。

我没有多少挣扎，也没有过多苦闷，文字是我的救命符，度我日夜翻转。可是这两年身体加速糟糕起来，一种生命的紧迫感扑面而来。我一直怕死，也早已意识到时不我待，但总以还有几十年活命来做掩饰。而这两年的困顿和病痛，开始触目惊心，我的焦虑变得确定。

我意识到该有点变化，有所挪移。十几年以来，我一直趴着不动，像一叶拴在岸边的小木舟，跟着波纹摇晃，随着风雨震动，却没有往前移动半步。常年浸泡在水里，有种潮湿的酸腐，有股时间的霉味，草木闻得到，天地能感知。

我本想就在这片私域窝着，涵养动中静，虚怀有若无。无论风高，抑或浪静，我就赖在这个小湾，守候这片水域，微微地摇晃，静静地歌唱，省却了未知的颠簸，搁浅了渺茫的漂荡。因为我深切地知道，哪一艘船只不要停泊，哪一次远航不要靠岸。

人之初最早的记忆，不是生之烂漫，而是死之迷惘。早到还没见着生的乐趣，已经生了一层混沌的忧思。我眼里亦分辨美，心里亦欣赏美，却已经越过美，而知美的仓促短暂。我曾经自责过自己，这种不近人情的缺失。

眼里无意风景，笔端自然呈现不出美意。对着人世间，我有莫大的悲悯之心，意识又晦暗不明。我过得诚惶诚恐，总是担心当下的平常，会被来时的异常打破。落实到那支笔，就时而出言不逊，对人事多有冒犯之处。不晓得那是内心的污浊之气，还是赌气怨气。不写出来内心憋得慌，只好一吐为快。

我不敢投稿的原因，而今试作一番探究，大概是受不起那份等待，没建立起自信。自认是个惜时如金的人，不愿等待那漫长的审判。我从来谨小慎微，筋骨竖起来，却情愿伸头一刀缩头一刀。在少年关头，看过母亲吃闭门羹，以及屈身遭遇的冷落，让我对人世不敢抱有过高的指望。

特别怕事怕麻烦，怕惊扰人家。早年流浪街头巷尾，也是找自来水龙头，拔野菜果腹充饥。虽然凭着善良的本分和微薄的人缘，接受过好心的帮助，但低头刻意去求人，特别怕去尝试。内心有得到承认的企盼，却也是躲在角落里不事声张，而非冲上台去吆喝。

文字本来是个人的作业，是晚来孤灯相伴、与冷板凳作陪，是独门独院的喜乐哀愁。我只能顾着去读去写，却从没想好如何让文字安家落户。进城已几十年，内心似乎还停留在出生的那个山窝窝里，那个十里单骑去县城新华书店看书买书、拖鞋掉襻链条脱落的年代。

我的心境似乎尚未打开，城市的涵养似乎供给得不够充分。我看书和思考的语言，基本还是以方言为筋脉。看人看事待人接物，包括写文章，也还是最初所接受的泥土养分。我虽然工作过，但没完整看过一份合同，从没顶真过数字的高低。

我更信任一份口诺，一诺千金。信赖对面那个人，一言既出。我至今感佩的情分，还是肝胆相照，绿林好汉的把式。那些城市文明里的规范制约、条文条款，至今未完全替代最初所接受的乡约礼制——虽然里头有很多粗鄙成分，也有经不起推敲的构架。

一言以蔽，就是没与时俱进，还是老派过气的一副古道心肠。放在当下，按拙荆所言，就是还活在古早时候。我并未以此为傲、以此为荣，只是一直没有拔除或修葺这根植的底部，固守着这份愚钝。本来就是闭门造车，并未书写鸿篇巨制，却已经担心露了头脸，会影响我文字的内心坦白。

尚有一份顾虑，即是我诚心阅读时日不长，正经书写亦起步较晚。任性地坦陈了部分内心，或许也是牵强附会，离诚心正意还差一截。过于直白，不符合文字的美学表达。过于隐晦，又不够力气去驾驭分寸。笔下这些叽叽歪歪，就总觉得欠缺火候，是一锅不温不火的杂粮。不入法眼不入流，不够分量不够格。

还有一份胆怯，就是回头去修改。写字十余年，茸茸杂杂，竟也犹如山积。回头去看，竟有大半可以丢入垃圾篓。可又舍不得，虽然稚嫩，却总是当时的一份心境。要说修改，却是超越从头再来的分量。文字精练了，感情转淡了。那种不管不顾、信马由缰的劲头，回不去了。早已是前怕狼后怕虎。

顾虑多了，被审视的阴影浓重了。不是拿出去被编辑被读者审查，而是自己的阅读已经带了挑剔的眼光。那种自己鄙弃自身的念头，自然滋生出一份挫败。这是一份巨大的沮丧，推翻前路堵住后路的伤感油然而起。

因为从没受过肯定，甚至诚恳的批判，内心的悬浮，尚未找到落地的安置。在这个梦幻的魔都成活，于时代而论，于个体而言，均为一场奇迹。我从无咄咄逼人的自恃清高，也从未彻底地沉沦颓废。吃着一口七分饱的闲饭，没赋能众生，也未惊扰四邻，竟这么恬不知耻地活了下来。

我和拙荆愈来愈和气，从三十多岁起说要愈老愈爱，到头几年论谈打造老伴，两人已愈来愈相安，或者她已认栽认命，而我死皮赖脸。我心无大志，不符合她的人生观，可我与世无争与人为善，她可能亦找着些许补偿。有些在她那里无解的人事，在我这里得到了一份暂缓。

五子登科里，我排行最小，是个没叛逆过父兄的人——唯一的叛逆就是流浪，却也中规中矩。看着上面的故事和事故发生，不得已去思考，以沉默和懦弱面对。但内心有狂澜，甚至愤忿，我就到水库到河边散心，在有限的书籍里分心。少年与母亲相依为命，有相伴和心疼之意，有保护和呵护之愿。

从没立过要冲关冲天的大志，但想好了不从事不亲近的科目。即便职场多年，亦临阵脱逃了几次虚衔颁发，事了拂衣去。自认短缺了那份气概，但同侪同事关系，人缘还算不错。我无聊时，喜欢在裤腿上以指涂抹,有两个词不变,是“风花雪月”和“镜花水月”。我的网络签名，至今还是“疯话雪夜”。

风花雪月，可能代表犹疑的内心中，有一份胆怯的虚假浪漫。镜花水月，代表忧郁的体质里，所内含的空灵虚妄。我对人生向无把握，亦一直不喜欢硬邦邦冷冰冰的质地，更反对一切蛮横强硬。对于虚弱的虚空的虚妄的，却有一份内心的认识，试图给予一份同心同理同情。

我从未有过兼济天下的理想，但从小就有平复家庭风波的夙愿。几十年如一日耽溺其中，不堪重负。我的文字肌理紊乱，竟是些家事堪比国事的动荡、琐碎难以圆满的遗憾、爱恨的勾结、矛盾的交加。写得我气喘吁吁，因为我从未达成心愿，解决好这一大家子的纠缠揪扯。

屋檐下的事，向来对我纷繁困扰，于今未尽难息。白天怕接电话，晚上惊梦连连。头两年达至顶峰，母亲的病痛与逝去，使我心荒凉了半截，也衰老了全身。天花板没了，前世今生的秘密自此掩埋。内心的归依坍塌之后，我的天地愈来愈扁，我的路途亦愈来愈窄。当命途多舛，只剩下保命为上，剩余的春秋情事，则摊得更稀更薄。

我的电话还是静音，亦不想再去拧开音量，因为母亲的电话不再来。我和母亲的电话记录，存有三十篇。母亲的病况记录，留有九十篇。我和母亲的相处，往后在文字里安家落户。还有一场梦，就是安置好写下的那些文字，这与生命的追溯休戚相关。

我从来没有高企的巴望，只有卑微的念想。只要有口饭菜调养生息，有件得体衣衫保持体面，有一份文字记录身世，就这么不事声张地活着，就算是一路向阳。可是活着还得相依有伴，我从小没其他念头，就着心于文字——文字是我自始至终的敬仰，亦是和时间一起流逝的依归。

四处游荡，多方辗转，在孩子诞生的那个年头，我终于得偿所愿，与文字和孩子一起成长过来，让生命有了一份活泛的依据。我把江湖的那方印章，以麻布卷裹封藏，慢慢退却尘世扰攘，一头埋进厨房，学着炒菜做饭；一头埋进书中，参透人世，参悟生命。

孔子尊敬的蘧伯玉说，行年五十，而知四十九年之非。蘧伯玉曾派人来看孔子，孔子问他，夫子何为。来人回答说，夫子欲寡其过而未能也。是非是过，知罪知道。我在赎罪，也在宽宥。只是一步步，略显迟缓，甚至不得要领。

张九龄有诗，五十而无闻，古人深所疵。我行将半百，无声无名。不以为常，亦不以为异。不以为荣，亦不以为耻。我的今时今日，正是我当年所向。我参与了这个世界，所以悲悯苍生。我走过了这一趟，所以自我忧伤。

而今四九，却并未觉得通透，还有孩子气，也还会生闷气。但我生气之前，已知道会平息，亦懂得原谅。我平息的是对面，原谅的是自己。心疼对面明知故犯，心想他是能反省本心，然后能放下自责，不再重蹈覆辙；还是一如既往，并不能自知自治。我心疼他，而不是怪罪。

我至今没能定论生命的意义，或许至死不能，或许这生命本就无意。而我依旧那么贪生怕死，且死皮赖脸地活着。既已来过，所以眷恋。既已活过，所以贪生。我珍视所走的每一步，所说的每句话，所写的每个字，因为我来过。我亦反驳所走的任一步，所说的每句话，所写的每个字，因为我终究得离开。可我却还在走，还在说，还在写。既然还活着，我得有所表达，试图找到自己，然后再推翻。

2023 年 4 月 21 日

# 纸上苍生

“纵使文章惊海内，纸上苍生而已，似春水，干卿何事”。(龚自珍《金缕曲·癸酉秋出都述怀有赋》)。

渔樵江渚，岁晚青山。向无书房无书桌，殊文字烹饪于厨房，唯因此处可烟熏火燎。点燃一颗烟，即打开残篇断章，去掉些的地得了，摘下一句赘语，加几个急促字词，亦常销去整段整篇。错别字时有，文不对题处处，疮疤愈抠愈多。就像修复巨幅壁画，零碎修补，竟修补出一份自得其乐，时而自鸣得意起来。

烟燃烧完了，文思飘散，走笔随即截止，干别样去了。烟助文字气势，亦灭文字威风。神来了多划拉几下，气消了一字不提。往年初着文字，拉拉杂杂一肚子话。搬一板凳，置一座椅，人坐板凳上，电脑放在椅子上，就开始烟熏火燎恣意汪洋。那时三十五六岁，小女初来人间，我亦似骨节重生，意气风发了一阵。或许刚捉笔从文，内心燃烧一团火，大有把几十年灵内积压，一股脑倾翻之意。每日每夜记述，没日没夜书写。至今不敢回看，那些年借着仅余的年轻气盛，一日千里，到底涂抹了多少废话。

而今提笔忘情，难着一字，难着一字。为了记述，草率的急就章亦多。只因日夜读点写点，已成习惯。好似每天得抿一口，更好入睡。即便感冒发热牙齿疼，可以免去吃药，却禁不住口腹之欲，任那杯中尤物一饮而尽，方才乖乖解衣宽带，迷糊睡去。

全身的病痛，不可遏制地日益增多。鼻炎让清脆嗓音变成浑厚昏沉的共鸣腔。偏头疼是恼人的秋风，让人无法安心静神。常年熬夜，更是提前衰老，脱发厉害、容颜丧失、头面不清不爽，已不敢见人。向来注重仪容仪表，而今面目全非，着实使人黯然神伤。

头年酸溜溜写下两篇文字，一曰《耽美》，二曰《溺丑》，是对形容衰败的祭奠，也是对来日难期的祷告。朱颜辞镜花辞树，最是人间留不住。花荣树枯泪千行，人间迭代神黯伤。

我一直有个妄想，虽羞于启齿，却从未泯灭。那就是在三十岁活五十年，在四十岁活四十年，在五十岁活三十年，在六十岁亦可以活二十年，再别老去，别往老里去，无法承受之轻和重啊。而立可以不立，还有股后劲。不惑可以有惑，已有识别。天命可以不知，尚余一丝心力。逾矩而不越界，诚然已有分寸。何必古来之稀，谈何从心所欲。谁稀罕鹤发童颜，谁体会一身病痛。

同样问天借百年人生，可否在某个节点由命活着，别往老里去，容颜正好，体力尚健。余留点精气神面对天下苍生，以示尊重。残余些体力心力，做点力所能及事，尚有一丝剩余价值，没白吃白喝，不招人嫌弃。何必容颜憔悴了，没了体面见人。何必体力衰萎了，大门不出，二门不迈，也门庭冷落，无人光顾。何必心力交瘁了，关门闭户，念着祖宗的好，怨着后辈的歹，定要怀着一腔说亦说不得骂亦骂不出的怨气，独守终老，然后含恨离去，作别西山。

这份痴心妄想，大胆出格殊不可告人，犹如冶金炼丹，求取长生不老药。私下却守着这个秘密，夜不能寐之时，向上天无谓祷告。类似信徒匍匐前进，徒然相信有神在天，能感知心性虔诚，开恩降临福祉，以得偿所愿。好比我从不信神却怕黑，从未穷究哲学却信理。明知人体微不足道，只是一堆细胞一摊水。相比浩瀚，沧海一粟。相比太阳系，地球只是一颗星。相比银河系，太阳系是两千亿分之一。相比于宇宙，银河系漫游指南，望远镜放大无数倍，亦只是一个奇点。

我们和地球只有引力和电磁力，引力让人类别蹦跶太高，电磁力让万物有所亲近，却只能适可而止，不可穿插融合。暗物质穿透你，目睹你得到失去。暗能量吞噬你，感知你能量耗尽。那么历经漫漫长河至此，银河一星，星中一点，即便倏忽，又该当何罪？多有疏忽,又该作何为呢？又能作何为呢？怕是得如银河般照护星辰，如星光般点亮天地，如天地般照料万家灯火，如黑洞般应点燃爆，灿烂千阳，尔后灰焰散尽，复归黑洞。

功名须及早,岁月莫蹉跎。早年亦有名利心,一度着急。岑参说：“丈夫三十未富贵，安能终日守笔砚。”眼下没了那份急促，甚而忘了读书写字为何。亏了拙荆时常提醒，时而又复归一份茫然。她的瞩望能否实现,经年积累的文字将如何处置,不时亦扰乱平静心地。多年前承蒙屈奇大哥提携，得以集册成一薄书，不胜感激。那只是文字杯水，算来已时隔八年。不自量力多年，犹如使命般，不曾懈怠亦无意停歇。唯有亲书是惜时如金，只有写字为真正欢喜。天地鉴照，只缘身在此山中。子期何在，不识庐山真面目。

文章憎命达，魑魅喜人过。埋头故纸，所言多为落魄文人，郁郁不得其志。回看现世，所见宗师名师，这落魄沉沦，那浮云富贵，于我如雾里看花，亦莫衷一是。并非文人总清苦，而是诗人已作古；亦非文字已作践，而是文字须变现。任何时代都一样好好坏坏，众多行业均起起伏伏。总有业内高手做标杆和榜样，亦有民间艺人隐匿在穷乡僻壤。莫言时也命也，且道心也性也。沧海月明，鱼人泪成珠；蓝田日暖，向阳玉生烟。

活着就得，认几人亲密亲近，认一事亲力亲为。认了人，就得认清和认可。认了事，就得认定和认真。一根筋下去哪怕青筋暴露，一条道到黑即便死乞白赖。要追溯起源或有缘由，若追求结果必无定数。往前推因缘际会，往后看因果轮回。你的今朝是明日黄花飘零成泥，你的明天是今天点滴汇聚成流。灾降自己是咎由自取，祸到他人是隔靴搔痒。福兮祸兮是割肉而疼，祸兮福兮是饱腹而撑。谁也不愿向死而生，只因世事荼蘼眷恋相伴。谁都乞求死后重生，偏偏哲学宗教言语夹生。要活不得要领，偏偏怕死贪生。要死不能超生，徒念来世前生。利益要求此生得，名誉追到身后留。这天下事，一桩桩一件件，没那么便宜。

我就像文字堆里的老黄牛，兀兀穷年，勤耕慢耘。自有劳心劳力，亦有欢情欢喜。斗室之内，四下散乱着书籍，我像个穷凶极恶的暴徒，恨不得一口吞下。只是年岁渐长，心力衰萎，读书乐趣早已盖不过精神委顿。这头老黄牛经不起鞭策，只能慢着性子步步挪移。好在这一亩三分是自留地，没有税负，犁耙多少算多少，收成几分算几分。别人不惜自家不弃，就这样弓身低头，一犁一耙往前推拉。指不定哪天，阡陌交错穿林打叶处，站着个一蓑烟雨任平生，山头斜照却相迎。归去，也无风雨也无晴。

文学需要安静，新闻需要热闹。福克纳称文学创作是世界上最孤寂的职业。周国平说写作，如同遇难者在大海上挣扎，永远是孤军奋战，自己扑腾，谁也无法帮助。遇难海域仅属于自己，必须自救，外界喧哗只会导致他的沉没。文人孤独，书看多了，这世界才多了同谋。心里的话有来处，思想有出处，这也是手不释卷的凭据。回头又觉得自己不配，对自己奉为圭臬的坚持，因不见出头天，总缺乏一份笃定。相距无须外界肯定的纯粹，还差一截心境。这份卑微情绪，不分春秋不论晨昏袭来，怀疑自己的文字一文不值。

可这是心头好，别无他择，亦不做另选。一生拉拉长，干了很多傻事杂事。傻事不自觉，杂事不得已。干着干着，就把一生干成了半世。始觉得不能这么傻干，时日不多。最好亦别鸡零狗碎地蛮干胡干，太耽误工夫。余力不足了，得留点心力，注入自觉值得的人事；得铆足劲，倾心于兴趣所在。较真起来，百年时间，掐头去尾，再添无谓消耗，已所剩无几。

杜甫从长安到华州到秦州到同谷，再拖家携口翻山越岭，过龙门阁剑门鹿头山到成都。从 759 年至 765 年，他陆续在成都待了五年时间，为躲避吐蕃入侵还到梓州阆州住过一阵。又在夔州住了两年。此时，他已经身染重疾，有肺病和糖尿病，左耳亦失聪了。但看古来盛名下，终日坎壈缠其身。我们生在逐日向好的太平盛世，没有战乱流离，何其幸运。虽言国家不幸诗人幸，可换了谁也宁愿文章腐朽，而世道清明。我写了一堆没皮没骨的东西不能现世，或许是我等的幸运。我之卑微不幸放之四海，沧海一粟罢了，何足挂齿。

2021 年 12 月 11 日

# 白云红叶

归田终寂寂，行世且浮浮。巴金说自己写文章，不是想做作家，而是一肚子话想吐出来。生活里的感受，只能由自己写自己说，不能找别人帮忙。朝云说苏东坡，是一肚皮不合时宜，随性情吐露出来，成了千古不朽篇章。巴金对青年作家的期望，是有勇气和良心，有才华和责任，不为名利，也不看风向行情。他说得对，我听着亦对，可总有人，总有时，总感觉哪里不对。

推想自己，应该也是一肚子废话，需要借助文字得以宣泄涂抹。初为爱好，中随欢喜，后成习惯，一份坚持伴着苦乐参半。三十五岁时，不再犹豫不再延误，毅然出离江湖，宦途自此心长别，世事从今口不言，决然回归自清自闲。是为小女成命，亦为文字待命。毅然拎着半桶墨水，握着一根管毫，随意泼洒起来。持之至今，早已融入日常之中。守望至此，再难弃笔命途之外。无心寻觅伯乐，不敢劳烦投寄。无胆进出书局，无颜面见编辑，却也未曾懈怠。夙兴夜寐，耕耘于烟酒云雾及茶饭缝隙之中。点滴打捞，涓流汇溪，劳劳勤年，碌碌终岁，竟亦集腋成裘，积少成多。

到底书写了什么，载道又为何，竟亦相问无以作答，赘言无以尽述。非要做一笼统概述，怕是心事难言言难尽，抑郁成疾疾成欢。除非小说虚构推理，可以设计结构大纲。大抵日常所事所为，昔年所经所历，终究能从文字的脚印里，探寻出心思蛛丝与行踪马迹。所有文字出来，逃脱不了历史的沉重、时代的影照、经历的沉疴、经验的包袱。正如诸多作家，往往有条幽径，从内心通往故乡。爱玲出离上海，萧红逃离呼兰。莫言回去高密，兆言留守南京。梁鸿进出梁庄，鲁迅回顾绍兴，老舍记述北平。国外作家，亦不乏枚举，无非他乡即故乡，故乡已他乡。而内心最柔软处，依旧无法抹除故土那山丘和小溪，依旧留念那曙色与残阳。

而我对着故乡，至今无颜面见。高德离乡之路，跋山涉水，从物理距离而言，已千里之外。百度回乡之旅，暧昧不清，从心理时空来说，于方寸之间。从不曾遗忘，亦眷恋淡然（十年前拆除）。或许血脉遗传的客家人客家心，总有一份动荡不安的离愁别绪。故乡的荆棘里，埋着成长的脚印，也藏着祖先的密码。或许少年横逆，所逃离的那份遗恨，让我迟迟不敢动笔回望。或许年岁未到，再腐朽老去，故乡会由朦胧愈见清晰，由曲径通幽转折叶落归根。而今当下，唯独让我惦记与感怀的，是后来所遇的新人后辈。一再缅怀与思念的，是我出生以来所见的家人长辈。

四位长辈，仅剩老母瘫痪在床。爷爷奶奶，还有老父，先后作古。我看着他们死去，无能为力。自己亦在慢慢老去，开始力不从心。爷爷是最疼我们的人，也是我们的最爱，没齿不忘；在我的文字漂移里，却一再缺席。流浪年间，书写过一份简单文字，至今整整三十年，留存还在。我却觉得对爷爷语焉不详言犹未尽。他打心眼里爱我们，我们也深爱着他，我却把这份迟到的纪念，留存于心而未付诸笔端。对奶奶同样如此，虽然管教铁面无私，由于偏袒老父的作为，甚至生出诸多旁枝错节，让孙辈们滋生横逆，甚至有过厌恨。这些都说来话长，牵涉太多，一时难以言尽。但对奶奶的怀念，同样日久弥深。

可怜天鉴如老父，迄今留有几万字的草率陈述，试图厘清父子关系。是为一份怀念，亦做一份和解。父亲已过世十年，这一切是我内心对他的祭奠。虽不至言无不尽，却已试着走近他的成长，设身他的处境，走进他的内心，理解他的无奈。爷儿俩的这份沟通，并非他活着时心无芥蒂的面对面交流，而是他逝去后，我个人试图进入他内心深处的一种平心静气的将心比心，一种年龄到此的换位思考。我没有像哥哥们那样去怨恨过，亦并无过多情结作祟。算起来，我跟父亲接触甚少亲热有限。作为幼儿也未曾经历过老父的暴力与撕扯，只是作为旁观者有过害怕与恐惧。父亲与哥哥们的明火执仗，与老母的情爱恩仇，以及家室内无时不在的隐约对立与纠缠，暗示的生离与死别，我并未缺席且深陷其中。我一生的情性与归向，均受制于此，并且费尽一生，亦难走出困境，而得以缓解。

这是我一生的疼痛，却无从说清起头终结，毕生亦不可掰扯明白。即便这么多年，借用文字东拉西扯，亦只涂抹个浅层浮面。倘若写小说，或许模拟一篇红楼水浒，不足以概述门庭故事里的一枝半叶。人性的冗杂和事故的离奇，永远超出叙事者的笔墨和阅读者的想象。而家族家室内的故事和事故，比红楼逊色，没水浒痛快，却亦充斥着紧张与纠葛，弥漫着恐惧与不安，成了今生今世难逃的劫数。

想来这是一切文学人性的悲哀，人文不分是文人普遍归宿，但凡以文字才华显世的，经历难免被翻晒出来，翻尸倒骨尽挑忧伤愁绪部分来陈述。费雯·丽和克洛岱尔疯了，伍尔夫投河自尽，普拉斯开煤气自尽，邓肯风流且死于非命，奥斯丁终生未嫁，嘉宝隐居又是同性恋。上场传奇，下场凄惨。究竟未知是才华带来了噩运，还是噩运使才华得以名世。也许才华之于文者，本身就是一个魔咒。区区如吾并无光耀之华，无非一颗郁郁之心，乞求在文字里，得到稍许疏解。

说出来的话，要么直击人心，要么随风云散。说完痛快了，随后一箩筐的车轱辘话，只是废话，变不成神话，犹如天边的云，溪边的水。而落下笔头的文字，犹如泥巴稻草混合砌成墙，凝固下来撑成了一座房。房屋可以住人，文章可以安心。一个人说的话很多，唾沫星子飞溅而飘散。孔子和弟子说的话，集成册子成了《论语》。我说的话，泼出去的水，落下的字，只是万里命途的一次流离。

白云山，红叶树，阅尽兴亡，一似朝还暮。多事夕阳芳草渡，潮落潮生，还送人来去。众生如何挣扎奔忙，也终究人寿有尽，得失有数。所见只有江河流淌无尽，命运轮回无数。人生如此，文字如此，芸芸众众，最终被时间掩埋了去。少数文学符号灿烂星河，多数人生行迹风雨烟尘。即便如此，这人生百年，终究还是作古隐没。而文字蒙尘，索隐总有可能。

乐游原上清秋节，咸阳古道音尘绝。举头望山月，古来圣贤皆寂寞。李白爱热闹，死去后文集却以未完成姿态留世，甚至无人给他好好写个序，或者题个墓志铭。有不幸者，也有有幸人。柳宗元的墓志铭是韩愈所写，白居易元稹互写文集序。杜牧大半夜被叫起来,为李贺写了《李长吉歌诗叙》,他俩并不熟。最潦倒落魄如杜甫，由孙子请求当时名人元稹写了墓志铭，虽然晚了四十三年。而元稹的墓志铭，则由好友白居易执笔，润笔建成了乐天园。

或许，人竭尽全力的追求，与命运漫不经心的指向，总是南辕北辙。最有资格为李白写序写铭的杜甫，同时也在流离战祸中。鸿雁几时到，江湖秋水多。音信不通时，吃橡树果吃野栗子充饥时，杜甫也未曾停止怀李白，文章憎命达，魑魅喜人过。孰云网恢恢，将老身反累。千秋万岁名，寂寞身后事。遥寄李十二白，笔落惊风雨，诗成泣鬼神。老吟秋月下，病起暮江滨。自古英雄多磨难，从来相惜知音人。

蔡国强说自己是个怕死的人，怕自己死，也怕奶奶死——这是他很小就对死亡充满恐惧和思考的缘由。家门口时有葬礼经过，吹着唢呐喇叭。这种怕死，是儿时的秘密和折磨，是一直寻找看不见的世界和对超越死亡恐惧的通道。艺术家在柔顺丝绸上，炸出牡丹花的兴旺与衰败。他没想到画到腐朽更动心,画到萎靡更灵魂出窍。这让他觉得，活着或许是一场梦，而衰萎才是本源和永在。宇宙万物，看得见的微乎其微，看不见的暗物质暗能量才是大头。

江山风月无常主，闲者或许是主人，是为通脱。天地为一朝，万期为须臾，这是自在。欣于所遇，暂得于己，此乃自得。乐琴书以消忧，或是安乐。妙处总在问答之外，灵犀相通在不可言说之处。勘破兴衰究竟，人我得失冰消。阅尽寂寞繁华，豪杰心肠也灰冷。这耳目口鼻啊，皆无知识之辈，劳心做主人。身体发肤呢，总有腐坏之时，要留个名相称后世。黄永玉说，他死了冲马桶去，或撒向大海，莫留骨灰，和那帮孤魂野鬼在一起，自由自在。真要想我，看看天看看云。

人常想病时，泽尘心变减。人长想死时，道念则自生。自从六岁晓得死这回事，无一日不在心间浮泛。大清早是这个概念把我拽起来，莫负年月。大晚上是这件事提醒我，虽说死是万年沉睡，当下亦得早早睡去，以尊重生命和自然规律。以死为参照，活着才算有依据。不然，迟早要死，何必苦苦活着。

作家刘以鬯曾经说过，他的创作有时是娱人，有时是娱己。娱人为了生存，娱己为了艺术。这话可以理解，但不一定合理。文字作为生存手段可取但难取，只有少数人实现。倚诗为活计，从古多无肥。恶诗皆得官，好诗空抱山。纯为娱己，这艺术也不值当，务必有赡养艺术的门道。同时文字生产出来，肯定希望更多人喜闻乐见，得乐得益，得道得欣赏，作者才更得意。

我有个明朝老乡，五次进京赶考当了炮灰，胸有凌云志，也只能苟且县城教谕。但他始终不甘，没日没夜地书写，五十上下，写好了一本书。他告诉世人，伤哉，贫也。欲购奇考证，而乏洛下之资。欲招致同人商略贋真，而缺陈思之馆。随其孤陋见闻，藏诸方寸而写之，岂有当哉。大意是没钱买资料，没同仁相商，只能写成这样，多有遗憾。还好他有个朋友涂伯聚，帮他把书印刷出版了。那一年是1637年，明朝就快到头了。这本书就是宋应星的《天工开物》，同年欧洲出版了笛卡尔的《方法论》。

好玩的是由于明清易代，没得到重视，这本书在中国消失近三百年。它被翻译成十二国语言，传播海外，直接推动了欧洲农业革命。日本还流行过富国济民的开物之学，将此奉为植产兴业的指南。直到民国时期，这本书才通过日本版本，回归故里，让国人知道我们还有这么一部书。

“隐逸林中无荣辱，道义路上无炎凉。”

“文章是山水化境，富贵乃烟云幻形。”

2021年11月20日

# 读书何用

读《书》而知先贤治政之本，知朝代兴废之由，知个人修身之要。国际《尚书》学会会长钱宗武，在回答《书》为何而读时，给出了这个答案。这类似于李世民的正衣冠、知更替、明得失之说。

按弗洛伊德的说法，创作是欲望受了压抑后在一种象征里的满足，所以创作与梦同工同酬。厨川白村写的《苦闷的象征》，即根据于此。阿德勒又加了一个补偿说，即自我在很多方面有缺陷，得找个地方求胜于人，以为补偿。好比周游不顺的孔子，遭遇不平的屈原韩非，肢体受难的左丘孙膑。而司马迁更是意有所郁结，不得通其道，故述往事、思来者。

安顿下来读书，是心慕至久、半路截道的事。如溺水沉沦其中，愈读愈不能自拔了。其一是好书太多，读不完，无暇顾及其他了。其二是愈读书，愈与书中气息合拍，沉溺其中，不愿再迷幻于浊世，苟且偷生。世说的书呆子，恐怕就是指这个人，已融不进蒸腾的生活，只沉湎于文字及内心世界去了。

伺候于公卿之门，奔走于形势之途，足将进而趑趄，口将言而嗫嚅，处秽污而不羞，触刑辟而诛戮，侥幸于万一，老死而后止者，其于为人，贤不肖何如也。韩愈跟李翊说了这么一番话，或许读书人也这么想。不想蹚浊世浑水，得失寸心知，尽量洁身自好，读书写字不失为一种活法。

陶潜做避世翁，关于忍受穷困、安贫乐道，说了好多。萧索空宇中，了无一可悦。历览千载书，时时见遗烈。高操非所攀，谬得固穷节。不赖固穷节，百世当谁传。竟抱固穷节，饥寒饱所更。谁云固穷难，邈哉此前修。宁固穷以济意，不委屈而累己。贫富常交战，道胜无戚颜。安贫乐道，是需要说服自己的。这个过程，时有反复，却不足以动摇。

陶渊明并非一开始便安心田园牧歌。历经晋、桓温桓玄、刘裕三朝跌宕（桓玄自立了个短命楚），他进进出出，出山又回乡，采菊东篱又出仕京城县里。理想比重小，顾及一大家子的生计成分大，但都不顺心不如意。影响他最大的，一是外祖父孟嘉，一是孟嘉女婿陶侃。儒道思想都有，儒家在前并贯穿一生，道家后来更重。在刘裕打败桓玄、建宋以后，彻底悠然向南山。

我不出仕，做不了那份工。那套系统语言，五行里天生缺了。想过早日实现衣食不愁，不为那五斗费时费心。沉浮混迹了多年，终被自己性格里的短缺耽误。一度进进退退，一再摇摇晃晃，折磨得够呛。自忖没法更进一步，也无能解决后顾之忧，只好决意作罢。我告诉自己时不我待了，该收手了，别两头耽搁。到衰老时回头，悔青肠子的不是资财积累多少，而是能留下一点什么。遂赶紧收拾一下，一头扎进书海里去了。

读书至今，还没到正襟危坐地步。随意性大，点菜单似的，点到哪本读哪本，没在系统上拉根线，在结构上牵条绳。单纯喜欢置身于书堆环绕，好比一堆思想家，蓄积一堆灿烂思想，光照温和着家徒四壁。好比行走在书山文路，沉浸于今古中外的人文风景里，误入花丛，或独辟蹊径，获得不可比拟的一时得意，无与伦比的一阵欢喜。

好是好在偷了欢，差是差在偷得有丝慌乱。因为没在文字类别里纵深推进，或在文学门类内下足功夫，写下的多数文字，也就很是零散浅薄。当然，不正襟危坐，也还是坐了下来。各样杂书，如是各色人等，都有着灵与肉；如同各面人物，都有着情与义。乐乎悲乎，陪着度年如日。这么些日日夜夜，这样过觉着没白过。

眼下是放了些时间，洗心革面亲近古人古文，诚心正意咂摸古诗古词。知道它们铁定都在，所以一度束之高阁。并非以前不爱、而今更喜欢，只是时间到了，心思到了，拍拍灰尘，就取下来了。再过千年，它们还是那么老，老而弥新。而我老了就老了，再老就更吃力了，时不我待。

没有阅读的童子功，是个没法弥补的缺憾。而今再来补课，确乎有些迟，体力多有不支，啃书感觉到吃力。早前是唱歌一样，能读能背，不作甚解，恰恰符合诗歌本意。而今拾遗补阙，理解深透一些，记忆力则下降，过目就忘，好似水上漂无痕，从没捧过那本书。

匍匐在文字堆里，应知为宿命。为生计谋时，到底磨蹭了些好光阴。诚心正意坐下来，还是起步太晚。而今想把整个身心扑进去，力有不逮了。经典古典，涉足都少，说来觉得羞耻。愈来愈多的名篇推荐，也来不及涉猎。垂风于世的文字，浅尝辄止都谈不上。越搜书，发现好书越多。越看书，觉得读书越少。苏格拉底说，人最大的知就是知道自己的无知，这绝非道德上的谦逊，而是情感上的深切感受。或许读书人都有这个感慨，着急完之后，也只能按部就班地来。

不管古书还是近现代的书，都会先看作家生卒年月，会关心他们活了多长时间。这是个怪毛病，却很执着。跟谁同一个时代，他们见过面有交情吗？一起参与过什么重大事件呢？他们在当时是侧身政治舞台，还是旁观时代生态？是困惑于生不逢时，还是最后死不瞑目？艺术来自生活并高于生活，思想印证时代也超越时代。他们的经历是得意还是失意，把握住的和错失过的，都值得一并留意。都写过些什么，这当然是最在意的。读过这一本，就荡漾开来，延伸着阅读。遇到心仪的作者心动的书，如获至宝。好似看见合胃口的美味佳肴，恨不得狼吞虎咽，又舍不得一口吃完。就像是手有余粮，心有窃喜。深入看下去，就知道代际的承接、派别之间的勾连、人物之间的过从。

很多朝代有双子星，或群星璀璨。好比谢灵运和鲍照，北边还有庾信。有刘柳有元白还有刘白，因为白居易活得长。汉高祖没文化，也有两首诗霸气留世。隋炀帝和李世民也写过诗，乾隆写得最多，没佳作而已。萧衍、萧统很有才，慈禧太后也写过一首。还有《孔雀东南飞》，孤身只影飞跃乐府。《春江花月夜》，情景交融，天人合一，张若虚孤篇横绝，盖压全唐，光耀唐诗的灿烂星空。怕是苏东坡《赤壁赋》，犹不及也。

读史书少，历史烟尘就淡，纷呈不明，历史感则轻薄。人要三观，还得添个历史观，才能通透世事生死。先亲近古典，再走近经典。看多少算多少，总归开了头。有了这份意思，还是嫌弃自己走得慢。要是从童蒙稚子开始阅读，只怕能多读些，记得牢固一些。

时而会生出罪不可赦的感觉，早年间靡费太多，为何没着急，见缝插针多读书，忙里偷闲去亲近文字。总以为往后还有时间，没想到精力去而心趣失。到了今时今日，感慨良辰美景渐少，疲倦怠慢偏多。如此多的佳文美篇，该如何抉择，让人头大。虽非趋步专业考究，亦不作震古烁今之文，总该多读点多写点为好。

每读书则有引申，逢阅卷殊有延接，就觉得以前知乎贫乏，阅览贫贱了。完成任务式，累积书山式的阅读，乐趣会退减。而现在补课式的填充，难免赶鸭子上架。诸多病痛缠身，致使没法大块头阅读，长时间安心静坐。捧书手臂会酸麻，埋首颈椎也疼痛。看不多时，得起来缓缓劲，不然受不了。以前头疼历史古典，不爱大部头经典，感觉太重，于是阅读偏轻。而今年纪到了，历史感沉重，身体却不堪负荷，去搬动那些大砖头大家伙。

泛览周王传，流观山海图。俯仰终宇宙，不乐复何如。每有会意，便欣然忘食。常著文章自娱，颇示己志。忘怀得失，以此自终。不戚戚于贫贱，不汲汲于富贵。其言兹若人之俦乎。衔觞赋诗，以乐其志。陶潜避世翁的境界，虽向往之，而不能至也。能领会一心半意，到底是追随不及的人格。

五柳先生《饮酒》诗序："余闲居寡欢，兼比夜已长，偶有名酒，无夕不饮，顾影独尽，忽焉复醉。既醉之后，辄题数句自娱。纸墨遂多，辞无诠次，聊命故人书之，以为欢笑尔。”浅层表象里自视，倒有几分这个意思，晚来静寂的夜色下，有个人影晃动在厨房。实质内涵里自测，我没有苏东坡晚年试图和完陶诗的才气与决心。庶几做到了一分以假乱真，那就是“忽与觞一酒，日夕欢自持”。

与其有誉于其前，孰若无毁于其后。与其有乐于身，孰若无忧于其心。车服不维，刀锯不加，理乱不知，黜陟不闻。大丈夫不遇于时者之所为也，我则行之。寻文欢作字乐，乐在其中。司马迁究天人之际，通古今之变，成一家之言。草创未就，会遭此衰老病身，惜其不成哪。

读书写字我是认了个真，可叹的是天资不足天赋不够，到底是没建立体系，更无多少自信，也不敢自荐。就当打发日子，也没荒废了岁月，即便亦没那么纯净。拉拉杂杂写了些，想着总有一天能见天日，有几人见得着，有几人读得到，还是写字人的指望吧。就怕一番心思半世心苦埋没人世，一勺理想半桶思想付之流水。有人念个好当然高兴，多人共份情岂不皆大欢喜，没白费力气啊。我的阅读我的涂抹，是我的心血啊，我的日子我的时间，是我的生命哪。

以上是醉话，莫要如此苦情悲观。假若见不得人，面不了世，就像李白杜甫、刘柳元白一样，还得托付人。而今网络密布，文字注定远水不解近渴。无人不是记者主播、新闻即成旧闻的时代，文字不新鲜，思想难厚重。早前没几个人写字，写出来没几个能出来，出来以后到达眼前，已跋山涉水，看见的人也不多。写字的人很神圣，读书的人也不卑微。共鸣共情以后，文字在心里留下烙印很深。那时没那么多零散娱乐，读书是少有的崇高乐趣。

耐心读写已是极品，等待赏识已是奢侈。都是段子手了，你的幽默就成了笑话。追究的是流量，你却讲究酒量。追慕的是爆款爆火爆炸爆裂，你却还在轻拢慢捻抹复挑。都能露面说话，都出来卖力吆喝了，你还在文绉绉的文言文注解，这就成了甲骨龟壳，成了老白字先生了。固执所写的东西，不是过时过气，而是落笔之前，即已过期作废了。是老古板老学究，是守墓派青铜碑。没人这么玩还这么自嗨，无异于玩火自焚，焚心以火了。茫茫人海里，已无人抬头仰望那颗闪亮的星。而你的烟火，在点燃之后，只怕是灰飞烟灭，成了昨夜星辰昨夜风。

“所以隐忍苟活，幽于粪土之中而不辞者，恨私心有所不尽，鄙陋没世，而文采不表于后也。古者富贵而名摩灭，不可胜记，唯倜傥非常之人称焉。”这段话来自《报任安书》。文字注定跟寂寞相关，最难为怀的则是，“前不见古人，后不见来者。念天地之悠悠，独怆然而泪下”的时候了。所以司马迁，只好自托于无能之辞，思垂空文以自见了。

“严冬永留，春气不至，生其躯壳，死其精魂，其人虽生，而人生之道失。文章不用之用，其在斯乎。”闻鲁迅说的话，作此文乱曰。

2021 年 12 月 21 日

# 荷叶梧桐

弦扣打开，心口松开，半生积攒的挫败，如蚕豆般散落。跌坐于岁月尽头，沮丧认识到，这一生非但无能亲近幸福，甚至不配沦为不幸。半生里战战兢兢活着，回避着不幸的到来，龌龊偏偏如不速之客不约自至。

没有一天不在提防忧虑，在克制沉默中祈祷庆幸，在崩塌中承接意外。屈从于恐惧，隐藏着厌恶，躲进毫无意义的劳心劳力中，祈盼这不可言说的一切，尽早过去；然后在忍受中习惯，在习惯中击穿虚弱的心理。

再也绷不住时，蹲在墙角捂着脸，号啕大哭一场，像是做错事的孩子，由苍天看着自惭无力的影子在摇晃。满脸褶子纵横交错着微光，深渊般的寂寥，好似再也见不到明亮。以百年丈量的孤独，预示着终老的寂寞。我该如何以孱弱身心，提防着不期而至，抵挡着必定到来。

不愿在深夜沉沉睡去，亦不敢在白天轻易醒来。无界的悲伤过于沉重，我怕梦薄承受不起，转身就碎了。最怕烈阳底下微尘太烫，活着的仅存阳气，因那些经年累月无解的难题，卷进一膛难以熄灭的火焰，噼里啪啦焚身以火，瞬时燃烧成灰烬。

到这个年纪，经历这些个事，成了谨小慎微的人，是哭让本该老成持重的面孔再次狂乱迷离。浑浊的眼泪变得廉价卑贱，引而不发又随时随地。压抑抵着手心，欲图堵住隔墙有耳。终于懂了深藏不露，吝啬得不让人洞察，廉价得不让人抓现。污浊老泪，浓缩着中年人的伤痛，点滴疏离，掏心掏肺穿过那条时光长巷。

泪水混合着糊涂话，荷叶梧桐或许心知肚明，野草野花或许听过算过。泪水雨水合流而下，洗刷着内心的忧伤与愤懑。历经抽搐般的痉挛、失血般的颤抖、削筋剔骨般的解剖，浑身上下五脏六腑得以重组，如若死去一次重生一回。好似放下千斤重，再也不能承受尘埃之轻。

抱头痛哭是久违的半截痛快，滴答淋漓。欢笑需要肆无忌惮，但悲痛很难旁若无人。往往强制堵截在内心深处，不让高阳夏花来打扰，也无法干净利落得以澄清。唯有蹲在蛛网密布的墙角，像一只受伤的野兽，趴着舔舐这黏糊糊的伤口。

千帆过尽，尚未看尽落木萧萧。所闻诡异所作荒谬，却不能对世界还以颜色，不能有过多表情，擅自挤眉弄眼做鬼脸。天生过于懦弱不够强悍，不具备摧毁固有的力量，却又敏感多虑，不能油盐不进，不可天真无邪，内心塞满困惑与不解，还得随时选择原谅与宽宥。

没有别的选择，没有更妥当的转移。我只有慈眉善目地恐惧，欲盖弥彰地无措，以青黄不接的精神，迎接不期而遇的迷障。历经沧桑而不失本性，久经沙场而不失良善，途经僵局而静默无语。我得安排好众生，让他们各取所需各负其责。我得安顿好自己，让自己继续苟同接着苟且。

就像每一座寺庙，只是精致构建的虚无。一把锁空虚无意识，锁着山间庙门。佛像貌似俯视着众生，实则望向空洞。蒲团入座的不是膝盖，是自私的妄念，是多余的祈祷。四周冷清深沉，千年古树，投下往复迁徙的阴影。一口千年古井，积淀着浓重不变的黑暗。就像美的到来总是那么迟钝，而破碎的到来总是那么猝不及防。

我不敢踅进寺庙，也分不清菩萨的管辖范围，不懂得众神到底所施何予，亦不知众生所求何为。我只无声念了几句呻吟语，聊以打发。所谓人为善，福虽未至，祸已远离。人为恶，祸虽未至，福已远离。所谓行善之人，如春园之草，不见其长，日有所增。作恶之人，如磨刀之石，不见其损，日有所亏。碎碎念念，如老者叨叨。

我日夜呻吟，不是牢骚满腹，不是念佛念经，无非自警自责。福祸无门总在心。作恶之可怕，不在被人发现，而在于自己知道。行善之可嘉，不在别人夸赞，而在于自己安详。一个人所作所为，并非人前的德行、人前的模样，而是只有上苍与你孤独同在时，你到底干了些什么。

我常常自责，我的愤怒莫名其妙。我不大容易宽恕自己，上苍也就没放过自己。我却不得不低头，日夜劝说自己去宽宥这个世界。我觉得内心沉积着一堆龌龊，一再清理而不得干净。可总有人不懂环保，把垃圾丢到别人家门口，还宣称他们没到过这里。于是垃圾又堆积如山，又得如环卫工人，日夜清扫。

我时时怀疑自己活着的意义，因为不合时宜。把时间拉长来看，人和人其实是无关紧要的。即便最亲近的人，更别说你嗤之以鼻的杂碎。可你还得与他们相处，从实事到事实，从虚伪到心思，不离不弃扎扎实实耗完这一生。你以哲学思维，无法解释清明。你以宗教思想，无法清空障碍。有帮人就像蚊子遇见光，就像苍蝇闻着甜。

原来你下凡人间，就着了世相。这相还不单是你本身，还有诸多影子重叠。这影子是与生俱来的跟随，咬住不放。这说明你到了这个世界，有些貌相是天生附着，有些镜像是如影随形。如此一来，便甩不掉逃不脱，犹如命里一枝花，枯荣有时不知几时。

你得接受这一切龌龊肮脏，就像你已经接受过美好。人生如一笔买卖的话，你不能只赚不亏——那你太贪心太贪得无厌。你还知道愤怒，说明你还过得下去，你的买卖只是时起时落而已。你还懂得大哭一场，说明你还懂得自救，你生命里的应急开关，还在自启自闭，还知道逃生的通道在明暗交界处。

哀莫大于心死。人最怕心如止水，心如死灰。那个愤怒的人不怕，他只是没辙了，没找到安全通道，只好暴跳如雷，企图冲开那条锁骨的喉道，以最大最激烈的力量，逃出生天，不然要气绝身亡。而那个面如死灰、心如止水的人，如坐禅一样，置身于水深火热之中，依旧脸不改色心不跳，那早已超越菩萨，如入无人之境，如入化外之境。

2022 年 3 月 5 日

# 后　记

我对作家存有敬畏之心，这是一个人的工种，是青灯枯坐的作业。读了他们的书之后，就在内心把作家当作了可以交心的老友。这次自己出书，就冒出来一份虚荣心，本想请某位大家给我写篇序言，以增加本书的厚重。可惜这是我的单相思，我跟他们素不相识也从无交情，赐墨也就无从谈起。打消这个念头之后，只好在出版之际，自己再涂鸦几个字，也算增加了本书的厚度。

人类大抵有两层世界：一层是睁开眼面对的日常世界，包括你在世人面前所展示的一份面相；一层是不为人道的内心世界，这层世界很深，深到自己都不太了解。以文字作陪的人，大抵不喜欢在第一层世界抛头露面，却喜欢在内心世界里兴风作浪，以文字来作剖析作反省，寻找一份笃定的答案，或提出一个虚无的问题。文字是有性情的，有时候不留情面，有时候含蓄内敛，但都表达了一份情绪，一种看法，一种观点。

文字袒露了部分不便与人道的内心深处，却也不尽然。这本书收录的文章，是我这三年来动荡不安的心思。有人事的困顿，有心事的困惑，有病情的无奈，有感情的无助，有情不自禁的悲从中来，有情难自控的愤怒忧伤。好在有文字作陪，有文字不离不弃。我在现实面前低眉顺眼的时候，就躲进文字里嚣张跋扈一回。这能让沉淀的污浊之气得以疏通，让沉闷的心理得到稍许缓解。文字犹如一盏明灯，烛照着内心的不明之处，陪我度过难熬的时候。

文字无疑是暂时的避难所，以文字垒起一座藏身的城堡，以便从这里寻找一条逃生通道。我这三年，是在寓居城市和出生城镇来回奔波的三年，是以医院为家的三年，是母亲被病痛折磨受苦遭罪的三年，也是我个人死去活来的三年。时空被病菌占据，身心被病魔包裹。生命最终要被时间打败，遗留的心有余悸，需要更多的时间来修复，而修复的过程中，伴有新的伤痕出来，也蕴含新的生机。

记性最好的可能是人类，忘性最大的也是。我们记得最久的是苦难，忘记最快的也是。所谓好了伤疤忘了痛，这或许是人类自救自赎的应急机制，不然如何继续苟且偷生下去。文字没什么大用，只是记下了短期的悲欢聚散和长期的苦难深重。历史需要铭记，帝王将相的朝代更替需要司马迁和司马光，黎民苍生的生老病死背后，有无数的佚名者和无名氏。

记录下这份情绪和心思又有什么用呢？也没什么用，时代的一个哈欠而已，聊以自慰罢了。走的走了来的来了，去的去了留的留下。你来我往迎来送往本就是人生的悲欢离合，辞旧迎新喜新厌旧本就是人性的阴晴圆缺。悲伤不宜太久，太久了受不了，还得活啊。得意不可忘形，忘形了兜不住，还得过啊。只是相伴而生的这一切人事，就像时间一样，来了不可复返，去了不可重来。是新人笑陪着旧人哭，还是红彤彤映照白茫茫呢？这人世间永远充满着希望，这生命从来是向死而生。

我的文字看上去不太体面，因为往往不留情面。嘴里说不出来的，在文字里我可以恣意妄为一把。话里话外需要含蓄收敛的，在文字里我可以肆无忌惮一针见血。文字是排列组合的游戏，也不缺有感而发的真诚。文字是结巴的又是顺溜的，文字里的悲欣交集，是你的也是我的。

一部书好比一张专辑，并非每首歌都动听，也有滥竽充数，连自己都看不下去的蹩脚货色。但只要有些篇章打动了你，有几句话感动过你，作者和读者之间就形成了同频共振，这就是所谓的知音和共鸣。文字里并非全是阳春白雪，你将会看到纠缠不清的情感，看到人性的阴暗面。而作者有时是虚弱无力的，文字也是匮乏窘迫的，说一千道一万，文字所表达的情绪难免偏激，所抱持的见解也难免充满了偏见。文字所传达的意思实在是有限，甚至捉襟见肘，而点到为止又恰恰是文章该有的风度襟怀。有一句形而上的话说，文字脱口而出便偏离了其本来的意思。

这一路走来，得感谢妻子对我的包容和信任，这本书本来叫《回拙归荆》。这本书得以出版，得感谢朋友们一如既往的支持，更得感谢编辑的不辞辛劳。

我并无多少文字天赋，只是苦乐其中。不过是花费了一些时间和心力，在文字队伍里插科打诨。我们这一生，能干好一件事已经不容易。如果这件事能让你专注，还有兴趣在里面，那就是最好不过的事。天下有各行各业可以选择，我选择的是文字，这并不特别也并不高尚。只要时间没有白白荒废，最好还能觉得有那么点意思，貌似就不枉此生了。尤其人到中年，更觉得时不我待，当把文字打磨得更地道更老到一点，让人看了觉得还算有点嚼劲，也不乏真诚，这就让读者和作者两欢了。

2023 年 8 月 28 日